アーネスト・ヘミングウェイ

日本との出逢い、中国への接近

柳沢秀郎 著

現代図書

目次

【凡例】

一．引用のページ表記は、日本語文献の場合は漢数字、英語文献の場合はアラビア数字とした。また、引用文中の［　］は引用者による補足であり、［……］は引用者による省略である。

一．註は各章ごとに通し番号を（　）で付し、章末にまとめてある。

一．引用文献および参考文献は、巻末にヘミングウェイ自著資料、日本語文献、英語文献、その他の順にまとめてある。

一．英語文献の翻訳はとくに明記がない限り、著者によるもの。

一．英語文献の邦題は『ヘミングウェイ大辞典』（勉誠出版、２０１２）および既存の邦訳に準じ、それ以外については筆者の拙訳。

一．人名、作品名、用語等の英語表記は巻末の索引を参照。

一．本書で扱うヘミングウェイ関連の作品、書簡等（初版年）には以下の略記号を用いる。

ARIT　*Across the River and Into the Trees*（1950）

BL　*By-line Ernest Hemingway: Selected Articles and Dispatches of Four Decades*（1967）

CSS　*The Complete Short Stories of Ernest Hemingway: The Finca Vigía Edition*（1987）

DIA　*Death in the Afternoon*（1932）

DLT　*Dateline: Toronto: The Complete "Toronto Star" Dispatches, 1920–1924*（1985）

DS	*The Dangerous Summer* (1985)
FC	*The Fifth Column and the First Forty-nine Stories* (1938)
FTA	*A Farewell to Arms* (1929)
FWBT	*For Whom the Bell Tolls* (1940)
GHOA	*Green Hills of Africa* (1935)
GOE	*The Garden of Eden* (1986)
GOEm	*The Garden of Eden manuscript* (N/A)
IIS	*Islands in the Stream* (1970)
iot	*in our time* (1924)
IOT	*In Our Time* (1925)
Letters 1	*The Letters of Ernest Hemingway Vol. 1. 1907–1922* (2011)
Letters 2	*The Letters of Ernest Hemingway Vol. 2. 1923–1925* (2013)
Letters 3	*The Letters of Ernest Hemingway Vol. 3. 1926–1929* (2015)
Letters 4	*The Letters of Ernest Hemingway Vol. 4. 1930–1931* (2018)
Letters 5	*The Letters of Ernest Hemingway Vol. 5. 1932–1934* (2020)
MAW	*Men at War: The Best War Stories of All Time* (1942)
MF	*A Moveable Feast* (1964)
MF-RE	*A Moveable Feast: The Restored Edition* (2009)

MWW　*Men Without Women*（1927）
NAS　*The Nick Adams Stories*（1972）
OMS　*The Old Man and the Sea*（1952）
Poems　*Complete Poems*（1992）
SAR　*The Sun Also Rises*（1926）
SL　*Ernest Hemingway: Selected Letters, 1917–1961*（1981）
SS　*The Short Stories of Ernest Hemingway*（1954）
TAFL　*True at First Light*（1999）
THHN　*To Have and Have Not*（1937）
TOS　*The Torrents of Spring*（1926）
TSTP　*Three Stories and Ten Poems*（1923）
UK　*Under Kilimanjaro*（2005）
WTN　*Winner Take Nothing*（1933）

はじめに

まだ学生をしていたころ、たまたま帰省していた私に父が思わぬことを口にした。「お前の書いたあれは、たしか学校で見たぞ。老人が魚を食われちゃうやつだろ」。家業も継がずに息子が入れ込んでいるものが何なのか、おそらく父はそんなふとした好奇心から、まだ駆け出し研究者の私が書いた今では目も当てられない『老人と海』論の抜き刷りか何かを手に取ったのだろう。やや取り乱しつつ、矢継ぎ早の質問で私が父から聞き出したのは、一九五〇年代末頃、当時はまだ中学生かそこらだった父が学友たちとともに体育館に集められ、全校を挙げて映画『老人と海』を鑑賞したという事実であった。

その後私は、文部科学省に問い合わせ、独立回復から間もない日本が映画版『老人と海』の視聴を教育現場に奨励していた事実を確認するに至るのだが、『老人と海』（*The Old Man and the Sea*, 1952）という小説について予てから抱いていた根拠なき確信と漠とした疑問とに根拠と回答が見えはじめたのは、疎遠になっていた父とのこの気恥ずかしい会話からだった。それまで私は、自分を含めほとんどすべての日本人はこのアーネスト・ヘミングウェイ（Ernest Hemingway 1899–1961）の中編小説に対して同じ読後感を共有しているはずだ、という根拠のない確信があった。しかしこの確信は同時に、おそらく多くの日本人にとってあまりにも異国である中南米の小国キューバの老漁師の物語が、地球のほぼ真裏にある日本というアジアの小国で暮らすわれわれ日本人となぜこうも価値観を共有しているのかという疑問を伴った。「魚を食われちゃう」結末でありながら、手ぶらで帰還したはずの老人がしっかりと持ち帰ったものがわれわれにはなぜこうもはっきりとわかるのか。日本の大手出版社が一九七〇年代から実施しているキャンペーンに必ず『老人と海』を加え、毎年本屋に平積みされているのはなぜなのか。父の話を聞いたとき、こうしたさまざまな事象を互いに結び付けている文脈が少し見えた気がした。要するに、なんとなく腑に落ちたのである。

以降ヘミングウェイ研究における私の探求の矛先は、この「なんとなく」を可能な限り実証すべく、日本や中国などアジア文化圏とヘミングウェイとの接点、さらにはその創作上の影響関係などに向けられることになる。とにかく私は伝記から学術書に至るあらゆる資料に目を通し、そのなかの「日本」および「中国」に関する記述を精査した。すでに公開されている資料だけでは飽き足らず、ヘミングウェイに関する記載の可能性がわずかでもあれば、一見無関係と思われる分野の書籍も手当たり次第に手に取った。ときには、その著者にコンタクトをとり、所有している資料にヘミングウェイに関する記載がないかを直接確認したりもした。また、ヘミングウェイの名が漢字で記載された文書が台湾にあるとわかれば、現物を見に台北の国民党党史館を訪れたし、キューバに残されているというヘミングウェイの大量の蔵書のなかに日本やアジアに関する書籍があるとわかれば、太平洋を渡ってハバナのヘミングウェイ博物館に赴いた。そして、このはじめての訪玖をきっかけに、以降、私の研究はキューバを中心に動きはじめることになるのである。

二〇〇六年三月、いくつかの蔵書を参照したい旨を綴った電子メールでの打診に無反応の博物館に業を煮やした私は、ノンアポで単身キューバに乗り込むことを決意する。そのころ私にとってキューバという国は、今日の大方の日本人と同様、危険なイメージが先行する未知の国、同盟国アメリカと長年喧嘩している社会主義の国であり、ヘミングウェイとの接点がなければ一生無縁の国のひとつであった。

そんなわけで、私のはじめての訪玖体験は命がけとまではいかないまでも、それなりの緊張感と覚悟とを伴ったものだった。

しかしながらいざ行ってみると、何とも素敵な国ではないか。ヨーロッパの観光地で悩まされる引ったくりやスリもいない。テロもない。濃い目の排気ガスさえ我慢すれば、色とりどりのアメ車が目を楽しませてくれるし、トイレやネット環境などの社会インフラをそんなに気にしなければ、街は音楽にあふれ、人びとはそこかしこでダンスを楽しみ、日本とは異質な時間がゆったりと流れている、そんな国だった（最近では部分的に個人経営が認められたこともあり、社会インフラはここ一〇年でかなり改善されている）。何より、ヘミングウェイ博物館と何のコネクションもなく、単独訪問を覚悟していた私を空港に出迎えてくれたエイジェンシーが、たまたまスペイン語の話せる日本人で、博物館館長と面識があったのは幸運であった。キューバ初滞在二日目にして博物館関係者と面会することができた私は、九〇〇〇品目とも言われる博物館の蔵書のなかのおよそ一〇〇冊について中身を閲覧させてほしい、書き込みがあればそれを撮影させてほしいと申し出た。すると、旧ヘミングウェイ邸をそのまま博物館にした母屋はリノベーション中で、蔵書はみな倉庫に保管され、取り出すことはできないとのことだった。残念ながら、この訪玖での蔵書閲覧はかなわなかったのだが、翌年に博物館が主催するヘミングウェイ国際学会への発表を条件に、学会終了翌日からの閲覧の許可を約束してくれたのである。

二〇〇七年六月、ハバナで開催された学会発表を無事終えた私は遂に念願だった蔵書閲覧の瞬間を迎えることになる。日本や中国をはじめとするアジアに関する閲覧希望リストを作成し、前もって博物館に打診しておいたので、希望した本は次々に目の前に運ばれてきた。マスク姿の私は白手袋に覆われた震える手で一ページ一ページめくりながら、余白への書き込みや著者がヘミングウェイに書き贈った献辞などが書かれていないかを確認していく。まさに宝探しである。明らかにヘミングウェイの書き込みとわかるものを目にしたときなどは、興奮してカメラのシャッターを押す指が定まらずに苦労したのを今も覚えている。その後、二〇一三年から国の支援を受け、ヘミングウェイ博物館と共同で彼らが把握しているすべての「書き込み」資料のデジタル化とその検索データベース化を実現してきた（図0－1）。ここで得られた研究成果の一部は本書の第1章で扱っている。

このように未公開だったものも含め、ヘミングウェイに関する国内外のあらゆる資料を精査し、彼の文学作品や執筆などと関連付けて私が出した結論を先取りして言えば、先述した日本人の『老人と海』に対して抱く共感、また、それを描いたヘミングウェイに対する半ば直感的な親近感にはそれなりの根拠があったということである。

ヘミングウェイの三人目の妻であるマーサ・ゲルホーンは、一九四一年の夫との中国旅行について綴った回想記のなかで次の

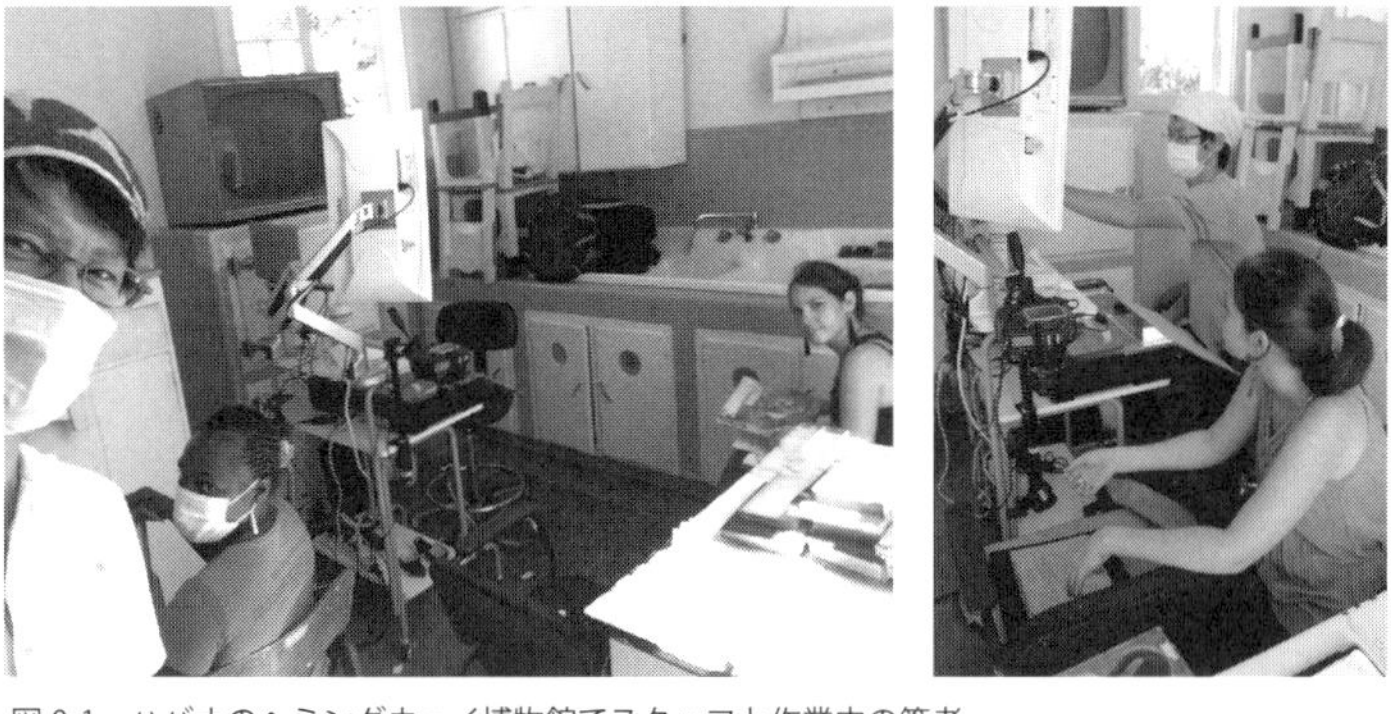

図0-1　ハバナのヘミングウェイ博物館でスタッフと作業中の筆者

ように語っている。「私は死ぬ前に、世界が終わる前に、もしくはこれから何が起ころうともその前に、東洋を見ておくことにした。東洋、それは子どものころからイメージの産物で、現実味がなかった。現実味は逆の方角、すなわち大西洋の向こう側にあったのだ」(Gellhorn, *Travels* 9–10)。ゲルホーンの言葉に認められる心理的スタンスの変化は、ある意味で「国家身体」としてのそれまでのアメリカの姿勢の変化をも標榜しているようで興味深い。ゲルホーンという一個人が漠然と常態化させていたヨーロッパ志向、そしてその反動としてのアジアへの憧憬。それはそのまま、自国の国家的、民族的出自でもあるヨーロッパ圏との文化的・経済的連帯の維持に努めてきたアメリカが、その欲望のまなざしを背後のアジアに向けはじめたその国家的スタンスの変化と奇しくも重なって見えるからだ。ヘミングウェイとの訪中によってその欲望が満たされたとき、ゲルホーンが脳裏に描いていたイメージ上の世界地図は、大きく書き換えられたに違いない。

　この点でいえば、スペイン、フランスなどのヨーロッパ諸国(および、それらの植民地であったアフリカやキューバ)との間を生涯往復し続けたヘミングウェイもまた、アメリカという国家身体を形作っていた従順な細胞の一部に徹していた感があるかもしれない。事実、これまでのヘミングウェイ研究を概観する限り、そのコンテキストのほとんどが、ほぼ西欧文化圏の範囲内に納まってしまい、太平洋の先にあるアジア地域との関連で論じたものはきわめて少ない。本書を通して私は、先述のゲルホーンの言葉に強烈に印象付けられている、いうなれば「地政学的意識の転換」、もしくは「イメージ上の世界地図の修正」が、日本や中国を主とするアジアとの接触を通じて、ヘミングウェイの身に生じたその数々の瞬間、およびその創作へのさまざまな影響について明らかにしたいのである。

本書は、アメリカの文豪アーネスト・ヘミングウェイとその作品を日本および中国と関連付けて論じた、比較文化的または比較文学的考察といってよい[1]。そうした意味では、これまでにも類似の考察や研究成果がなかったわけではない。例えば、佐伯彰一は著書『日米関係の中の文学』（一九八四）の中でヘミングウェイが日中戦争について書いた記事を援用しながら、この作家の戦況分析の鋭さを指摘している。しかしながら残念なことに、そこでは、東西文化圏の比較を通してはじめて浮き彫りにされるはずの、西洋人としてのヘミングウェイのアジア観およびその創作への影響については言及されていない。

また、鶴田欣也はヘミングウェイの『老人と海』と川端康成の『山の音』（一九五四）を「老い」に焦点を当てながら比較し、父親が医師であった点や自殺で人生を終えるといった両作家に共通する伝記的事実と作品との関係を考察しているし[2]、仁木勝治は「アーネスト・ヘミングウェイと石原慎太郎」と題して『日はまた昇る』（*The Sun Also Rises*, 1926）や『太陽の季節』（一九五六）をハードボイルド・スタイルに焦点をあてて比較考察している。さらに、比較的最近では、今村楯夫が現代作家小川国夫にヘミングウェイからの影響についてインタビューし、その対談を論文「インタビュー　私とヘミングウェイ——小川国夫氏に聞く」に掲載している。こうした試みは、日本、および日本人がヘミングウェイをいかに読み、そこから何を読みとっているかを知る上では大変興味深い。しかしながら本書の関心は、こうした一連の考察に共通して認められる、日本人作家とヘミングウェイそれぞれの作品の類似性を印象主義的に明らかにすることにあるのではなく、また、日本（人）のいわば一方的なヘミングウェイ受容の解明とも目的を異にする。本書の関心は、日本（人）が作り上げてきた文化とヘミングウェイとのより具体的な接点にあり、むしろヘミングウェイの日本受容にこそ考察を集中させている。

一方、中国と関連したヘミングウェイ研究も考察の余地を大きく残している。例えば、ヤン・レンインやジュン・ルーら中国人研究者による中国のヘミングウェイ受容論がある。これらは、中国におけるヘミングウェイの報道や足跡、翻訳本の出版動向など実証的資料に基づく優れた論考であるが、残念ながらヘミングウェイの文学作品におけるアジア表象にまで考察が及んでいない。また、近年提唱されたピーター・モレイラによる「ヘミングウェイ・スパイ論」も訪中時のヘミングウェイをアメリカ側の文脈で明らかにした画期的な研究であるが、一方で中国国民党側の視点を著しく欠いている印象があった。この点において本書は、欧米のヘミングウェイ研究者はおろか、政治的な意味においては中国のヘミングウェイ研究者たちのアクセスをも拒んできた台湾所蔵のヘミングウェイ関連資料を扱っており、より多角的な考察に努めている。

本書の目的は、二〇世紀前半における極東アジアの戦争とそこから流れる人の移動にフォーカスを当て、近代化の途上にあった日本と中国の文化、政治、および事象からヘミングウェイがどのような影響を受け、その経験をどう創作に生かしたのかという、ヘミングウェイと日本および中国とのトランスナショナルな影響関係について実証主義的に明らかにすることにある。複数の国家と民族が世界規模で交錯した時代に生きたヘミングウェイの人生、およびそこで醸成された彼の文学作品は、当時の日本および中国とさまざまな接点をもっていた。例えば、日本が開国より推し進めていた近代化政策の延長線上にある日露戦争、第一次世界大戦、日中戦争、第二次世界大戦（太平洋戦争）のすべてにヘミングウェイは関与し、また、移民をはじめとする東アジアからの人の流れは、ヘミングウェイがその生涯において日本人や中国人と遭遇する機会を提供した。これらはほとんどすべて、われわれ文学者が一般的に「モダニズムの時代」と呼んでいる時代区分に起きたことなのであり、モダニスト作家ヘミングウェイを醸成した土壌の一部なのである。

そこで第1章では、近現代の日本および中国の戦争と移民とに焦点を当てて、ヘミングウェイと両国との接点を年代に沿って解説する。ヘミングウェイの母国アメリカのアジアに対する欲望のまなざしは、彼が誕生する一八九九年にも認められ、それまでヨーロッパ諸国と日本がほぼ独占していた中国市場に対してアメリカは「門戸開放」を唱える。その後アジア進出に欠かせない太平洋の覇権を巡り、日本に対する対立姿勢を鮮明にしていくことになるのである。中国での権益や太平洋の覇権をめぐるこの日米の対立関係は、アジアとの接点をヘミングウェイに提供することになる。例えば、アメリカが日本への警戒感を本格的に強めたと言われている日露戦争に幼きヘミングウェイは関心を示したとされ、また彼は、自身で戦場に赴いた第一次世界大戦、自ら訪中までして報道した日中戦争、随所で言及している太平洋戦争など、日本の近現代史に刻印されている一連の戦争とさまざまな繋がりをもつ。これらは戦争物語傑作選『戦う男たち』（*Men at War: The Best War Stories of All Time*, 1942）の序論などで明らかにしているヘミングウェイの戦争哲学に深く関与し、また戦争作家、ジャーナリストとしてのヘミングウェイの執筆に影響を与えてきた。

一方で、極東地域からの移民は、中国系や日系の移民と出逢う機会をヘミングウェイに提供した。それはヘミングウェイがキューバで雇っていた中国人コックやヘミングウェイに釣りを教えたとされるキューバに移住した日本人漁師などについての伝記的資料が伝えている。第1章ではこうした伝記的事実を、キューバのヘミングウェイ博物館で行った蔵書の調査結果を踏まえながら概説する。(3) ヘミングウェイが所有していた日本や中国に関する蔵書には余白に「書き込み」が施されている場合があり、それらにも触れながら、ヘミングウェイと日本および中国との関係を通史的にたどることで、本書の第2章から第7章で論じているヘミングウェイと両国にまつわる個々の文学論および作家論をより大きな年代記的文脈に据えるための枠組みを提供している。

第2章では、第一次世界大戦の同盟や密約などの史実に焦点を当てながら、『武器よさらば』（*A Farewell to Arms*, 1929）を「共闘」をキーワードに再読する。語り手フレデリックが自身の戦争体験から得た「学び」が、「連合」という共闘関係が孕む不完全性や自己矛盾への気づきにあるという前提に立ち、そのことと「単独講和」などの語彙選択、およびイタリア軽視や日本批判の場面選択とを結びつけて考察することで、「共闘」という第一次世界大戦の文脈がこの物語の恋愛小説の側面といかに溶け合い、物語全体の悲劇性を作り出しているかについて明らかにしている。

第3章では『持つと持たぬと』（*To Have and Have Not*, 1937）を取り上げ、作品の背景である大恐慌期のアメリカとそのアメリカ本土への「中国人密航者の流れ」に焦点を当てることで、アメリカの僻地キーウェストで暮らす貧乏白人ハリー・モーガンの危機的アイデンティティを浮き彫りにする。密航者が目指したチャイナタウンでスラミング型観光を楽しんでいた白人富裕層たちがキーウェストにも現れ、モーガンに欲望のまなざしを向けることで、不本意に観光資源化される貧乏白人の苦悩が見えてくる。

第4章では訪中経験がヘミングウェイにもたらした作家哲学への影響について検証する。そこで極東における日本の植民地主義政策に起因する日中戦争を巡ってヘミングウェイが関与した親中プロパガンダと米国の諜報活動に焦点を当てる。訪中に際し、ヘミングウェイは、アメリカ側から諜報活動への貢献を期待されていた。一方、近年公開された中国国民党の極秘文書からは、ヘミングウェイを含め訪中した外国人たちの多くが「国際友人」と呼ばれ、国民党に有利なプロパガンダの協力者であることを期待されていた事実が明らかになる。

第5章では冷戦小説『河を渡って木立の中へ』(*Across the River and into the Trees*, 1950)を取り上げ、ヘミングウェイ自身が戦争史の分岐点として意識していたヒロシマ・ナガサキという出来事、つまり「核の時代」の到来が、戦場を好んで描いてきた「戦場作家」としてのヘミングウェイにとってどのような意味をもっていたのかを明らかにする。伝記や書簡に認められるヘミングウェイの原爆に対する言及は常にジョークの形でなされ、同様に『河を渡って木立の中へ』の主人公リチャード・キャントウェルも原爆をジョークに絡めて言及している。両者に共通して認められるこの「原爆ジョーク」は、冷戦という戦争形態に対する老軍人キャントウェルの皮肉の表象であると同時に、戦場の「非人間性」や「ユーモア」に価値を見出すこともできなくなってしまった戦場作家の苦悩を逆説的に表しているのである。

第6章では、戦中戦後の日本の文化史、教育史を文脈に、ヘミングウェイと武士道との接点、および『老人と海』と戦時下の軍事教育に共通する「人間精神の礼賛」に焦点を当てながら、われわれ日本人が『老人と海』に抱かずにはいられない親近感の謎に迫る。

第7章では、未公開原稿が増補された『移動祝祭日――修復版』(*A Moveable Feast: The Restored Edition*, 2009)と遺作『エデンの園』(*The Garden of Eden*, 1986)の草稿を取り上げ、人種・民族の越境が活発化していたモダニズムの時代に、その中心的舞台である二〇世紀初頭のパリに生きた若きヘミングウェイの日本人との出逢い、その出逢いがもたらした芸術家としてのアイデンティティへの影響、および、その経験が『エデンの園』の創作に関与したことを論証している。

また、巻末には四つの付録を設けた。最初の二つは『戦う男たち』と『自由な世界のための作品集』(*Treasury for the Free World*, 1946) にヘミングウェイが寄せたそれぞれ序論と序文の完訳である。本書でも頻繁に引用されているこれらの文書は、第二次世界大戦のはじまりと終わり、より具体的には、それぞれ真珠湾攻撃、および日本への原爆投下から間もなく書かれたもので、ヘミングウェイと日本との関係性を論じる上で欠かせない資料である。とくに『戦う男たち』の序論で展開されるヘミングウェイの持論、すなわち第二次世界大戦 (太平洋戦争) の第一次世界大戦との連動性やナチス政権に対する徹底した報復律、さらに古今東西さまざまな戦争文学への言及と造詣の深さには圧倒されることであろう。また、ヘミングウェイと日本・中国の関係を通史的にまとめた年表、および真珠湾攻撃の半年ほど前に行われたヘミングウェイの訪中旅行の道程をまとめた年表も掲載した。本書の理解および補完として役立つだろう。

極東の近現代史において重要な位置を占める日本と中国が関わった戦争、およびこの時代に生きた日本人や中国人たちの存在は、さまざまな時と場所でヘミングウェイの人生と交わり、作家としてのキャリアや創作上のインスピレーションとして影響を及ぼしてきた。こうした日本および中国とのトランスナショナルな関係もまたモダニスト・ヘミングウェイの文学を支えていたことを本書の読者は知ることになるだろう。

【註】

（1）本書はアジアのなかでもとくにヘミングウェイとの関連が深い日本と中国に専ら焦点を当てているが、第5章ではヘミングウェイの朝鮮戦争への言及を扱っている。また、ヘミングウェイとインドとの関連については、辻裕美の論文に詳しい。

（2）Tsuruta（1986）を参照。

（3）筆者は二〇一三年から二〇一七年にかけてキューバのヘミングウェイ博物館と共同で館所蔵のペーパーマテリアルのデジタル化に関わってきた。このプロジェクトを通しておよそ一三〇〇のアイテム、八〇〇〇枚のデジタル画像を撮影した。本書で扱っている博物館関係の写真資料は、著作権に配慮し、博物館の許可を得てすでに公開されている筆者の既出論文「ヘミングウェイと近代日本・中国との交差──キューバ蔵書からわかる作家のオリエンタリズム」からの引用として限定的に使用している。

第1章　キューバ資料が語るヘミングウェイと近代日本・中国との交差
――ハバナのヘミングウェイ博物館と蔵書研究

ぼくはパスポートをとって中国、日本、そしてインドへ行くつもりだ。
コナブル夫人に宛てた一九二〇年六月一日付の手紙より(1)

1．原体験のなかのアジア

明治維新後まもなく、日本は「脱亜入欧」のスローガンを掲げ、近代化へと大きく舵を切る。欧米列強に倣い近隣諸国の植民地化へと乗り出した日本は、一八九四年に中国に対して宣戦布告する。いわゆる日清戦争のはじまりであるが、この極東の戦争勃発の二年後、太平洋を隔てたアメリカのイリノイ州で一組の夫婦が誕生している。大都市シカゴ郊外にある白人中流家庭のベッドタウン、オークパークで結婚式を挙げたのは物静かな医師クラレンス・ヘミングウェイと敬虔なクリスチャンのピアノ教師グレイス・ホール。三年後の一八九九年七月、この夫婦の間より生まれるのがその後アメリカを代表する文豪となるアーネスト・ヘミングウェイである[2]（図1－1）。

前年の一八九八年、ハワイを併合したアメリカは、ヘミングウェイ誕生の年にスペインからの独立支援を装ってフィリピンの植民地化に乗り出し（米比戦争一八九九～一九〇二）、中国市場を独占していた日本およびヨーロッパの列強諸国に対しては「門戸開放政策」を宣言する。こうしたアジア地域に向けられるアメリカの欲望のまなざしは幼少期のヘミングウェイを取り巻く環境にも反映されている。例えば父クラレンスの弟でヘミングウェイの叔父に当たるウィロビー・ヘミングウェイ（ウィルおじさん）は一九〇三年から一九一一年まで中国の陝西省に滞在し、プロテスタント宣教医として西洋医学を中国に普及させる手伝いをしていた。ヘミングウェイの弟レスターによれば、このウィルおじさんは帰国後に中国服をまとわせた自分の娘たちとヘミングウェイ家を訪れ、中国語などを披露してはヘミングウェイを喜ばせたという（L. Hemingway 25）。

日英同盟の締結から二年後の一九〇四年、日本は満州と朝鮮半島の権益をめぐって帝政ロシアと対立する。いわゆる日露戦争のはじまりであるが、後述するように、当時五歳のヘミングウェイはこの日露戦争の風刺画を好んで収集していたとされる。そして、この幼少期に芽生えた日露戦争への関心はその後も晩年まで引き継がれたと思われる。というのも、現在博物館となっているキューバの旧邸宅にはヘミングウェイが

図1-1　両親とアーネスト（左）、姉マーセリーン（右）

キーウェストの前宅から取り寄せた『ある参謀将校の日露戦争記録』（*A Staff Officer's Scrap-Book during the Russo-Japanese War*, 1905–1907）が残されているからである[3]（図1―2）。著者の英国軍将校イアン・ハミルトンは日露戦争時の日本軍に同行した実体験を基に、小国日本がどのようにして大国ロシアを打ち破ったかについて、いわゆる精神論だけではなく、酒宴の席で目にした無礼講など文化面にも踏み込んだ鋭い考察を加えている。

一九一三年、「カリフォルニア州外国人土地法」の可決によって市民権獲得資格のない外国人（主に日系人）に土地所有が認められなくなる。この年の五月、母グレイスは一三歳のヘミングウェイと三人の姉妹を連れ立って、「シカゴ世界博覧会」（The World in Chicago）に参加し[4]（図1―3）、和装させた子どもたちに日本の婚礼を実演させている[5]（図1―4）。

一九一四年、第一次世界大戦がはじまると、日本は日英同盟を理由に連合国側で参戦するが、実際は中国の植民地化を有利に進める狙いがあった（Tuchman 60）。一九一八年、アメリカもドイツに宣戦布告すると、高校卒業後に『カンザスシティ・

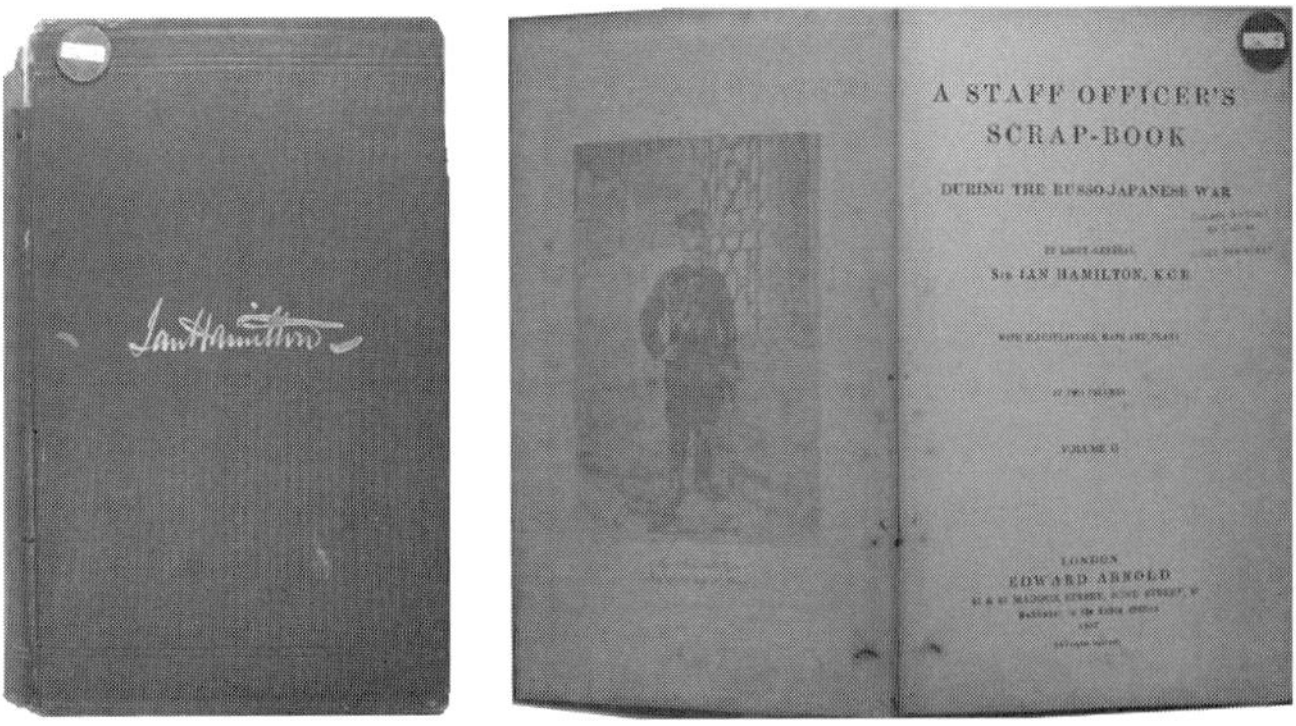

図 1-2　『ある参謀将校の日露戦争記録』（ヘミングウェイ博物館所蔵、キューバ）

スター』（*Kanzas City Star*）紙で見習い記者として働いていたヘミングウェイは、救護班の運転手としてイタリアで従軍し、その後イタリアで負傷した最初のアメリカ人として報道されることになる（Kale 4)。このときの経験は小説『武器よさらば』の創作に生かされている。第一次世界大戦が同盟や密約によってその規模を拡大させ、日米を含むその共闘関係が実は多くの矛盾を孕んでいたことは一般に知られているが、ヘミングウェイがそうした戦争構造を小説にどう取り入れたかについては第2章で詳述する。

図1-3　シカゴ世界博覧会のパンフレット（オークパーク・ヘミングウェイ・アーカイブ所蔵、イリノイ）

図1-4　和装のヘミグウェイ兄妹。姉マーセリーン（後列左）、アーネスト（後列右）、妹サニー（前列左）、妹ウルスラ（前列右）（オークパーク・ヘミングウェイ・アーカイブ所蔵、イリノイ）

2. 二〇代とパリの日本人

第一次世界大戦終了後、日本はイギリス、アメリカ、フランス、イタリアとともに主要国としてパリ講和会議に参加し、一九一九年、国際連盟の常任理事国入りを果たし一等国としての地位を盤石にする。同じころ、ヘミングウェイの母国アメリカは日本人に対する移民制限を強化するようになる。アメリカに「黄禍論」が吹き荒れるなか、カリフォルニアで法律事務所を営む兄弟を支援してきたヘミングウェイの母グレイスは、日系人に対する不当な法律がカリフォルニア州で可決されたことへの失望を綴っている（Kert 79）。実母によるこうした日米関係への懸念に触発されてか、一九一九年四月二七日付の手紙にはヘミングウェイの訪日願望が認められる。

家族はぼくに進学してほしいようなんだけど、ぼくはまたイタリアに行きたいし、日本に行きたいし、一年くらいパリにも住んでみたいんだ。とにかくいろいろやってみたいんだよ、ぼくにいったい何ができるかまだわからないからね。（*Letters I* 185）

こうした日本に対する憧憬は、本章冒頭の引用にも明らかなように、二〇歳前後のヘミングウェイに中国、インドも含むアジア旅行計画とそのためのパスポート取得への意気込みを手紙で語らせるまでにいたっている。しかしながら、二〇歳前後のヘミングウェイに芽生えていたこうしたオリエンタルな渡航願望は、中国に関しては後述するように日中戦争下の一九四〇年までその成就を待たねばならず、日本とインドへの渡航にいたっては生涯実現することはなかった。

一九二一年、ヘミングウェイは最初の妻となるハドリー・リチャードソンとミシガン州ホートン・ベイで結婚式を挙げ、同年一二月には二人でパリに移住し、予てからの夢のひとつを実現する。ちょうど同じころ、藤田嗣治をはじめとする多くの日本人画家たちがパリで創作に励んでおり、当時はまだ新聞記者だったヘミングウェイは彼らの何人かと実際に交流している。書簡には、詩人エズラ・パウンドの紹介で知り合った画家、久米民十郎へのヘミングウェイによる言及が認められる。例えば、母グレースに送られた一九二三年六月二〇日付の手紙には「それから、クメ［Koume］っていう日本人画家の風景画が一枚あるけど、お母さんなら知っているかもね」（*Letters* 2 26）と購入した久米の絵について母に報告しているし、ボストンのJFKライブラリーにはパウンドのアトリエでの久米の個展開催を知らせるヘミングウェイに宛てた招待状も存在する（C. Hemingway 11）。また、一九二三年九月にパウンドに宛てた手紙では「クメからの知らせはないかい。彼が地震［関東大震災］で亡くなったかもしれない件でさ。かわいそうなやつだよ」（*Letters* 2 46）と関東大震災で亡くなった久米に対する冥福を祈っている。この久米をはじめとする日本人画家たちとのパリでの出逢いがヘミングウェイのその後の作家人生を大きく左右し、晩年の『エデンの園』の創作にも少なからぬ影響を与えていたのであるが、それについては第7章で詳述する。(6)

一九二三年九月、長男ジョン出産のための里帰りで、ヘミングウェイ夫妻は四か月間カナダのトロントで過ごすのであるが、その間に日本は先述の関東大震災に見舞われる。そのころ『トロント・スター』（*Toront Star*）紙の記者だったヘミングウェイは、取材のため被災者である日本人親子の元を訪れている。「日本の地震」と題された記事のなかでヘミングウェイは日本人の娘が着ていた着物について触れている。

彼女は着物姿で軽快に階段を上って行った。それは着物というよりは別の名がふさわしかった。着物といえばどこか雑多で早朝のような響きがあるものだ。ところがこの着物にはその着物っぽさがまるでなかった。色鮮やかな生地が体にフィットしていて、裾は短めに詰めてあった。帯に二本差しでもして着るのにふさわしく思われた。（*BL* 84）

着物の形状や「帯に二本差し」（"two swords in the belt"）という描写から判断して、このとき少女が着ていたのはおそらく浴衣であろう。つまり、ヘミングウェイが当初持っていた女性用の着物のイメージは、先述した姉妹たちとの婚礼和装の経験からか、おそらくフィンセント・ファン・ゴッホの「ラ・ジャポネーズ（着物をまとうカミーユ・モネ）」に近いものだったに違いない。

3．三〇代と中国への接近

一九三一年、キーウェストに魅了されていたヘミングウェイは、この米国最南端の島で邸宅をかまえ、その後八年間を暮らすことになる。書簡によればちょうどこのころ、パリ時代からの友人であるアメリカ人画家のヘンリー・スターターに「クニヨシ画家の素晴らしい雄牛を本当にありがとう」と記していることから、当時アメリカを拠点に活躍していた国吉康雄(7)（図1－5）の絵をスターターより譲り受けたと思われる(8)（*Letters* 4 473）。

一方で、一九二九年にアメリカのウォール街の暴落からはじまった世界恐慌は、ヘミングウェイの住んでいたキーウェストにも影響を与えていた。島民の多くが貧乏白人と化すなか、経済不調の中国を逃れ、多くの中国人密航者たちが本国から太平洋を渡りアメリカへ向かった。彼らの多くはチャイナタウンでの安住を夢に描きながら、キューバ経由でアメリカ最南端のキーウェストから密入国を試みた。チャイナタウンではスラミングと呼ばれる中国人の生態をエキゾチックに誇張した観光業が盛んであり、同様の観光化がキーウェストの貧乏白人のアイデンティティを脅かしているようすが、この地を舞台にした小説『持つと持たぬと』に取り入れられているのだが、それについては第3章で詳述する。

もちろん、日本もこの世界恐慌の影響を免れていない。輸出量は一九二九年から一九三一年の二年間で四三％も減少した（新保 一五二）。世界中でブロック経済が広まるなか、すでに植民地化していた台湾や朝鮮、満州を加えた「円経済ブロック」を形成する道を選んだ日本は、満州事変、国際連盟からの離脱と転がるように国際社会から孤立していき（新保 一五八）、その後日中戦争、真珠湾攻撃へと突き進むことになる。

図 1-5　国吉康雄

一九三三年、連盟離脱を宣言したジュネーブ国際会議からの帰国途中、日本全権大使である松岡洋右はニューヨークに立ち寄ることになるが、それを待ちかまえるようにジャック白井という名の日系アメリカ人が日本の帝国主義に反対するデモを大使館前で展開していたという（石垣　二四～二五）。評論家で反戦活動家の石垣綾子は、著書『スペインで戦った日本人』のなかで、このジャック白井（図１−６）がヘミングウェイと同時期にスペイン内戦に参加し、『誰がために鐘は鳴る』（*For Whom the Bell Tolls*, 1940）の舞台にもなっているスペインのグアラダマ山脈に国際義勇兵として従軍していたことから、スペインにおける両者の遭遇を示唆している。(9) 石垣によれば、ファシスト化していく日本を離れてアメリカに渡り、夫で画家の石垣栄太郎とともに一九三〇年代からニューヨークにかまえた彼らのアトリエには、このジャック白井の他、同じ理由で日本を離れた彫刻家イサム・ノグチや先述の国吉康雄も出入りしていた（石垣　五九～六〇）。つまりこのころ、反ファシズムという世界的潮流が結びつけたヘミングウェイと日本人たちとの知られざる接点があったのかもしれない。

図 1-6　前線を訪れた黒人運動家 J・W・フォードと握手するジャック白井

一九三六年二月、日本では皇道派の影響を受けた陸軍青年将校らがクーデター未遂事件を起こす。いわゆる二・二六事件である。そしてその二か月後、ヘミングウェイの旧友で詩人のアーチボルト・マクリーシュが日本からヘミングウェイに手紙を送っている。おそらく軍国主義化の兆し漂う日本を特集しようという『フォーチュン』（*Fortune*）誌からの依頼を受けたのだと思われる[10]。一九三六年四月に東京からヘミングウェイに送られた手紙には次のように書かれている。

日本の美しい島々を見るべきだったね。本当に素晴らしい光景だよ。人びとはかなり小さく、ほとんどの場合、赤ん坊を連れているんだ。赤ん坊はわずかな隙間に折りたたまれ、思いもよらないところに収まっている[11]。この国では人前で鼻をかんだり、靴を履いていることは失礼に当たるのだが、咳払いしたり、唾を吐いたり、ゲップをしたり、靴下を履いたまま人前に出たりすることはごく普通のことです。彼らからするとわれわれはバターの匂いがするということだが、われわれには彼らから何の匂いも感じません。実際彼らは目立って清潔であり、日本に精通した旅行者たちによると、彼らの入浴にその秘訣があるとか。ぼくにはもともと彼らには匂いがないんじゃないかと思うのだが。この国の列車はどれも乗り心地が悪いのに定刻にやってきます。面白い組み合わせだろ。この国には竹林に住み着いて鳴く鳥がいます。ウグイス（"Japanese nightingale"）というらしい。どうしてこう呼ばれているかというと、昼間に鳴くからだそうです。興味深く芸術的なこの国の人びとにかかれば、こんな風にいろんなものが逆転させられます。こちらが水曜日のときにそっちは前日の朝なのだから、彼らがわれわれと違うのも当然か。例えば、君の国なら春の田舎は土と雨の匂いがするでしょうが、ここではその匂いがしません。糞の匂いがします。人びとはこの匂いを、これまで良米が作られてきた、そして今後も作られる証しだと思っています。ぼくが訪れたへんぴな場所のなかには、この糞の匂いに本当に高い価値を置き、強烈な場所もあります。［……］

便所*（"can"）という意味の日本語を覚えた妻のマクリーシュ夫人からもきちんと折りたたんだ愛（"neatly folded love"）を送ります。

敬具　アーチ

*彼女は列車に乗っていたときにこれを覚えました。もしかしたら君も必要になるかもしれないから書いておきます。それはベンジョ（"benjo"）といいます。

（MacLeish 278–79）

マクリーシュの手紙には異国人ならではの視点で、日本人と日本文化が鮮やかに綴られており、ヘミングウェイの訪日願望を大いに刺激したに違いない(12)。

一九三七年に日中戦争がはじまるが、日本は中国における欧米諸国の既得権益は損なわぬよう注意していた。しかしながら、同年に日独伊の三国による軍事同盟が結ばれたことによって、日本と列強諸国との関係、わけてもアメリカとの敵対関係は決定的となる。そしてヘミングウェイがはじめて東アジアを訪れたのもこの緊迫した日米関係が「真珠湾」に向けて高まっていくさなかであった。

一九四一年二月、ヘミングウェイは三番目の妻マーサ・ゲルホーンと連れ立って中国に赴く。三か月間に及ぶヘミングウェイ夫妻の中国滞在のようすは『香港大公報』、『重慶中央日報』、『重慶新華日報』などの中国紙が報道している（Lu 68–70）。ヘミングウェイ博物館に残されている中国画や陶器は、この訪中の際にヘミングウェイが中国から持ち帰った可能性が高い(13)（図1－7）。

図 1-7　左：漢字のラベルが付いた徳利、右：作家名の入った中国画（ヘミングウェイ博物館所蔵、ハバナ）

帰国後の六月、ヘミングウェイはニューヨークのタブロイド紙『PM』（*PM*）に訪中記事を連載する。例えば、一九四一年六月一七日の記事でヘミングウェイは日本の戦闘機の性能とパイロットのレベルの高さを指摘し、アメリカの中国軍援助には戦闘機に加えパイロットも提供する必要があると記している（*BL* 332）。日本の戦闘機に対するヘミングウェイのこうした関心は、博物館の蔵書のなかに堀越二郎、奥宮正武らによる『ゼロ戦――太平洋における日本空中戦の真実』（*Zero: The Inside Story of Japan's Air War in the Pacific*, 1956）が含ま

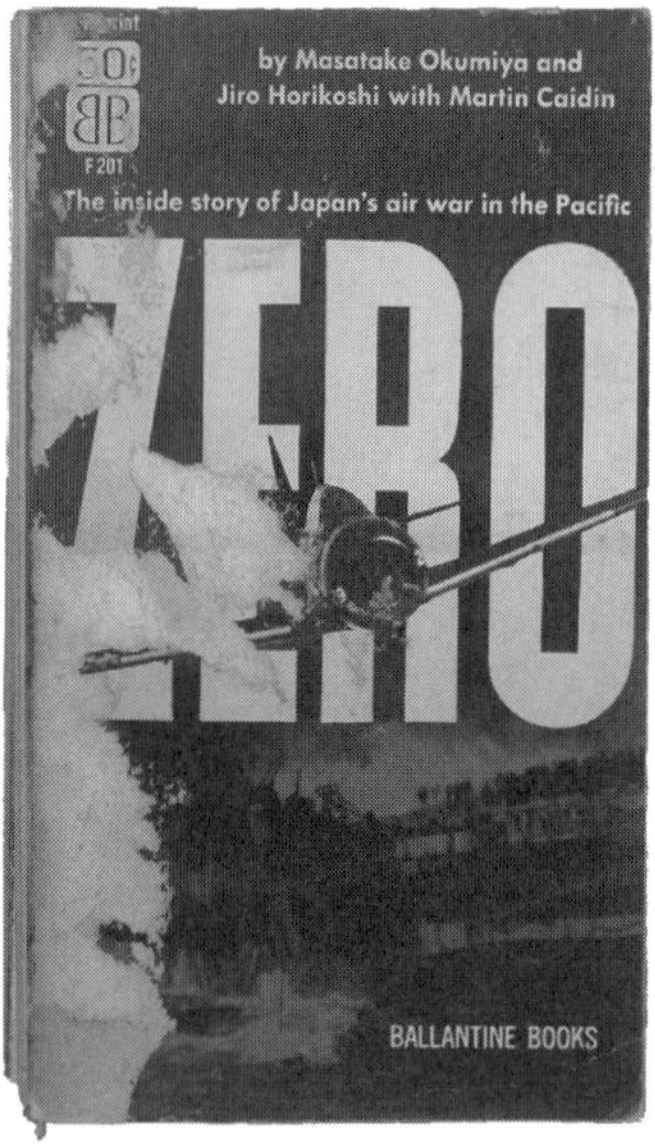

図 1-8　堀越二郎の著書『Zero』（ヘミングウェイ博物館所蔵、ハバナ）

れていることにも裏付けられている[14]（図1－8）。

『PM』紙の編集長であるラルフ・インガーソルによれば、この訪中取材でヘミングウェイに求められていたのは、「日米戦に発展する可能性とそのパターンの見極め」であった（Ingetsoll 303）。先述の佐伯も指摘しているが（五四～五六）、驚くべきことに、ヘミングウェイは日米戦に至るまでの筋書きをほぼ言い当てている。記事のなかでヘミングウェイは日本に対する英米の戦略的優位を説き、「英米はその気になればいつでも、日本を原油獲得のための南進へと誘導することができる」（*BL* 322）と、その後の歴史的展開を見通している。

中国滞在中、ヘミングウェイは国民党政府の要人である蒋介石とその妻の宋美齢、および中国共産党の周恩来とも面会している（図1－9）。当時国民党は政府を挙げて外国人記者や作家を「国際友人」として迎え、プロパガンダへの協力を求めていたのであるが、そうした環境下でヘミングウェイがどのように振舞ったのかについては第4章で詳述する。

図 1-9　宋美齢（左）、ヘミングウェイ（中央）、マーサ（右）

ヘミングウェイはこの訪中でのさまざまな体験を死後出版本のひとつ『海流の中の島々』（*Islands in the Stream*, 1970）の主人公トマス・ハドソンに語らせている。ハドソンはお気に入りの娼婦リリアン（リル）に「もっとも幸福な体験」について尋ねられ、香港で体験した三人の中国人との一夜だと答える（*IIS* 286）。これがヘミングウェイ自身の経験に基づいたものかどうかは今のところ伝記的資料からでは判断することができないが、しばしば人種とセクシャリティをテーマにするこの作家が、戦争取材中の東洋でエキゾチックな性体験の機会に恵まれたとしても不思議ではない。

こうした訪中や日中戦争の取材のために収集したであろうアジアに関する書籍群もヘミングウェイ博物館には残されている。例えば、ロバート・オーラ・スミスの『アジアにおけるわれらの未来』（*Our Future in Asia*, 1940）もその一冊であるが、内部にはヘミングウェイによる自筆の書き込みが認められる(15)（図1–10左）。左余白には“If we eliminate coolie labour/ object of, Democracy, all these too expensive/ to import”と記されている。このページの冒頭で、「さて、アメリカが大きく依存している最後の輸入品、スズである」（“Now we come to the last of these major American imports, tin.”）と書き出している点、さらに同書の九頁で「ここ一〇年でアメリカが輸入している主要七品目を順番に挙げれば、ゴム、砂糖、コーヒー、紙（パルプ）、植物油、生糸、スズとなる」（“Over the last ten years, …, the seven major imports of the United States were, in order: rubber, sugar, coffee, paper and pulp, vegetable oil, raw silk, and tin”）（Smith 9）と前置きされている点とを考慮すると、先述した書き込みは「仮にわれわれが《民主主義》の下にアジアの苦力《クーリー》労働を廃絶するとすれば、これらアメリカの主要輸入品は軒並み輸入費が高騰するだろう」（“If we eliminate coolie labour in Asia with the object of “Democracy,” all these major American imports would be too expensive to import.”）と解釈できる。フランクリン・ルーズベルト率いる当時のアメリカ民主党政権は、一九三〇年代後半から日本のアジア支配に楔を打ち込むべく、中国に対する大規模な支援と民主化政策とを推し進めていたのであるが、引用した書き込みは、そうしたアジアでの民主化政策が結果的に安い労働力供給を低迷させ、アメリカの貿易経済に少なから

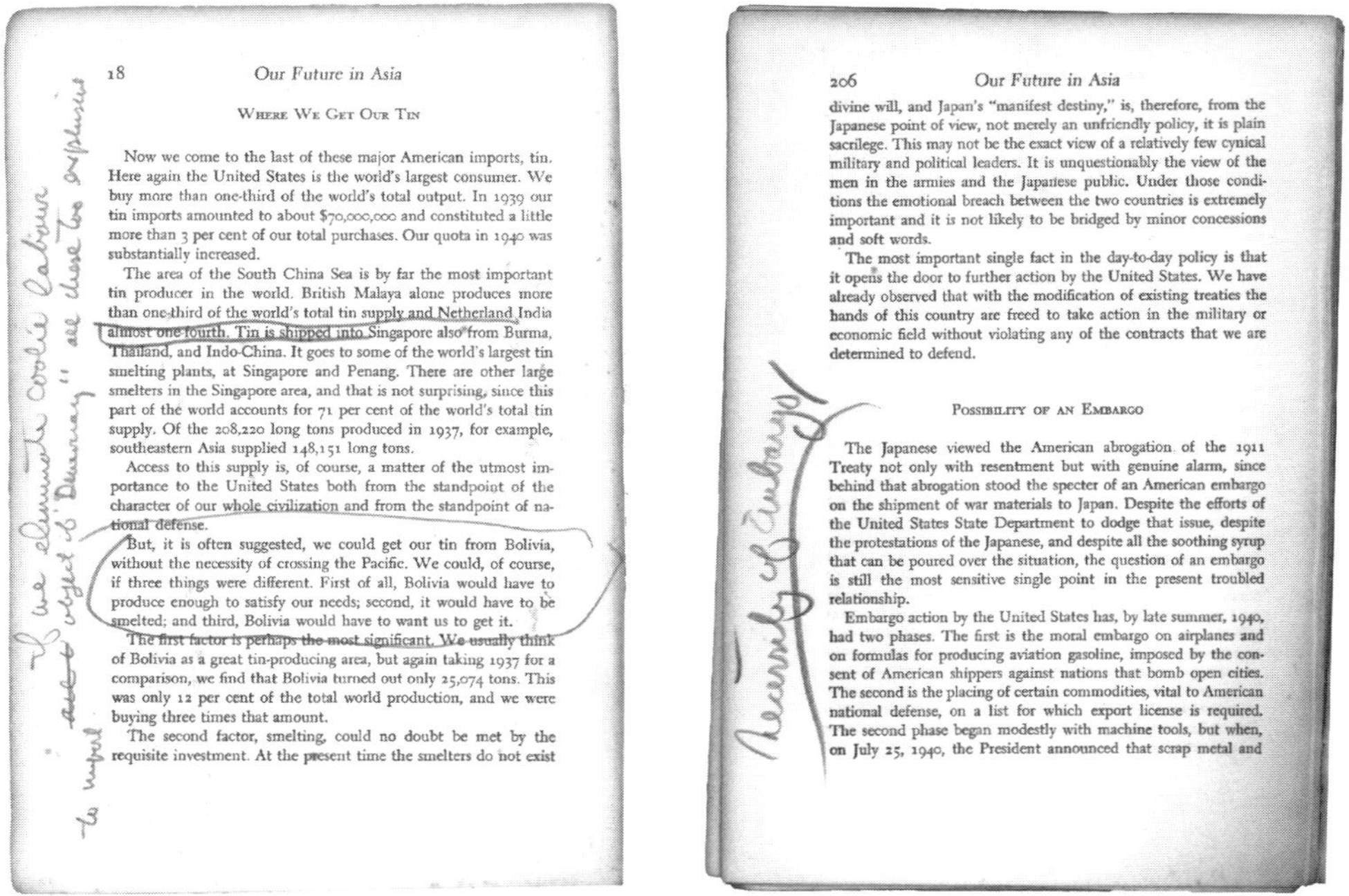

18　Our Future in Asia

WHERE WE GET OUR TIN

Now we come to the last of these major American imports, tin. Here again the United States is the world's largest consumer. We buy more than one-third of the world's total output. In 1939 our tin imports amounted to about $70,000,000 and constituted a little more than 3 per cent of our total purchases. Our quota in 1940 was substantially increased.

The area of the South China Sea is by far the most important tin producer in the world. British Malaya alone produces more than one-third of the world's total tin supply and Netherland India almost one-fourth. Tin is shipped into Singapore also from Burma, Thailand, and Indo-China. It goes to some of the world's largest tin smelting plants, at Singapore and Penang. There are other large smelters in the Singapore area, and that is not surprising, since this part of the world accounts for 71 per cent of the world's total tin supply. Of the 208,220 long tons produced in 1937, for example, southeastern Asia supplied 148,151 long tons.

Access to this supply is, of course, a matter of the utmost importance to the United States both from the standpoint of the character of our whole civilization and from the standpoint of national defense.

But, it is often suggested, we could get our tin from Bolivia, without the necessity of crossing the Pacific. We could, of course, if three things were different. First of all, Bolivia would have to produce enough to satisfy our needs; second, it would have to be smelted; and third, Bolivia would have to want us to get it.

The first factor is perhaps the most significant. We usually think of Bolivia as a great tin-producing area, but again taking 1937 for a comparison, we find that Bolivia turned out only 25,074 tons. This was only 12 per cent of the total world production, and we were buying three times that amount.

The second factor, smelting, could no doubt be met by the requisite investment. At the present time the smelters do not exist

206　Our Future in Asia

divine will, and Japan's "manifest destiny," is, therefore, from the Japanese point of view, not merely an unfriendly policy, it is plain sacrilege. This may not be the exact view of a relatively few cynical military and political leaders. It is unquestionably the view of the men in the armies and the Japanese public. Under those conditions the emotional breach between the two countries is extremely important and it is not likely to be bridged by minor concessions and soft words.

The most important single fact in the day-to-day policy is that it opens the door to further action by the United States. We have already observed that with the modification of existing treaties the hands of this country are freed to take action in the military or economic field without violating any of the contracts that we are determined to defend.

POSSIBILITY OF AN EMBARGO

The Japanese viewed the American abrogation of the 1911 Treaty not only with resentment but with genuine alarm, since behind that abrogation stood the specter of an American embargo on the shipment of war materials to Japan. Despite the efforts of the United States State Department to dodge that issue, despite the protestations of the Japanese, and despite all the soothing syrup that can be poured over the situation, the question of an embargo is still the most sensitive single point in the present troubled relationship.

Embargo action by the United States has, by late summer, 1940, had two phases. The first is the moral embargo on airplanes and on formulas for producing aviation gasoline, imposed by the consent of American shippers against nations that bomb open cities. The second is the placing of certain commodities, vital to American national defense, on a list for which export license is required. The second phase began modestly with machine tools, but when, on July 25, 1940, the President announced that scrap metal and

図 1-10　労苦に対するヘミングウェイの書き込み（左）、日本への禁輸政策に対するヘミングウェイの書き込み（右）（ヘミングウェイ博物館所蔵、ハバナ）

ぬ影響を与える可能性にヘミングウェイが気づいていた証左である。

同書への書き込みには、アメリカの対日政策に対するヘミングウェイの明確な示唆を読み取れる箇所もある[16]（図1―10右）。ヘミングウェイは「輸出禁止の可能性」（"Possibility of Embargo"）と題された節の書き出しを囲うように、「輸出禁止の必要性」（"Necessity of Embargo"）と青鉛筆で書き記している。この節冒頭の「一九一一年条約」とは、日本の関税自主権回復で知られる、アメリカとの間で結ばれた二度目の「日米修好通商条約」のことであるが、一九四〇年にアメリカはこの条約を破棄する。そうしたこれまでの対日政策を文脈に、この本の著者スミスは日本に対する武器関連資源の輸出禁止の可能性に言及しているのであるが、だとすれば、この書き込みを残したヘミングウェイは、日本に対する禁輸は可能かどころではなく、必要だと考えていたと推察される。そして一年後、このヘミングウェイの予言的書き込みが現実のものとなる。一九四一年、対日政策としてアメリカはイギリス、中国、オランダといわゆる「ABCD包囲網」を形成するに至るのである。

4. 四〇代と太平洋戦争

ヘミングウェイの訪中から七か月後の一九四一年一二月八日、日本は真珠湾を攻撃する。そしてその三日後に古くから親交のあるスクリブナー社の編集者マックスウェル・パーキンズに宛てて書かれた一九四一年一二月一一日付のヘミングウェイの手紙には、真珠湾に関して次のような記述がある。

わが国の海軍が無敵であるという神話は今や完全に崩壊したよ。偉大なるガムラン将軍[17]の神話みたいにこっぴどくね。敗戦を呼び込む無能な者たちの擁護や隠ぺいよりも、この戦争にわれわれが勝とうとするならば、真珠湾大敗後の二四時間以内に、海軍長官ノックス[18]を含め、あのオアフ島の災害的射撃（"disaster shot"）の責任者を解任すべきだったよ。この意見は出版も他言も無用で頼むよ。（*SL* 513）

ここで注目すべきは、他言無用と断るほどのきわめて私的な真珠湾攻撃に対する見解において、ヘミングウェイは加害者である日本を批判することもなく、それどころか、予想されていた災害への対策不備を指摘するがごとく、自国の防衛的無能さを痛烈に批判している点である。そして、この三か月後の一九四二年三月、ヘミングウェイは『戦う男たち』（一九四二）と題された戦争物語集の編集をクラウン社から依頼され、物語の選定と序論の執筆とを引き受けることになる。[19]この序論でヘミングウェイは、日本を「リトル・モンキー」（"Little Monkey"）と揶揄して楽勝ムードに沸いていた真珠湾攻撃前のアメリカに言及してから、次のように述べている。

いざとなれば、バーでのケンカだろうが戦争だろうが、まずはこちらから相手を力一杯ぶん殴らなければいけないところだ。しかしわれわれは気高き強国であり、向こうもそれを当てにして、われわれとの対話を続けながら攻撃の準備をしていたのだ。彼らは以前にもロシア相手に不意打ちをくらわしたことがあった。ワシントン［ＤＣ］はそのことを忘れていたようだ。われわれは対話を続けていたのだ。実際、それが起きた瞬間はまだ対話は続いていたと私は思う。こうして、真珠湾が起きたのだ。

　真珠湾の原因についての更なる検証は本書における私の範疇ではない。直接の原因については委員会が報告書を出し、責任の一部はその所在が判明している。戦後になれば、所在を突き止めるべき責任はさらに増えるだろう。でも今は、戦争は起きてしまっている。起きてしまったことについては本書にできることは何もない。しかしこの本を読めば、われわれの敵が一筋縄ではいかないことがわかるだろう。「ツシマ」は面白い。このなかにモンキーの話は一切出てこない。（*MAW* xx–xxi）

ここで言及されている「ツシマ」とは日露戦争時の日本海海戦を描いた小説からの抜粋であり、ヘミングウェイはこの物語の連合艦隊総司令官、東郷平八郎による海戦の場面を『戦う男たち』のひとつに選定し、その戦いぶりを序論で高評価している。ヘミングウェイとこの「ツシマ」との関係は日本の戦後教育と『老人と海』に焦点を当てながら第6章で詳述するが、何より真珠湾攻撃から一年以内に書かれたこの序論において、敵国軍への賛辞をためらわないヘミングウェイの態度は注目に値する。このことは、この序論で同じく枢軸国であったドイツのナチス根絶のために「断種法」にすら言及するほど過激な一面をのぞかせるヘミングウェイが、[20]一方でドイツ軍人のエルヴィン・ロンメルに対しては賛辞を惜しまない態度とも符合する。[21]まだまだ敵国への賛辞を公言することなど憚られる時期にもかかわらず、世論に迎合しないヘミングウェイの一貫した真実追求の姿勢がみてとれる。

日本の攻勢ではじまった太平洋戦争であるが、一九四二年六月のミッドウェー海戦での敗北を機に、真珠湾攻撃よりわずか六か月で劣勢に転じる。ここから敗戦の一途をたどるのであるが、それでも虚勢を張り続けていた当時の日本に擬え、ヘミングウェイは晩年のアフリカ狩猟における自身の虚勢ぶりを次のように表現している。

そのとき私は言った。「くたばれ、この象め」（"Elephant, you die"）。これはかの太平洋戦争で日本側のようすを報じた記事で読んだ言い回し［「くたばれ、アメリカめ」］であった。このとき私は象を殺せる状況ではなかったので、自国も守れないのに虚勢を張っていた当時の日本人たちと見事に状況が重なった。（*BL* 440）

これは一九五四年に雑誌『ルック』（*Look*）誌に掲載されたケニアでの狩猟旅行の記事である。狩猟という、いわば「動物との戦闘」の際にヘミングウェイがほぼ一〇年前の日本との戦争を想起した点は興味深い。

5.　五〇代と戦後

一九四五年八月六日、八日、アメリカは広島と長崎に原子爆弾を投下する。同月一五日、日本は無条件降伏をするのだが、日本にとってのこの運命的な数日間をヘミングウェイの四番目の妻メアリー・ウェルシュは次のように書き記している。

その夏、私たち［メアリーとヘミングウェイ］は六匹から八匹の巨大なカジキを釣り上げたのだが、［一九四五年の］八月八日はアーネストが小さめのカジキを五〇分かけて釣り上げた日だった。［……］それから数日後の晩、私たちが夕食前に少し飲んでいると、執事のユストが居間に駆け込んできて日本が降伏したと告げた。彼は食糧庫の使用人用ラジオでそのニュースを聞いたのだった。次の朝、お抱え運転手のユアンはある新曲を披露した。誰もが作曲家の国であるキューバでは、よくあるのんきなジングルにして日本の降伏を祝った。
「パン、パン、ベルリン落ちた」（*Ping, ping, Cayó Berlin*）
「バン、バン、ニッポン落ちた」（*Pong, pong, Cayó Japan*）
私が聞き取った *Cayó* という（スペイン語の）単語は fall を意味する不規則動詞 *caer* の三人称、単数、過去時制であった。（M. W. Hemingway 194–95）

広島、長崎が原爆によって壊滅状態にされていたころ、なんとも呑気なキューバ的雰囲気のなかで、ヘミングウェイ夫妻が海釣りに興じていたのは皮肉である。

しかしながら、敗戦国日本に対するヘミングウェイの関心はさまざまな形で残されている。例えば、敗戦直後の九月二二日に旧友チャールズ・ラナムがキューバのヘミングウェイ邸を訪れた際、彼らは日本の降伏と原爆について話したという（Baker, *Life* 451）。また、戦後の世界平和に関する世界各国の有識者の論稿を編んだ『自由な世界のための作品集』の序文でヘミングウェイは、人類が殺人に核を用いる段階に達した事実を深く受け止め、その事実が以降の世界に与える影響を注視していく必要があると提起している（*Treasury* xiv）。

戦後のヘミングウェイによる日本への言及は文学作品にも認められる。戦後はじめて出版された小説『河を渡って木立の中へ』のなかには原爆に言及する米軍人の主人公が登場する。初期冷戦時代のイタリアに駐屯するこの老軍人は原爆をジョークで茶化し、冷戦以前の戦争に対するノスタルジーをあらわにするのである。核兵器の導入と冷戦が「戦場作家」ヘミングウェイにとってどのような意味をもったのかについては第5章で詳述する。

第二次世界大戦後の中国は内戦期に入り、一九四九年、ソ連の支援を受けた毛沢東率いる中国共産党が中華人民共和国を建て、アメリカの支援を受けていた蔣介石率いる国民党は台湾に移り中華民国を維持することになる。こうした冷戦構造は朝鮮半島にも飛び火し、一九五〇年、米ソそれぞれの陣営によって分割統治されていた韓国と北朝鮮の間で朝鮮戦争が勃発する。冷戦を背景に極東で展開されていた母国アメリカのこうした軍事介入を、ヘミングウェイはキューバに残されたタイプ文書のなかで激しく糾弾しているが（第5章で詳述）、これはヘミングウェイが朝鮮問題に言及した唯一の例といってよい。

日本がＧＨＱによって軍国主義国家から民主国家へと再建されていた一九四五年からの七年間、ヘミングウェイは『河を渡って木立の中へ』や『エデンの園』、『移動祝祭日』（*A Moveable Feast*, 1964）など創作活動を活発化させる。そして、日本が独立回復を果たす一九五二年、ヘミングウェイは『老人と海』

を出版、一九五三年にピューリッツァー賞、翌一九五四年にはノーベル文学賞を受賞する。一九五八年に映画化されるこの『老人と海』は、GHQ統治下で不可視化されていた「精神への信頼」を日本国民に取り戻す一助となる（第6章で詳述）。

一九四五年、ヘミングウェイがノーベル賞を受賞して間もなく、ラテン・アメリカ研究家の井沢実がハバナのヘミングウェイ邸を訪れ、ヘミングウェイ本人との面会に成功している（図1－11）。著書『ラテン・アメリカの日本人』（一九七三）のなかで井沢は次のように述べている。

ヘミングウェイがノーベル賞をもらったときにたずねていったことがある。[22] 彼はハバナ市の背後にある小丘陵の上にあるスペイン時代のとりでに住んでいた。［……］庭には猫が二〇匹あまり遊びたわむれて、木に登ったりしていた。客間の窓に沿って三角形に低い書棚が置かれて、そこから三冊日本語の書物を取り出してきてみせたが、それは彼の小説の翻訳であった。（一八八）

図1-11　井沢実

筆者が現地キューバのヘミングウェイ博物館で調べたところ、このときヘミングウェイが井沢に見せたという三冊の邦訳のうち、少なくとも二冊の存在を確認できた。一冊は大久保康雄訳の『誰がために鐘は鳴る』[23]（一九五一）（図1－12）で、もう一冊は福田恆存訳の『老人と海』（一九五三）であり、現在博物館が所蔵している[24]（図1－13）。

驚くべきことに、この博物館には一九五四年発行の『文藝春秋』も所蔵されている[25]（図1－14）。おそらく同年にヘミングウェイを訪れた井沢の置き土産と思われる。これら日本の書物がどういう経緯でカリブの小島に届けられたのかについては想像の域を出ないが、戦後ほどなくしてヘミングウェイと日本との間には、こうした文学的な交流のようなものが築かれていたのかもしれない。

この博物館にはヘミングウェイが収集した中国に関する書籍も多数保管されている。そのひとつが『老人と海』の中国語訳である[26]（図1－15）。出版情報からこの本は、スクリブナー社の初版本と同じく一九五二年に出版されているが、出版地は当時イギリスの植民地であった香港であることがわかる。中国人ヘミングウェイ研究者のジュン・ルーによれば、朝鮮戦争や台湾問題など冷戦期の冷え切った米中関係によって、『老人と海』の中国語版を本土の中国

図1-12　『誰がために鐘は鳴る』の邦訳（ヘミングウェイ博物館所蔵、ハバナ）

図1-13　『老人と海』の邦訳（ヘミングウェイ博物館所蔵、ハバナ）

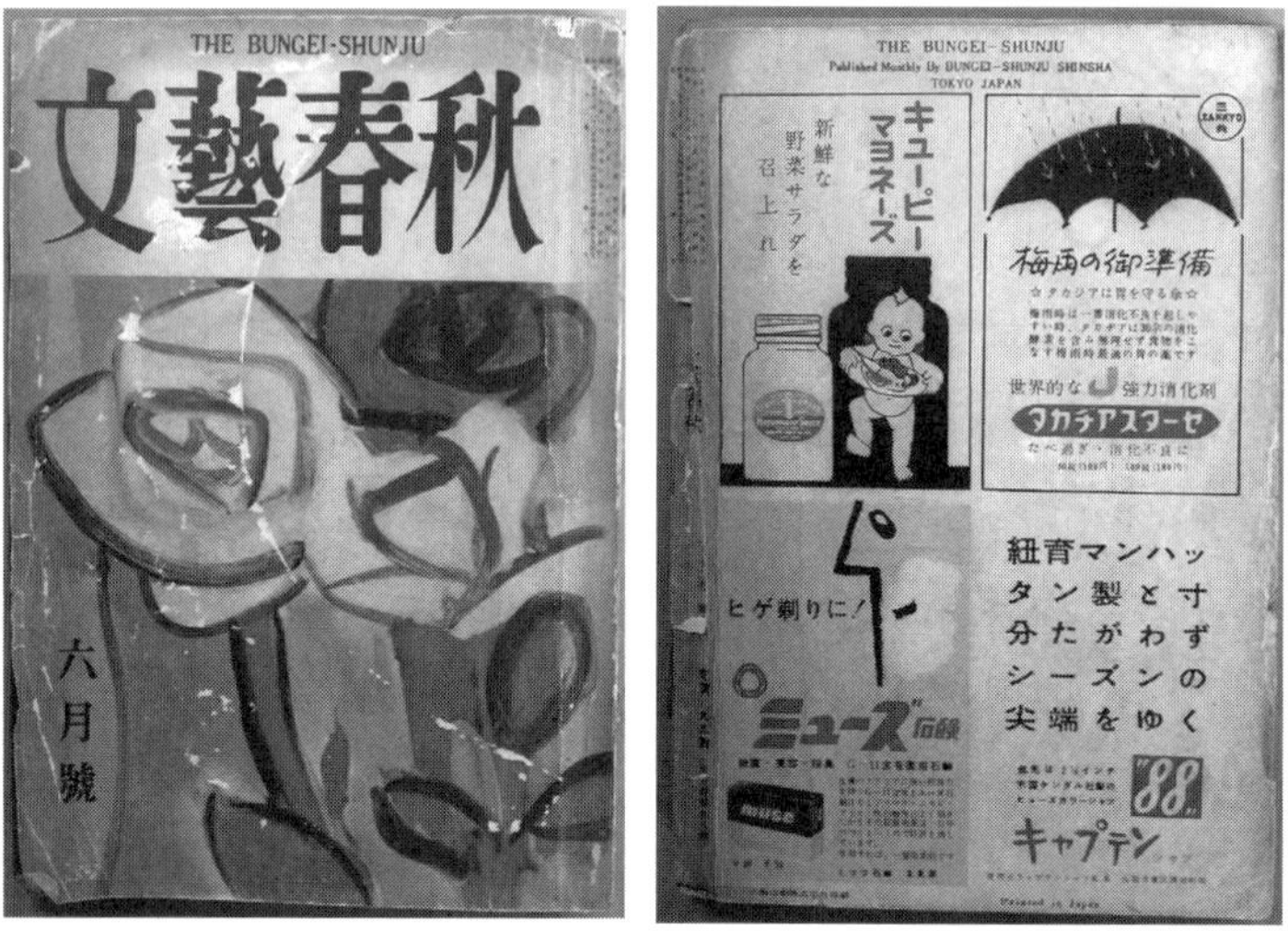

図 1-14　『文芸春秋』の表表紙（左）と裏表紙（右）（ヘミングウェイ博物館所蔵、ハバナ）

図 1-15　『老人と海』の中国語訳の表紙（左）と、奥付（右）（ヘミングウェイ博物館所蔵、ハバナ）

人たちが手にするのに一九五七年まで待たなければならなかった（Lu 70）。しかもさらに悪いことに、その一〇年後には毛沢東による文化大革命（一九六六〜一九七六）によって、ヘミングウェイ文学もろとも外国文学や文化は中国国民の目から遠ざけられることになるのである。

ヘミングウェイ訪中時の中国が国民党政権だったこともあり、博物館所蔵の中国関連の書物には当時の国民党幹部からの献本も散見される。例えば国民党の中央宣伝部副部長を務めていた董顕光は、一九四一年のヘミングウェイの中国滞在中に交流を深め、直筆の献辞を添えてヘミングウェイに複数の本を送っている。その中のひとつ、『中国の行く末』（*What Is Ahead for China?*, 1957）には、「アーネスト・ヘミングウェイへ、董顕光より敬意をこめて、一九五七年九月一三日」（"To Ernest Hemingway / With Sincere Regards from / Hollington K. Tong / 9/13/7"）という献辞が表紙に添えられている[27]（図１－16）。また、『蔣介石』（*Chiang Kai-shek*, 1953）という書籍の内部には、「アーネスト・ヘミングウェイ氏へ、あなたの中国と中国人への友愛に感謝を込めて、董顕光、ワシントンＤＣ、一九五七年九月一三日」（"To Mr. Ernest Hemingway / In appreciation of your / friendship for China & Chinese / Hollington K. Tong / Washington DC, Sept 13, 57"）と記されている[28]（図１－17）。この日付から推察すると、董顕光は駐米中国大使としてワシントンＤＣに滞在していた

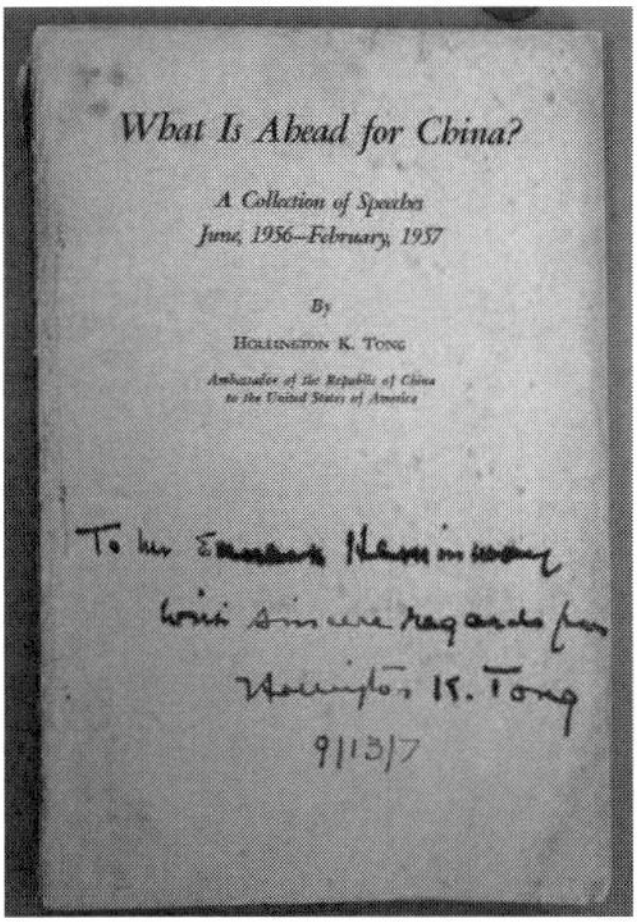

図 1-16　董顕光の著書と表紙の献辞（ヘミングウェイ博物館所蔵、ハバナ）

一九五六年から一九五八年の間にキューバにいるヘミングウェイに宛ててこの本を送ったと思われる。ヘミングウェイに対するこうした董顕光の敬意には、訪中時にヘミングウェイが示したこの作家ならではの鋭い洞察力と公平な見識によるものなのだが、それについては第4章で詳述する。

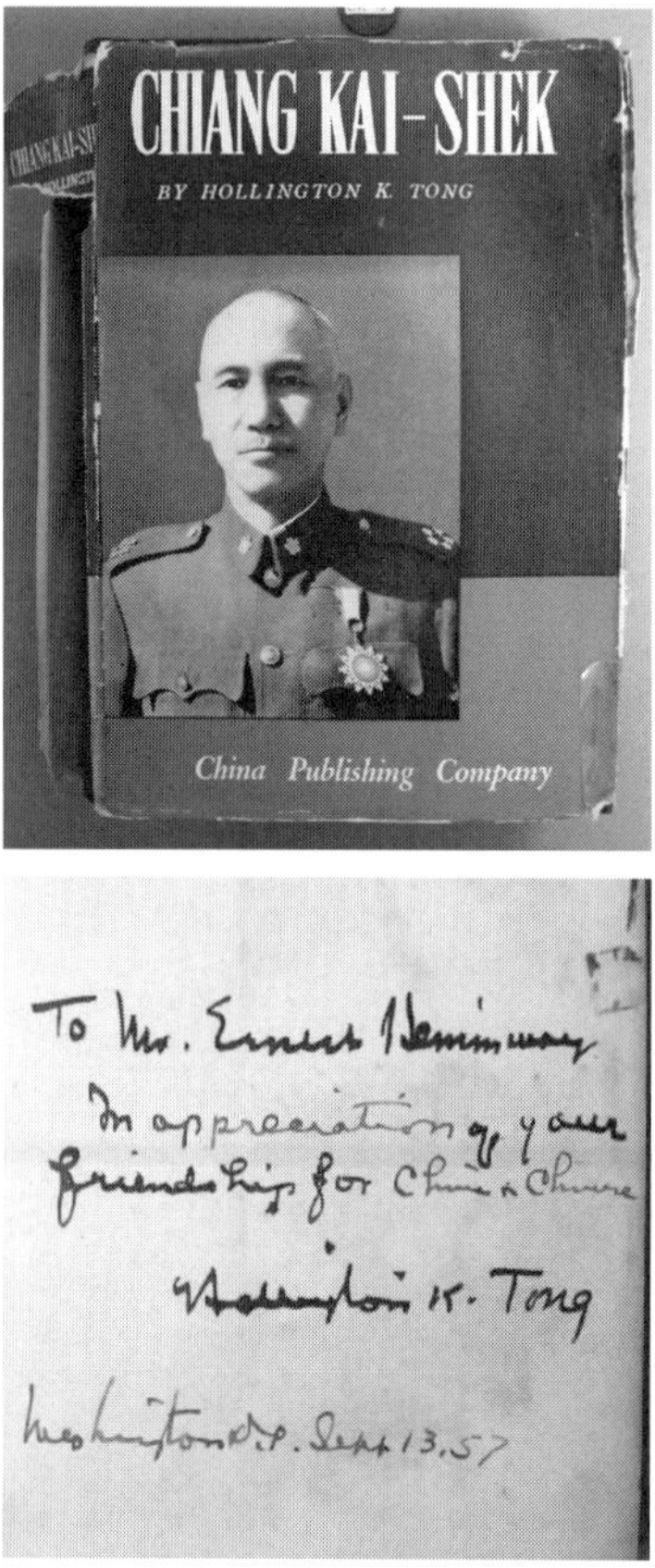

図 1-17　董顕光の著書『蒋介石』の表紙（上）と内部の献辞（下）（ヘミングウェイ博物館所蔵、ハバナ）

6. キューバの東洋人たち

ヘミングウェイの日本人や中国人との交流は、遠征先の異国に限ったことではない。彼が移住したキューバには多くのアジア系移民が存在していたのであり、ヘミングウェイの人生にさまざまな形で関与することになる。戦後、メアリー・ウェルシュとキューバでの生活をはじめたころ、ヘミングウェイはラモン・ウォンという名の中国人コックを雇っている（Villarreal 54）。『ヘミングウェイのキューバの息子』（*Hemingway's Cuba Son*, 2009）の著者で、幼少の頃よりヘミングウェイ邸でハウスボーイとして働き、最後は番頭にまでなったレネ・ビジャレアルによれば（図１－18）、当時五〇歳のこの中国人コックは先述したキューバ人執事ユストとしばしばいざこざを起こし、ヘミングウェイを悩ませていたという（Villarreal 56–62）。ヘミングウェイのこの経験は、死後出版小説『海流の中の島々』で主人公トマス・ハドソンが中国人コックを雇っている物語設定に反映されている（*IIS* 214）。

中国人コックを雇っていたことからもわかるように一九四一年の訪中以来、中国料理はヘミングウェイのお気に入りとなる。博物館には妻メアリーが参照したと思われる中国料理のレシピ本も認められる[29]（図１－19）。ヘミングウェイの三男グレゴリーによれば、当時ハバナ

図1-18　左：ビジャレアル親子レネ（右）とラウール（左）と筆者（前列）、右：闘鶏を眺めるヘミングウェイ（左）と若きレネ・ビジャレアル（右）

図 1-19　中国料理のレシピ本の扉（左）と内部の書き込み "Mary Hemingway"（右）（ヘミングウェイ博物館所蔵、ハバナ）

図 1-20　電話帳に記載された中国料理レストラン・パシフィコ（ヘミングウェイ博物館所蔵、ハバナ）

の中華街にあったエル・パシフィコという中華レストランがヘミングウェイ家の御用達となり、一家で足しげく通うことになる（G. Hemingway 53）。『海流の中の島々』にも実名で登場するこの中華レストランの名は（*IIS* 216, 250）、遺品であるヘミングウェイ直筆の電話帳にも、「レストラン・パシフィコ」（RESTAURANT PACIFICO）として記録されている[30]（図１－20）。

存命中のレネから筆者が聞いた話では、当時このレストランにはひとりの日本人が給仕係として働いていた。ヘミングウェイ亡き後、番頭の経験をかわれて邸宅の管理人として働いていたある日、その日本人がヘミングウェイ邸を訪れ、一枚の写真を置いていったという。それは、エル・パシフィコと思われるレストランで円卓を囲むヘミングウェイ・ファミリーの写真であった（図１－21）。円卓の右側にはヘミングウェイの妻メアリー、左側にはヘミングウェイの死後に末子グレゴリーの妻となる秘書のヴァレリー・ダンビー＝スミスが座っている。そして、円卓中央にはうつろな表情のヘミングウェイとその背後にひとりの東洋人が写っている。

着物姿で眼鏡をかけたこの男性の素性はすでに特定できている。写真右上には「ヒダノ　ユウサクへ、ご多幸あれ、アーネスト・ヘミングウェイ」（"To Yusack Hidano / Best wishes / Ernest Hemingway"）とヘミングウェイの筆跡で献辞が添えられていることから、この人物が「ヒダノ　ユウサク」という名前であると推察される。実は、キューバ移民に詳しい倉部きよたか編纂のキューバ移民リスト「移民名簿キューバ：新潟」にも同音の漢字名「肥田野　有作」という人物が含まれている。そのリストによれば、この肥田野は一九〇三年に新潟で生まれ、一九二一年八月にキューバに移り住み一九六八年にハバナで亡くなっており、第二次世界大戦中の一九四三年には強制収容所に送り込まれている（倉部「移民

図 1-21　ヴァレリー（左）、ヘミングウェイ（中央左）、肥田野有作（中央右）、妻メアリー（右）。写真右上部にはヘミングウェイによる肥田野への献辞、中央にはフィデル・カストロの サインが記されている。（ラウール・ビジャレアル所有）

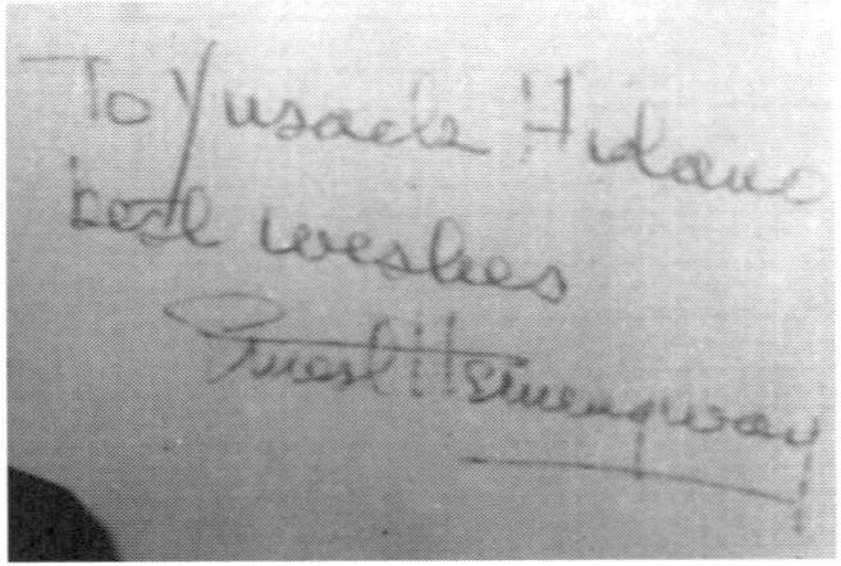

肥田野への献辞部分の拡大

図 1-22　サインを書いているフィデル・カストロ

名簿キューバ：新潟」五）。キューバ居住期間のヘミングウェイとの重なりから考えて、写真の人物が肥田野有作であることはまず間違いない[31]。加えて、筆者の知る限りヘミングウェイとこれほどの近距離で写真に納まった日本人は肥田野をおいて他にいない。

この写真がさらに興味深いのは写真中央に書かれたフィデル・カストロのサインである。サイン執筆中のカストロを写した写真（図1－22）との比較からもわかるように、ここには（"Fidel Castro / Abril 29, 64"）と書かれており、その日付からおそらくヘミングウェイの死後、一九六四年四月二九日に書き加えられたものと推察される[32]。

こうした写真の情報や資料を互いに結びつけると、次のような物語が浮かび上がる。第一次世界大戦が終わって間もなく新潟を飛び出した肥田野有作もまた、多くの日本人キューバ移民と同様に一万ドル（現在の八〇〇万円相当）もの稼ぎを夢見てキューバを目指した日本人のひとりであった（倉部『峠の文化史』一八九）。おそらく、さまざまな仕事を転々とし、日米大戦下には強制収容所に入れられたこともあったが、戦後に解放された肥田野は、ほどなくハバナの中華レストラン、エル・パシフィコで働くことになる。その店をたまたま御用達にしていた有名なノーベル賞作家のテーブル給仕を務めていた肥田野は、ヘミングウェイと写真に写る機会に恵まれ、その後の来店でその写真にサインまでもらうこともできた。やがてキューバ革命が起こり、ヘミングウェイも亡くなって三年ほどたったころフィデル・カストロが偶然レストランを訪れる。ヘミングウェイとカストロの親密ぶりを知っていた肥田野は、その写真をカストロに見せ、見事革命の英雄からもサインを得ることに成功する。そらからほどなく、二人のサインを収めた貴重で誇らしいその写真を寄贈しようと、肥田野は博物館となったヘミングウェイ邸を訪れ、レネにその写真を託したに違いない。この写真に残されているヘミングウェイとカストロという世界的に有名な文豪および革命家の痕跡は、キューバという未知の国でその生涯を終えたひとりの日系移民の数奇な人生を物語っているようで、誠に感慨深い。

こうしたヘミングウェイと日系キューバ移民との接点に関連し、ヘミングウェイと直接言葉を交わした先述の井沢が、ヘミングウェイ自身の口から実に興味深い言葉を引き出している。

「私に釣りを教えたのは日本人である」と「ヘミングウェイは」突然いった。『老人と海』という彼の小説があることを知っていたので私はちょっと驚いた。「どこにその日本人はいるんですか」と聞くと、「いまはバタバノに住んでいる。キタサキという人だ」と答えた。（井沢『ラテン』一八八）

筆者の調べでは、ヘミングウェイが自身の言葉や記述で固有名詞を挙げて言及している日本人は、先述した二人の画家、久米民十郎、国吉康雄、軍人の東郷平八郎、そしてこの「キタサキ」という名の日系キューバ移民のわずか四名にすぎない。

井沢はこの人物が博多生まれの優秀なカツオ漁氏で、キューバでは「北崎マヌエル」という名でカストロ政権下の漁業に貢献した事実まで突き止めている（井沢『ラテン』一八九～九一）。

この北崎マヌエルも倉部がまとめた日系キューバ移民名簿に記録されている。倉部が福岡出身のキューバ移民をまとめた「移民名簿キューバ：福岡」によると、この北崎マヌエルなる人物は本名を「北崎政次郎」といい福岡県北崎村の出身である。一九一五年五月五日にはメキシコに渡り、その後キューバに移住、一九七六年四月三日ハバナで亡くなっている（倉部「移民名簿キューバ：福岡」一一）。倉部によれば、日系キューバ移民の間でこの北崎は『老人と海』の老漁師サンチャゴの隠れたモデルとして知られていたというが（倉部「キューバ移民残照」）、それについては第6章であらためて触れたい。[33]

北崎はバタバノで缶詰工場を開いたり、キューバの青年を指導して漁夫を養成したりしていたが、太平洋戦争を機に他の日系移民と同様すぐさま収容所送りとなる。[34]缶詰工場に投資していたバタバノの有力者たちが北崎釈放の嘆願書を大統領に提出したが聞き届けられなかったという（井沢『ラテン』一九〇）。ハバナでの短期滞在はそれまでもあったが、ヘミングウェイがキューバへの本格的な引っ越しを開始したのが一九三九年四月であることから、ヘミングウェイが北崎と出逢うとすれば、日米開戦前の二年間か終戦後の一九四五年以降と考えてまず間違いない。なぜなら終戦後も北崎はキューバを離れなかったからである。キューバに移り住んだ日本人について倉部は次のように書いている。

　キューバに限っていえば、最初からそこに移り住むことを思って出かけた者はほとんどいない。また、結果的に留まった多くも出稼ぎ者として数年にしてそこを去る予定であった。ただ、その後の現実がかれらをそうさせなかっただけである。［……］キューバの場合、かれらをそこにとどめた現実には共通にふりかかったものとしていくつかあった。だが、そのもっとも大きなものは「日米戦争」による収容であった。（倉部『峠の文化史』一一）

倉部の言葉にあるように、北崎も収容所で終戦を迎えた日本人キューバ移民のひとりだが、彼を「そこにとどめた現実」のひとつは、一九五九年からはじまるカストロ政権下のキューバで政府漁船の指導者を務めたことであろう（井沢『ラテン』一九〇）。この事実は「私に釣りを教えたのは日本人である」という先述のヘミングウェイの言葉に、遠方よりはるばる訪れた異国人に対する単なるリップサービスを超えた、それなりの真実味を付与している。

キューバ革命から二年後の一九六一年五月五日、カストロは「キューバ革命は社会主義革命であった」と宣言しアメリカとの国交を断絶する。それから二か月後、アメリカのアイダホ州で療養していたヘミングウェイは猟銃自殺する。その後、ソ連に接近したキューバは一九六二年にキューバ危機を引き起こし米玖関係は長期の断交状態に入る。二〇一一年、フィデル・カストロは自身の体調不良を理由に弟のラウールに第一書記長の座を譲る。二〇一五年、バラク・オバマ大統領とキューバのラウール・カストロ議長との間で米・キューバ首脳会談が五九年ぶりに実現する。しかし、翌年二〇一六年、稀代の革命家フィデル・カストロが亡くなり、トランプ政権に移って以降は米玖の国交正常化の歩みは滞ったままである。

米ソのイデオロギー対立から生じた冷戦は一九八九年のソビエト連邦崩壊をもって終焉を迎えるが、極東アジアでは今でもその火種がくすぶっている。米ソがそれぞれ支持した台湾・中国、韓国・北朝鮮の対立関係は二一世紀も四半世紀に差し掛かる今日でさえ、アジアでの日本の舵取りを難しくしている。ヘミングウェイが懸念した極東アジアへの米国介入による弊害は今も続いている。

本章で見てきたように、ヘミングウェイがその生涯を送った二〇世紀前半という時代は、人や物の流動性、越境性が劇的に高まった時代であり、国家や個人にさまざまな種類の他者との出逢いをもたらした。一般にモダニズムと呼ばれるこの時代、日本および日本人もまた、さまざまな目的で海外を目指した。

日本が開国より推し進めていた近代化政策の延長線上にある日露戦争、日中戦争、および二つの世界大戦はまさにこの期間と重なり、ヘミングウェイはこのすべての戦争に何らかの形で関与していた。国家としての日本は、これら一連の戦争を通じて、自らのファシズム的欲望の怖さを思い知り、より民主的な国家として、欧米列強や中国をはじめとする隣国との新たな交際をスタートさせる。日中戦争時に訪中したヘミングウェイが目の当たりにしたのは、まさにファシスト化していく当時の日本と国内の国共対立問題に苦しむ中国の姿であり、その際に入手したであろうアジアに関する書籍が今もハバナの旧邸宅の書棚を埋めている。移民をはじめとする極東からの人の流れは、世界を移動し続けたこの作家の生涯の折々に日本人や中国人と遭遇する機会を提供した。なかでも、新たな芸術の場を求めてパリやニューヨークへ渡った画家の久米や国吉、より良き生活を夢見てキューバに移り住んだ北崎や肥田野、また、自らの思想信念に従いスペイン内戦でファシズムと戦った傭兵の白井など、彼らはみな国家や人種の垣根を飛び越えた結果、奇しくもヘミングウェイの人生と交錯した日本人たちであり、その出逢いが彼の創作に影響することさえあった。彼のモダニストとしての作風は、遥か極東に位置する中国やわれわれ日本と決して無縁ではない。次章より、ヘミングウェイ作品や史料を具体的に分析しながら、極東の二つの国家と人びとがこの作家の創作にどのように関与していたのかを詳しくみていく。

【註】

(1) "I'm getting mine [my pass port] for China, Japan and India" (*Letters 1* 233)。 コナブル夫人はトロントの富豪ラルフ・コナブルの妻ハリエット・グリッドリー・コナブル。一九二〇年、ヘミングウェイはトロントのコナブル家に居候し、『トロント・スター』紙の仕事も紹介してもらうことになる (Baker, *Life* 67–68)。

(2) 母グレースの膝に乗ったヘミングウェイが右側の姉と同じ女児の恰好をしているが、カール・P・イービーによれば、これは双子として育ててみたかったという母親の個人的な願望によるものとされている (Eby 88–99)。こうした原体験がヘミングウェイ自身のマッチョ志向や『エデンの園』などに認められる倒錯性に影響を与えたといわれている (Eby 185–240)。

(3) ヘミングウェイの蔵書リストを出版したジェームズ・D・ブラッシュによれば、キーウェストから引っ越す際、ヘミングウェイはハミルトンによるこの二巻本をわざわざキューバに持ち込んでいる (Brasch 176)。

(4) この博覧会は、一八九三年、一九三三年に開催された「シカゴ万国博覧会」のことではなく、都市規模開催のイベントだと思われる。

(5) ロバート・K・エルダーによれば、この世界博覧会は国際宣教師博覧会との共催で一九一三年五月三日から六月七日までシカゴで開催され、イベントの関係者であった宣教師の叔父ウィロビーの計らいで参加に至ったとされる (Elder 77)。

(6) パリ時代のヘミングウェイが美術館を頻繁に訪れ、とくにポール・セザンヌの画法からの影響が指摘されている。詳細は小笠原亜衣の文献を参照されたい。

(7) 国吉の作品のなかにはスペインの闘牛を描いたものもあり (http://www.fukutake.or.jp/ec/images/kuniyoshi-atoz/gallery/bullfight.jpg)、ヘミングウェイとの更なる接点が示唆される。

(8) 一九三一年二月一四日付の書簡に記載されている国吉康雄は、当時アメリカを拠点に活躍していたアメリカモダニズム画家として知られ、『夢』(一九二五) などの作品で見られるように、自身の干支にちなみ、作品に牛を取り入れたとされる。

（9）石垣はジャック白井が戦地でヘミングウェイに実際に会ったかのような論調であるが、実証性に乏しい（二三五～二三六）。また、川成洋も著書『スペイン戦争――ジャック白井と国際旅団』で、ヘミングウェイについて言及しているが、白井との直接的な接点については言及を控えている（一〇三～二五四）。

（10）この日本滞在の取材に基づいたマクリーシュの記事は『フォーチュン』誌の一九三六年九月号に“The Rising Sun of Japan” “The History of Japan” “The Farmer Does Without” “The Citizens–Subjects” “Who Runs the Empire?” の五篇が掲載されている（Macleish 279）。マクリーシュはそのなかで、日本を戦争に向かわせる要素として、互助的な慣習に支えられた農民たちの強い結束力と拡張不可避な人口密度の二点を挙げている（Donaldson, *Macleish* 257）。

（11）おそらく、「おんぶ紐」によって背負われた赤ん坊が母親の着物の襟元からちょこんと顔を出しているようすが印象的だったのだろう。

（12）この手紙に対するヘミングウェイの返信は、カーロス・ベイカーの *Selected Letters* には確認できない。現在刊行中のヘミングウェイ書簡完全版シリーズ *The Letters of Ernest Hemingway* の更なる刊行が待たれる。

（13）陶器は二〇〇六年にハバナ旧市街にあるアンボス・ムンドス・ホテルの五一一号室の通称「ヘミングウェイ・ルーム」内にて撮影した写真より作成。中国画は二〇一一年にハバナのヘミングウェイ博物館にて撮影した写真より作成。右上部に「岑嶒」という署名があることから、本名を「曾宪七」という中国人画家の作品だと思われる。ヘミングウェイの訪中時、曾は二二歳で、北京中央大学芸術学部に所属していた。その後は一九四六年にアメリカのハーバード大学芸術学部で学び、ボストン美術館で働いた経歴を持つ（https://news.artron.net/20100831/n120975.html）。ヘミングウェイとの具体的接点は不明。

（14）ブラッシュのリストに記載（Brasch 273）。

（15）書き込み頁（Smith 18）。ブラッシュのリストに記載（Brasch 333）。

（16）書き込み頁（Smith 206）。

（17）フランスの軍人モーリス・ガムランを指す。第一次世界大戦での有能ぶりを買われ陸軍総司令官や国防副大臣を務めるまでになったが、第二次世界大戦では西部戦線で連合軍総司令官として指揮を執り、フランス軍を劣勢に追い込んだ上に、現地の指揮官に責任転嫁するなど無能ぶりをさらし、失脚した。
(18) アメリカの政治家フランク・ノックスを指す。フランクリン・ルーズベルト大統領の下海軍長官を務めた。
(19) 付録の『戦う男たち』の序論完訳を参照。
(20) (*MAW* xxiv)。付録の『戦う男たち』の序論完訳を参照。
(21) ロンメルに対するヘミングウェイの称賛については、『戦う男たち』の序論および、『河を渡って木立の中へ』を扱った本書の第5章でも言及している。
(22) ヘミングウェイの伝記資料には、一九五四年に井沢らしき日本人が訪れた明白な記録はない。しかしながら、A・E・ホッチナーによれば、一九五四年のノーベル賞受賞に際し、スウェーデンからヘミングウェイを訪れたノーベル財団関係者や取材関係者に交じり、日本の代理大使と年配の日本人ジャーナリストも同伴していたという(Hotchner 148)。
(23) 三笠書房より一九五一年に出版。ブラッシュのリスト未記載。
(24) チャールズ・E・タトル商会より一九五三年に出版。このほか、三笠書房より一九六六年出版の「ヘミングウェイ全集5」『アフリカの緑の丘』(西村孝次 訳)も所蔵が確認できたが、出版年からヘミングウェイの死後郵送されたと推察される。いずれもブラッシュのリスト未記載。
(25) ブラッシュのリスト未記載。
(26) 一九五二年、香港の中一出版社より『老人與海』と題して出版。ブラッシュのリスト未記載。
(27) ブラッシュのリストに記載(Brasch 351)。
(28) ブラッシュのリストに記載(Brasch 351)。
(29) Pu-wei (Yang) Chao. *How to Cook and Eat in Chinese*, 1945. ブラッシュのリストに記載(Brasch 102)。
(30) このヘミングウェイの電話帳には、個人や施設を含め、およそ二五〇件あまりの電話番号が記録されている。
(31) 倉部は第二次世界大戦中のキューバの強制収容に関しても肥田野に言及している(倉部『峠の文化史』二五一頁)。
(32) "Abril" はスペイン語で「四月」。
(33) 筆者は二〇一九年六月にキューバのバタバノを訪れ、北崎政次郎についての調査をしたが、写真も含め新たな発見に至っていない。現在、キューバのヘミングウェイ博物館での写真資料の調査を計画しており、ヘミングウェイと北崎の関係について新たな発見が期待される。

(34) 第二次世界大戦時の日系人に関し、トマス・G・ボウイ＝ジュニアは、米軍に従事した日系アメリカ人による「四四二部隊」のひとり、ジョー・サカトが語った収容所体験と従軍体験を取り上げ、『われらの時代に』に収められたヘミングウェイの戦争物語と対照させながら、「戦争体験の語り」が持つダイナミズムとその必要性を論じている（Bowie Jr 222–25）。

第2章　語り手フレデリックの「学び」
――『武器よさらば』に見る同盟・共闘と日米確執

そこでぼくは言った。誓って言うが［アメリカは］ブルガリアにも宣戦布告するよ、それから日本にも。でも日本はイギリスの同盟国じゃないか、と彼らは言った。［……］日本はハワイをほしがっているんだ、とぼくは言った。

『武器よさらば』より

1．日本を語る小説主人公

主人公が「日本」について直接言及している点で特筆すべきヘミングウェイ作品が初期長編小説『武器よさらば』である。小説の背景である第一次世界大戦（一九一四～一九一八）は、その名の通り世界的規模で行われた人類最初の戦争であり、その被害も甚大であった。戦車、毒ガス、戦闘機などの近代兵器の導入に加え、何より戦争が長期化したことが戦災規模を拡大させた。小説のヒロイン、キャサリン・バークリーも言及しているように、八月の開戦当初は「クリスマスまでには終わるだろう」と考えられていたこの戦争は結局足かけ五年に及ぶことになる（*FTA* 141）。塹壕戦など戦闘形態の変化も一因ではあるが、この戦争が大規模化および長期化した背景には国家間の同盟や密約があったとされる。いわゆるサラエボ事件（一九一四）によってオーストリア＝ハンガリーとセルビアとの間ではじまった二国間の対立が「連合国」対「中央同盟国」というヨーロッパを二分する大戦争へと発展していくプロセスには同盟・密約という共闘関係を構築するシステム自体が深く関与していたのであり、後述するように日本もこのシステムの影響下にあった。

一八歳のヘミングウェイがイタリアでの従軍と負傷を経験したこの第一次世界大戦は一九一八年一一月に終戦を迎える。この大戦に対する責任追及は当初、敗戦国ドイツの皇帝ヴェルヘルム二世を裁判にかけるという、戦勝国イギリス、フランス主導による単純な個人責任論で幕を開ける。皇帝の亡命先であるオランダの中立姿勢によってこの英仏の主張は潰え、一九二〇年代中ごろになると一九世紀後半から国家間で盛んに行われていた同盟・密約が大戦の主要因として議論され、ヘミングウェイが『武器よさらば』の執筆と出版を果たす二〇年代後半までには大戦参加国の多くが戦時中の同盟・密約に関する公文書を公開するようになる。

実は、こうした参戦国間の野放図な同盟・密約の存在は『武器よさらば』のなかでさまざまな形で示唆され、アメリカ人の主人公フレデリック・ヘンリーを取り巻く物語環境にも深く関与している。さらに、語り手としてのフレデリック（以下本文では「語り手フレデリック」と略記）は第一次世界大戦の背後にあったこれらの史実に対する知識を学んだ存在として、その「学び」を過去の自分自身の浅薄な戦争観に対するシニカルな語りや回想する場面選択に反映させているように思われる。言い換えれば、語り手フレデリックの回想からは、同盟・密約からなる「連合」という共闘関係が孕む問題の複雑さ、およびヨーロッパ戦線だけに留まらない日米を含む参戦各国の思惑が絡み合う第一次世界大戦の真相を、読者に伝えようという意図が感じられるのである。

戦争に焦点を当てた『武器よさらば』の研究は、古くはフィリップ・ヤング、最近ではアンドリュー・ファラが再考している「戦争トラウマ」が牽引役となってきたが[1]、ヘミングウェイはロバート・マニングとのインタビューで「ヤングの理論はプロクルステスの寝台だった」と述べ、その杓子定規な分析を早々に非難している（Manning 178）。その後フレデリックの戦争観や人生（恋愛）観を互いに関連付け、「二重虚構」（"double masquerade"）や「無頓着」（"not-caringness"）（Rovit 35）を指摘する考察や、作品に散見される「ゲーム・モチーフ」（"game motif"）（Lewis 123）に焦点を当てるなど作品分析に基づいた作品解釈へと移行するが、第一次世界大戦そのものの構造的特質への考察には至らない。

また最近では、アレックス・ヴァーノンがイタリア従軍に対する曖昧な動機や「単独講和」をめぐるフレデリックの態度に戦中戦後のアメリカの対外政策との符合、および「孤立主義」に傾倒していく一九三〇年代アメリカ人読者層へのヘミングウェイによる配慮を指摘し、「ヘミングウェイは当時、万人受けするように自身の経験を修正したのだ」（M. Reynolds, *Young* 21）というマイケル・レイノルズによる「ヘミングウェイの読者迎合論」を全面的に支持している（Vernon 392）。

しかしながら、カール・フォン・クラウゼヴィッツの『戦争論』（*On War*, 1832）なども愛読していたヘミングウェイの戦争思想家としての資質をあらためて考慮するならば[2]、安易な「読者迎合論」に落ち着くことなく、同盟や共闘など第一次世界大戦の特殊性をヘミングウェイがどのように捉え、作品にどう関与させたのかという視点に立ち返る必要があると思われるのである。
そこで本章では、第一次世界大戦の同盟や密約などの史実に焦点を当てながら、『武器よさらば』を「共闘」をキーワードに再読する。語り手フレデリックが自身の戦争体験から得た「学び」が、「連合」という共闘関係が孕む偽善性や自己矛盾への気づきにあるという前提に立ち、そのことと「単独講和」などの語彙選択、語り手フレデリックの回想に現れるイタリア軽視や牧師との戦争談義とを結びつけて考察することで、「共闘」という第一次世界大戦の文脈がこの作品の恋愛小説の側面といかに溶け合い、物語全体の悲劇性を作り出しているかについて明らかにしたい。

2.「単独講和」と同盟・密約

『武器よさらば』の第三四章冒頭、命からがら戦場から逃げ延びた先のミラノで、軍服を脱ぎ捨て、久しぶりに普段着に身を包んだ当時の心境を思い出し、語り手フレデリックが次のように回想している。

普通の服を着ると、これから仮装舞踏会へ出かけて行くような気がした。軍服生活が長かったせいか、普通の服を身にまとう感じが懐かしく思われた。[……]新聞は持っていたが、戦争の記事が嫌でも目に入るので読まなかった。戦争のことは忘れるつもりだった。ぼくは単独講和を結んだの

だ。（*FTA* 243）

しばらく離れていた市民生活に対する懐旧の念に加え、語り手フレデリックは自身の戦闘放棄を「単独講和」（"separate peace"）という言葉で表現する。同様の事例は同じく第一次世界大戦のイタリア戦線を描いた『われらの時代に』（*In Our Times*, 1925）の第六章の戦争スケッチにも認められる。ヘミングウェイの短編主人公でお馴染みの「ニック」という名の兵士が、『武器よさらば』に登場するイタリア人軍医と同名の戦友リナルディに「おれもおまえも単独講和を結んだようなもんだな」（*CSS* 105）と述べ、ともに戦傷を負い、もはや非戦力化した自分たちの状況を例えている。(3)

この「単独講和」という用語を巡っては、エドガー・ジョンソンが論文 "Farewell the Separate Peace" のなかで「唯一の単独講和は死のなかにある」（Johnson 113）と解釈し、ロバート・W・ルイスが「孤独な自由」（"solitary freedom"）（Lewis 28）と換言しているように、「戦争（の恐怖）からの逃避」や「個人主義的回帰」などこの言葉の象徴性をいかに読み解くかを中心に議論が進められてきた。しかしながら、こうした抽象論に向かう前に、より具体的で歴史的な文脈として、語り手フレデリックがこの用語を選択した理由をロシアによる実際の「単独講和」に見出すことができる。

英仏と協商関係にあったロシアは、この同盟関係の連鎖によって連合国側で参戦していたが、一九一七年一二月一五日、自国で起きた革命運動を理由に突如ドイツ率いる中央同盟国に対して単独で休戦協定に調印し、翌一九一八年三月三日にドイツ、オーストリア、トルコとの単独講和に踏み切る。(4)
連合国の足並みを乱すこのロシアによる単独講和の問題がアメリカにとっていかに大きな関心事であっ

たかを当時の『ニューヨーク・タイムズ』(*New York Times*)紙の記事が伝えている[5](図2－1)。

フレデリックによる戦場からの逃亡がロシアによる単独和平交渉と同時期の一九一七年の冬に設定され、翌年一九一八年三月のキャサリンとのスイス亡命がロシアによる単独講和成立と同時期である点をあらためて考慮すると(*FTA* 308)、「単独講和」という用語の選択は、このロシアによる単独講和を文脈にしている可能性が高い[6]。つまり、語り手フレデリックは、当時の自分には気づけていなかったより大きな文脈で自身の戦場からの逃避を語り直す際に、同盟で結ばれた「連合」という連帯を乱して第一次世界大戦から単独であっさり離脱してしまった当時のロシアに自分を重ね合せたといってよい。

したがって、「単独講和」という言葉には、語り手フレデリックが抱く連合国の軍人としての個人的

Berlin Hears Separate Peace Has Been Offered to Russia.

LONDON, March 27.—A dispatch to the Exchange Telegraph from Amsterdam says:

"According to a Berlin telegram received by the Amsterdam Bourse, Berlin is filled with rumors that Germany has offered a separate peace to Russia.

"The terms offered are said to be complete autonomy to Poland, the internationalization of Constantinople, the evacuation by Russia of Austrian territory, and a Russian protectorate over Armenia."

RUSSIA SPURNS A SEPARATE PEACE; NEW CALL TO ARMY

Reorganized Cabinet a Unit for General Peace Only and No Indemnities.

Francis Warns Russians of Danger in Separate Peace

PETROGRAD, Jan. 13.—In the course of a New Year's message to the Russian people David R. Francis, the American Ambassador, says: "The Russian people cannot too often be reminded and too deeply impressed by the fact that their hard-earned freedom is jeopardized by negotiations for a separate peace, nor that if Germany dominates Russia their liberty and the fruits of the revolution will be sacrificed."

図2-1 『ニューヨーク・タイムズ』に掲載のロシアの単独講和に関する記事

な挫折感や失望を読みとることができるのであるが、それと同時に、「連合」による「共闘関係の脆弱性」というより大きなテーマを作品に付与する働きも担っている。この共闘関係の野放図な拡大こそが第一次世界大戦の本質なのであるが、この拡大を構造的に可能にしていたのが国家間の「同盟体制」(system of alliance)、および密約中心の外交手法、いわゆる「旧外交」(old diplomacy)であった。例えば、ジェームズ・ジョルは第一次世界大戦の起源について次のように述べている。

> ヨーロッパを二分し、第一次世界大戦を不可避にしてしまったのは同盟制度の存在であった。国民が知らぬうちに国家間で結ばれた悪意ある密約の温床となった「旧外交」が非難されることになった。(Joll 3)

> 一九二〇年代にはこうした国家間の制度や敵対的同盟の存在、「旧外交」による悪影響を多くの人びとが非難した。事実、第一次世界大戦の土壌はこうして整えられたのだった。(Joll 7)

ジョルは、第一次世界大戦におけるヨーロッパの分断および国家主導の戦争参加に同盟や密約が関与していた点を指摘し、この同盟・密約が終戦後の一九二〇年代に戦争原因として議論されたと述べている。この同盟・密約合戦の根底にビスマルクの時代より旧外交を得意としてきたドイツと彼らが仮想敵国としていたフランスとの対立があったことは今や周知の事実であるが(Hart 18)、そのフランスと三国協商(一八九一)を結んでおきながら一九〇一年までドイツとの同盟を画策していたイギリス(Hart 23-

24）、およびその画策に失敗したイギリスと翌年に日英同盟（一九〇二～一九二三）を結ぶ日本など、後述するようにフレデリックやイタリア人たちが非難の矛先を向ける国々もまた第一次世界大戦勃発の土壌となる同盟・密約の連結網に絡めとられていたといってよい。

こうして見ると、語り手フレデリックは「単独講和」という用語の使用によって、これまで一般に指摘されてきた自身と戦争とのきわめて個人的な関係を象徴させる以上に、「単独」の前提となる「集団」、すなわち複数国家からなる「連合」とその背後にあった同盟・密約の視点を作品世界に持ち込んでいると思われるのである。

3．イタリア従軍の違和感

『武器よさらば』の前半部、フレデリックはイギリスが運営する野戦病院で、キャサリンや婦長らイギリス人たちからイタリア軍で従軍している理由を繰り返し問われる。

「なんでこんなおかしなことに、イタリア軍にいるなんて」［キャサリンが言った。］
「正式な軍隊というわけではないんです。救護班です」［ぼくは言った。］
「それにしたっておかしいですわ。どうしてそうなさったの」
「どうしてだろう」ぼくは言った。「すべてに理由があるってもんでもないでしょう」（*FTA* 18）

「あなたね、イタリア軍にいるっていうアメリカ人は」彼女［看護婦長］が言った。
「そうですが」［ぼくは言った。］
「どうしてそんなことになったのですか。なぜこちら［イギリス軍］に入らなかったの」
「わかりません」ぼくは言った。［……］
「［……］なぜイタリア軍に入ったの」
「イタリアにいたし、イタリア語が話せたので」ぼくは言った。（*FTA* 22）

フレデリックに繰り返し突きつけられるこれらの問には、アメリカ人がイタリア軍に従軍することに対して彼女たちイギリス人が抱く違和感が強調されている。さらに、いずれの場合もフレデリックは彼女たちを納得させるに足る明確な回答を持たない。この何とも中途半端な質疑応答の場面を、語り手フレデリックが二度にわたって読者に繰り返し語るその意図を知るために、イタリアが第一次世界大戦に参戦した歴史的経緯に触れておかねばならない。

『武器よさらば』の主人公フレデリックが従軍するのは、作中の記述から、イタリア参戦と同年一九一五年の夏以降、アメリカ参戦のおよそ二年前と推察される。(7) 一八八二年に結ばれた三国同盟によってドイツ、オーストリア＝ハンガリー帝国（以下オーストリアと略記）と長年同盟関係を維持してきたイタリアは、「未回収のイタリア」（Italian irredentism）と呼ばれる領土問題を理由に、それまでの長きにわたる同盟関係を突然反故にして、オーストリアに対し一九一五年四月に宣戦布告し、連合国側で参戦することになる。「イタリアの存在が事態をさらに複雑にした。公的にはオーストリア＝ハンガリーの同盟国ではあったが、戦争になった場合のこの国の動向は雲をつかむような話であった」（Joll 92）というジョルの記述にも明らかなように、連合国側でのイタリア参戦は予測がきわめて困難だった。事実、イタリアは一九一五年四月二六日に三国同盟の放棄を宣言したのだが、英仏との密約（ロンドン条約）に署名したのは前日二五日だったとされる（Repington 492）。したがって、英米両国にとって第一次世界大戦のイタリアは、同盟・密約で即席に作られた「連合」という関係だけで結びついた一過性の与国であったといってよい。先の引用でイギリス人であるキャサリンと婦長が示したアメリカ人フレデリックのイタリア軍所属に対する批判的態度は、こうした背景を文脈にしていると思われる。つまり、二人のイギリス人看護婦は、歴史的にも文化的にもアメリカとの親和性が高いイギリスの軍隊ではなく、同盟・密約による即席の与国イタリアでアメリカ人が従軍していることに違和感を抱いていたのであり、このことはイギリス人婦長の態度にフレデリックが感じ取った「ぼくがイタリア軍にいるのをいくぶん不名誉なことだと思っているようだった」（*FTA* 86）という記述にも裏打ちされている。つまり、このフレデリックと看護婦たちとの会話部には、「連合」という国家レベルの共闘が内包している異国民同士の反目関係が描かれているといってよい。

しかしながら、このようにアメリカ人がイタリア軍で従軍することの違和感とそれに見合う「動機の必要性」が強調されていながら、フレデリックにはこの二人のイギリス人を納得させる理由がない。フレデリックの従軍がアメリカ参戦より二年早いイタリア参戦とほぼ同時期であるとする語り手の言葉を信頼するならば、当時フレデリックがイタリアで従軍した理由は、「アメリカの友好国イギリス属する連合国側から、たまたま自身が留学滞在していたイタリアが参戦したから」ということになる。実際、語り手フレデリックも告白しているが、当時のフレデリックにとって、「この戦争はぼくとは何の関係もないものだった。映画の戦争のようにぼくにとっては危険でないもののように思われた」（*FTA* 37）のであり、こうした無思慮な戦争との向き合い方自体が、スペイン内戦でファシズムと戦うために人民戦線に加わった『誰がために鐘は鳴る』の主人公ロバート・ジョーダンの場合とは大きく異なる。

結局イギリス人看護婦らによる質問の意図もイタリア人への揶揄の理由もこのときのフレデリックには理解されないことから、語り手フレデリックがこの場面を語り直す目的は、連合国共闘に関わる個人が国民として抱えるジレンマの存在をあらためて示唆するとともに、同盟・密約が絡む英米伊の国家間の関係に対する認識が甘く、「連合」という名の共闘関係をロマンティックに信じ、国民意識の希薄だった当時の愚かな自分を読者に共有してもらうことにあるといえよう。

4．牧師の教えと戦争責任

当時のフレデリックに認められるこうした戦争認識の甘さや無自覚なナショナリティはイタリア人従軍牧師による指摘の対象にもなっている。「物語の出来事すべては、彼が語り直しをはじめる前に起きたことだ」（Lewis 89）というルイスの指摘にも示唆されているように、この物語は「主人公フレデリック」に対する「語り手フレデリック」の認識や知識の優位性を前提にしている。この両者の関係は、イタリアで従軍した戦争知識の乏しい一九歳の若きヘミングウェイ自身と、後に第一次世界大戦の同盟・密約の記述を含むチャールズ・コート・レピントンの著書『第一次世界大戦　一九一四〜一九一八年——チャールズ・カート・レピントン中佐の体験記』（*The First World War, 1914-1918: Personal Experiences of Lieut-Col. C. à Court Repington*, 1920）から知見を得て（Brasch 303）、その記述を高評価する『武器よさらば』執筆時期の作家ヘミングウェイとの知識の差とも符合する。[8]語り手フレデリックが執筆時のヘミングウェイ自身と同程度の戦争認識を有していると仮定するならば、牧師に対する語り手の次の記述には留意が必要である。

彼［牧師］はいつもぼくの知らないことを知っていた。ぼくが学んだつもりでいてそのくせいつも忘れてしまっていることまで知っていた。でも当時のぼくは、まだそうしたことに気づいていなかった。それは後になってから学んだのだ。（*FTA* 14）

作品の序盤から語り手フレデリックによってこうしたお墨付きを与えられている牧師に対し、例えば米詩人ロバート・ペン・ウォレンは「この牧師の役割は愛の真の意味を伝えることである」（Warren 56）と述べ、牧師の優れた知見が「真の愛」に関するものであることを示唆している。本論もウォレンの指摘する牧師の役割を否定するものではないが、フレデリックに対する牧師の役割に言及した論考がこうした「愛の伝導者」に大きく偏っているのは不思議である。[9]なぜなら、作中のフレデリックと牧師の対話の内容は愛よりも戦争に関するものの方が明らかに多いからである。

一九一七年四月のアメリカ参戦を経て、母国とイタリアが連合国の与国関係になって間もない夏、フレデリックは砲撃を受けて戦傷を負い野戦病院に担ぎ込まれる。病床のフレデリックを見舞いに訪れた牧師とフレデリックは次のような会話を展開する。

「［……］私は戦争が嫌なのです」［牧師が言った。］

「ぼくだって戦争を楽しんじゃいませんよ」とぼくは言った。すると彼は首を横に振って窓の外を見た。

「あなたはこの戦争を気にかけてはいない。この戦争がわかっていないのです。許してくださいね。あなたが怪我人なのは承知しています」

「この怪我は偶然なんです」

「それでも、そうして怪我をされても、あなたにはこの戦争がわかっていない。そのことはわかる。私自身この戦争がわかっているとはいえませんが、少し感じるところもあるのです」

「怪我をしたとき、ぼくらも戦争について話していたんです。パッシーニのやつが語りだして」

牧師は眼鏡を置くと、何やら考えていた。

「彼らのことはわかります、同じようなものですから」彼は言った。

「でも、あなたは違うでしょ」

「でも実際のところは、彼らと同じようなものです」

「将校たちは何もわかっていませんものね」

「わかっている将校もいます。なかにはとても繊細で、われわれよりも深刻に感じている人もいます」

「まったくの別物というわけだ」

「教育とか裕福とかの問題ではないのです。何か別のものです。パッシーニのような人間は、教育を受け裕福であろうと将校にはなりたがらないでしょう。私だって将校になるつもりなどありません」（*FTA 70*）

牧師は、将校であるフレデリックの不十分な戦争認識を指摘するとともに、同じ砲撃で爆死したフレデリックの部下で民兵のパッシーニとの戦争認識の共有を示唆している。そこで、生前のパッシーニとフレデリックとの間で交わされた戦争談義をみておきたい。


「戦争は良くないってことはぼくにもわかるが、ぼくたちで終わらせないと」「ぼくは言った。」

「終わりゃあしませんよ。戦争に終わりなんてもんはないですよ」「パッシーニが言った。」

「いや、あるだろ」

パッシーニは首を横に振った。

「戦闘に勝ったって戦争に勝ったことにはなりませんよ。［……］どちらかが戦いを止めないと。どうしてうちらは戦いを止めないんですかね。相手［オーストリア］がイタリアに南下してきたところで、疲れりゃ引き上げていきますよ。向こうさんにも自分の国ってもんがあるんだから。それなのに止めないで、ここで戦争をやっている」

「雄弁家じゃないか」
「国を操っている階級ってのがあって、そいつらが間抜けで何にもわかっちゃいないもんだから、いつになったって終わんないんですよ」（*FTA* 50–51）

このいかにも民兵らしいパッシーニの悪態が、実は長引く第一次世界大戦の本質を捉えている。すなわち、最終的な勝利までは戦争を止めたくないと考える人びとの意思が戦争を長引かせているのであり、そう考える人の多くが密約や同盟に携わる国家の指導者たちなのである。これこそが牧師がパッシーニと共有していると考えている戦争認識にほかならないのであるが、パッシーニを雄弁家と呼んでからかう態度が示しているように、先述の牧師との会話と同様、パッシーニの言葉も当時のフレデリックの関心を引くことはなく、新たな気づきには至っていない。

戦闘と戦争を混同しているというパッシーニの指摘が物語っているように、そもそもフレデリックの関心は戦争自体よりもむしろ戦闘にあると思われる。このことは、これまで見てきたパッシーニや牧師相手の神妙な戦争談義とは対照的な、バインジッツァ高地戦線で出逢った愛国者のイタリア人将校ジーノとの嬉々とした戦闘懇話が裏付けている（*FTA* 183–84）。当時のフレデリックが豊富な戦闘の知識を持った将校であることを否定するつもりはない[10]。しかし、長引く戦争の背後にあるより大きな文脈を見極める視野に欠けていたという指摘は免れないだろう。

パッシーニの戦争談義は、フレデリックのイタリア従軍に対してもうひとつの問題を提起している。パッシーニはオーストリアの例を持ち出して、異国人がわざわざ自国を出てまで他国で戦争をすることの愚かさを指摘している。さまざまな思惑で参戦した複数の他国が自国イタリアの内部で戦争をしている状況下、パッシーニのような直ちに戦争を止めたい民兵にとっては、勝つまで戦争を続けようとする者は敵であろうと味方であろうと迷惑な存在に変わりはない。この点もまた、イタリアで従軍しながら勝つまでは戦争を続けるべきだと考えているアメリカ人のフレデリックに対して、牧師が気づきを促そうとしている点であり、語り手フレデリックはそのときの牧師との会話のようすを次のように回想している。


「あなたの階級は将校と同じでしょう」［ぼくは言った。］

「実際は違います。あなたはイタリア人ですらないでしょう。でもあなたは部下にとっては将校に近いですね」［牧師が言った。］

「何が違うんです」

「うまく言えませんね。戦争をしたがる人たちがいるんですよ。この国にもそういう人たちがたくさんいます。戦争をしたがらない人たちもいます」

「でも前者が後者に戦争を無理強いしていると」

「そうです」

「じゃあ、ぼくはそれに加担しているわけだ」

「あなたは外国人じゃありませんか。あなたは愛国者ですよ」（*FTA* 70–71）

牧師は、将校など階級ごとの戦争責任から、戦争を望む者たち全体の責任の問題へとフレデリックの視点を導こうとする。しかしながら牧師はそれと同時に、敗北よりは戦争の継続を願う将校のひとりであるフレデリックの戦争責任への言及をあえて避け、代わりに「あなたは外国人［アメリカ人］じゃありませんか。あなたは［母国アメリカの］愛国者ですよ」のような含蓄込めた言葉で、フレデリックにアメリカ国民としての自覚を促しているのがわかる。(11) つまりこのとき牧師は、自分を純然たるイタリア軍人と思い込んで戦争責任を語ろうとしているフレデリックに母国を自覚させることで、アメリカも含めさまざまな思惑や密約によって参戦し、勝利まで戦争を続けようとする他の国々と同質の思考がフレデリックにも潜んでいることに気づかせようとしていたのである。

5．フレデリックのナショナリズムとハワイ

残念ながら、牧師との一連の戦争談義の回想シーンにおいて、フレデリックが牧師の教えに気づくようすはないのだが、(12)「後になってから学んだ」ことによって、牧師と同じ戦争認識に達している語り手フレデリックは、これまで見てきた、共闘関係の背後にある同盟・密約や自身の無自覚なナショナリティを文脈に据えた、われわれ日本も関わる興味深い回想を用意している。

イタリア人たちはぼくらアメリカがトルコに宣戦布告するか聞いてきた。［……］アメリカはおそ

らくトルコに宣戦布告するだろうとぼくは言った。それならブルガリアに対しては？ ぼくらはすでにブランディーを四、五杯は飲んでいた。そこでぼくは言った。誓って言うがブルガリアにも宣戦布告するよ、それから日本にも。でも日本はイギリスの同盟国じゃないか、と彼らは言った。イギリスなんか信用できるか［他のイタリア人が言った］。日本はハワイをほしがっているんだ、とぼくは言った。ハワイってどこにあるんだ？ 太平洋さ。［……］おれたちはフランス人からニースやサヴォァアをぶんどるんだ［……］とリナルディ［イタリア人軍医］が言った。（*FTA* 75–76）

フレデリックのアメリカに対する帰属意識が垣間見られるこの酒席の場面に対しローラ・グルーバー・ゴッドフリーは「酒宴の席で生じたユーモアの描写」と位置付けているが（Godfrey 157）、普段は共闘関係にあるそれぞれの国の思惑が顕在化するこの瞬間にこそ、語り手フレデリックがこの酒席の場面を回想した真意が隠されている。主人公フレデリックによる「米国の対日宣戦布告」発言もイタリア人リナルディによるフランス領土への欲望も連合国同士の連帯性を損なうものであることは言うまでもない。フレデリックの発言に対し同席していたイタリア人兵士は、日本の第一次世界大戦参戦の根拠ともなった「日英同盟」を持ち出してフレデリックの日本敵視に疑義を唱えるが、他のイタリア人が連合国イギリスさえも揶揄する。酒に酔ったフレデリックの発言はハワイをめぐる日米の確執へと発展するが、ヨーロッパ戦線とは一見無縁な太平洋の小列島の地名はヨーロッパ戦線で戦っているイタリア人兵士たちにはピンとこない。後続する「どうして日本はハワイがほしいんだ？」というイタリア人の質問に対し、フレデリックは「日本は本当にハワイがほしいわけじゃない。口だけだ」と議論を収束させる方向に話の舵を切るも、この酒席の回想を通して参戦国が孕むさまざまな思惑が暴露されている。

そこで、語り手フレデリックが回想を通して言及している「日米確執」の背後にある歴史的文脈を紐解いておこう。一九世紀末に訪れる「フロンティア消滅」（一八九〇）に備え、第二一代アメリカ大統領チェスター・A・アーサーが掲げた「主要な太平洋国家」（chief Pacific power）（Millett 265）という自国の再定義にも表れているように、アメリカは海外市場および安全保障の範囲を本格的に太平洋へと拡大させるために、海軍の強化、ハワイやサモア獲得へと乗り出す。とりわけハワイに関しては、このアメリカによる一連の太平洋進出に深く関与したアメリカの海軍大学講師で後に世界最高の海軍歴史家と称されるアルフレッド・T・マハンは、ハワイを「アジアへの架け橋」（bridge to Asia）と位置付け（Millett 275）、その併合を切望したとされる。米西戦争の経験からハワイの地政学的重要性を認識したアメリカは、その終戦日と同日の一八九八年八月一二日にハワイを併合するのであるが、それ以前に存在していたハワイ王政が併合への抵抗政策として日本との外交関係を深め、日本が海軍を派遣するなどして併合への抵抗を支援していたことから、[13] ハワイをめぐるアメリカと日本の確執はそもそも根深いものであった。

二〇世紀に入り日本の台頭が本格的にはじまると、両国の間に位置するハワイの存在がアメリカにとって地政学的にも外交的にも重要視されるようなる。例えば、日露戦争のさなか、当時の米大統領セオドア・ルーズベルトが一九〇四年一二月二七日に駐米イギリス大使セシル・スプリングライスに宛てた手紙のなかで、勝利への緊張からか日本人がとりわけアメリカ人に対して不遜な態度をとっていたという記者たちの報告に対し、ルーズベルト大統領は、フィリピンやハワイを巡ってアメリカがこれまで行ってきた日本への妨害に対する日本人の秘めたる感情が顕在化したとの認識を示している（Dennett 48）。これに関しタイラー・デネットは当時の「日本はアメリカの太平洋進出についてことさら神経質になっていた。日本人のなかにはフィリピンだけでなくハワイも手中にしたいと思っていた者もいた」（Dennett 108）と述べ、フレデリックが酔いに任せて発した「ハワイ」もまた日米確執の矢面に立たされていたことを裏打ちしている。

さらに、こうした太平洋の覇権をめぐる日米の確執がドイツによる対日密約の画策にも関与し、アメリカ参戦の要因のひとつとなった史実は留意すべきである。一般に「ツィンメルマン電報」（Zimmermann Telegram）と呼ばれている一通の電報によってドイツが日本との密約を画策していたことが明らかとなる(14)（図2－2）。

わが国［ドイツ］は二月の初日、無制限潜水艦戦を開始する意向である。しかし一方でアメリカが中立姿勢を維持するよう尽力する。これに失敗した場合に備え、わが国は次の条件のもとメキシコに同盟を提案する。その条件とは、共闘、和平締結、寛大な財政支援、および［アメリカに奪われた］テキサス、ニューメキシコ、アリゾナの領土回復に対する支持である。［……］貴下はアメリカとの戦争が起こり次第、上記提案を極秘裏に［メキシコ］大統領に持ち掛け、あわせて、日本にも即時同盟参加を促してもらい、同時にわが国と日本の仲介役になってもらうよう大統領に提案すべし（Tuchman146）。

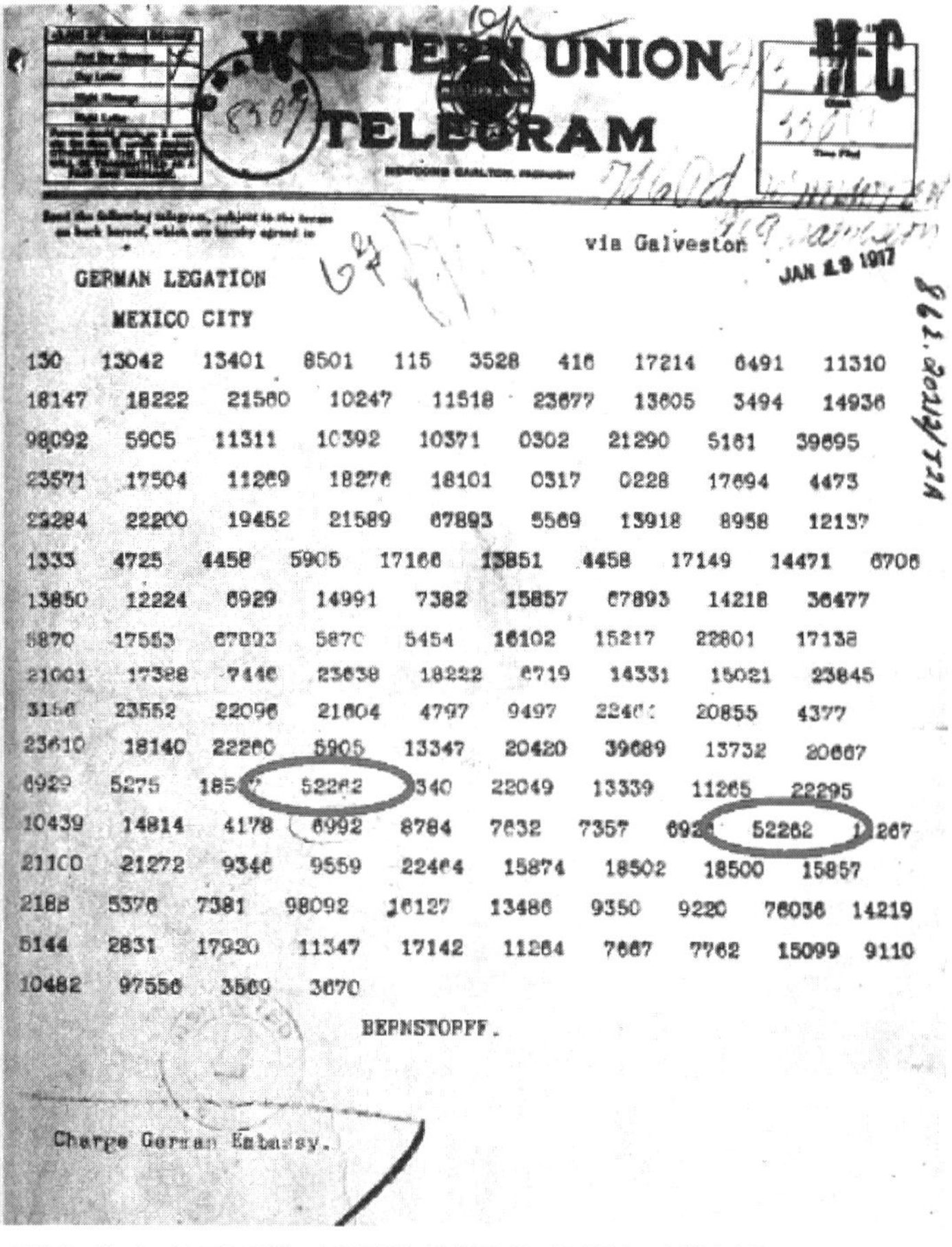

WESTERN UNION
TELEGRAM

via Galveston

JAN 19 1917

GERMAN LEGATION

MEXICO CITY

130 13042 13401 8501 115 3528 416 17214 6491 11310
18147 18222 21560 10247 11518 23677 13605 3494 14936
98092 5905 11311 10392 10371 0302 21290 5161 39695
23571 17504 11269 18276 18101 0317 0228 17694 4473
22284 22200 19452 21589 67893 5569 13918 8958 12137
1333 4725 4458 5905 17166 13851 4458 17149 14471 6706
13850 12224 6929 14991 7382 15857 67893 14218 36477
5870 17553 67893 5870 5454 16102 15217 22801 17138
21001 17388 7446 23638 18222 6719 14331 15021 23845
3156 23552 22096 21604 4797 9497 224[illegible] 20855 4377
23610 18140 22260 5905 13347 20420 39689 13732 20667
6929 5275 185[illegible] 52262 [illegible]340 22049 13339 11265 22295
10439 14814 4178 6992 8784 7632 7357 692[illegible] 52262 [illegible]267
21100 21272 9346 9559 22464 15874 18502 18500 15857
2188 5376 7381 98092 16127 13486 9350 9220 76036 14219
5144 2831 17920 11347 17142 11264 7667 7762 15099 9110
10482 97556 3569 3670

BERNSTORFF.

Charge German Embassy.

図 2-2　ツィンメルマン電報　丸印で囲んだ「52262」は「日本」を意味する

一九一七年一月一六日、ドイツ帝国外務大臣アルトゥール・ツィンメルマンによってワシントン大使館経由でメキシコ・シティー駐在ドイツ公使フォン・エッカルトに送られたこの暗号電報は、ドイツによる無制限潜水艦作戦再会の事前報告、そしてアメリカによって併合された旧メキシコ領奪還の援助を見返りとしたメキシコ大統領への同盟提案、および日本との密約仲介の依頼が指示されている。[15] バーバラ・W・タックマンによれば、当時、領土問題や人種差別を巡ってともにアメリカに反感を持っていた日本とメキシコは太平洋を隔てて人種的親近感すら共有していた（Tuchman 34）。この電報に記されたドイツの思惑は日本とメキシコが共有していたこの反米感情を利用したドイツによる両国への紛れもない密約の提案である。そして、この電報の発覚からほどなく、モンロー主義により頑なに中立を保ってきたウッドロー・ウィルソン政権下のアメリカは一九一七年四月、ドイツへの宣戦布告をもって連合国側で第一次世界大戦に参戦する。密約を内包したこの電報は、まさにアメリカにとって戦争への「蹴り込み」（"kick"）（Tuchman 199）となったのである。

しかしながら、一方でそのドイツが、メキシコとの連帯を図る日本の姿勢をアメリカにとっての「黄禍」（yellow peril）であると繰り返し喧伝し（Tuchman 58, 142）、アメリカの関心を参戦から国防へと逸らす手段としてレイシズムを利用していたことは重要である。[16] なぜなら、アメリカはともに連合国側で戦うことになる日本に対する政治的確執だけでなく、日本人に対する人種的猜疑心も抱えたまま第一次世界大戦に参戦したことになるからである。先述の酒席の回想で日本への露骨な不信感を示す酒に酔ったフレデリックに対し、イタリア人少佐が「日本人は踊りや軽めのワインを愛する素晴らしい人たちだよ」（*FTA* 76）と日本人の人種性に言及しながら、慌てて連合国間の信頼回復を試みるのは、連合という共闘関係の背後にあったこうしたレイシズムの投影かもしれない。

こうした歴史的背景を読み込んだとき、語り手フレデリックが回想する酒席の日本批判が単なるユーモアの域を越え、当時の母国アメリカの国家的かつ政治的文脈を多分に内包していたことがわかる。そしてこれこそ牧師がフレデリックに自覚を促していた母国アメリカに対する帰属意識や愛国心が顕在化するまさにその瞬間であり、言い換えれば、戦争の継続を望む参戦国の思惑と「連合」という共闘関係が孕む偽善性があらわになる瞬間である。牧師がフレデリックに期待していたのは、第一次世界大戦が孕むこうした共闘関係の偽善性、およびフレデリック自身もその偽善性と無関係ではないという「学び」であった。

6. フレデリックの同盟・キャサリンとの共闘

これまで、第一次世界大戦という「共闘関係」を基盤にした戦争の背後にある参戦国のさまざまな思惑や同盟・密約の文脈を、イギリス人看護師たちとの会話やイタリア人牧師との戦争談義など、語り手フレデリックの回想のなかに確認してきたが、こうした戦争認識におけるフレデリックの学びが作中の登場人物たちの人間関係の語りにも反映されている。

例えばキャサリンとの（性的）関係を「ゲーム」感覚ではじめたフレデリックだが[17]、その密かな恋愛関係をうけ入れるキャサリンもまた、戦死したフィアンセの代替を手に入れる思惑があった。そしてこのアメリカ人とイギリス人の間の密約が、やがてはイタリア人戦友リナルディの反感を買うことになる。リナルディはキャサリンとのデートから戻ってきたフレデリックに「盛りのついた犬みたいにしっぽを振りやがって」（*FTA* 27）と皮肉をあらわにする。そして語り手フレデリックは、キャサリンとの結婚の意思を打ち明けたときのリナルディのようすを次のように回想する。


「おれは嫉妬しているのかもしれないな」リナルディが言った。

「いや、そんなことはないさ」

「そういう意味じゃない。別の意味でさ。既婚者の友人はいるかい」

「いるけど」ぼくは言った。

「おれにはいなくてね」リナルディが言った。「互いに愛し合っている場合はだめだな」

「どうしてだめなんだい」

「かれらに嫌われてしまうんだよ」（*FTA* 170）

リナルディの「嫉妬している」（"jealous"）という言葉には、フレデリックが結ぼうとしている「結婚」というキャサリンとの同盟によって自分との戦友関係が失われてしまうかもしれない侘しさが現れている。牧師がフレデリックに説いた「真の愛」の定義に従えば（*FTA* 72）、ゲームからはじまったアメリカ人とイギリス人両者の関係が真の愛に変わることは、両者の自己犠牲的な奉仕のはじまりを意味し、したがって第三者のイタリア人戦友が入り込む余地などなくなるのである。

スコットランド人看護師ファーガスンとの次の会話もまた語り手フレデリックの回想に深く刻まれていた複雑な人間関係を象徴している。


「私はあなた［フレデリック］が許せないのよ」ファーガスンが言った。「この人はイタリアみたいな卑劣なペテンであなたを滅茶苦茶にしちゃったのよ。アメリカ人なんかイタリア人より質が悪い」

「スコットランド人はとっても道徳的なのね」キャサリンが言った。

「そういうことじゃないの。私はこの人のイタリアみたいな人目を盗むずるさのことをいっているの」

「ぼくがコソコソしているかい、ファーギー」

「ええ。コソコソなど超えているわ。ヘビみたいだわ。あなたはイタリアの軍服を着たヘビそのものだわ、肩マントなんかつけたってね」

「もうイタリアの軍服は持ってないよ」

「それもあなたのずるい手口でしょ。ひと夏たっぷり情事にふけった挙句にこの人を孕ませて、今度はコソコソ逃げようってことでしょ」

「……」

「私たち二人でコッソリ逃げるのよ」彼女［キャサリン］が言った。

「あなたたちは二人とも同類よ」ファーガスンが言った。（*FTA* 246–47）

フレデリックに対するファーガスンの痛烈な非難の言葉にはイタリアやイタリア人に対する軽蔑が織り込まれている。なるほどこの点はイタリア人が過剰にロマンティックであるというステレオタイプ化されたイメージがファーガスンにも作用したと考えることもできる。しかしながら、「コソコソ」(“sneaking”)や「ずるい手口」(“trick”)などの言葉は、密約によって日和見的に参戦したイタリアに対する当時の一般的な不信と軽蔑とを文脈に据えた非難と捉えることもできる。ファーガスンにとってさしずめフレデリックは、友好国になりすまして問題を抱えた同盟国のひとつにへビのように付け入り、言葉巧みに密約を結ばせたあとで脱皮したへビのように手の平を返し、新たな同盟関係を盾にしてそれまでの同盟関係を破棄させ、単独講和を強いる敵国のようなものなのである。

以上に見てきたように、語り手フレデリックが回想を通して読者に示す登場人物たちのさまざまな人間関係は、共闘や密約など第一次世界大戦の国家間の動向と重ねて見ることができる。同行していた部下を同じイタリア軍に殺され、自身もイタリア憲兵団に処刑されそうになりながらも、フレデリックはキャサリンとイタリアを脱出し、中立国スイスへの逃避行に成功する。物語終盤では束の間の幸せを共有し、ほどなく出産のためローザンヌのホテルに滞在した際の二人の会話を語り手フレデリックは次のように回想する。

「ベッドへおいでよ」「ぼくは言った。」
「だめよ。この部屋をそれっぽくしなくちゃ」「キャサリンが言った。」
「どんなふうに?」

「お家みたいにね」
「連合国の旗でも出しておくといい」
「もう、ふざけないで」（*FTA* 309）

この場面でフレデリックが「連合国」という言葉を用いて作り上げているジョークには、同軍での殺し合いを強い、同じ連合国側で戦うアメリカとイギリスの国民である自分とキャサリンとに逃避行を余儀なくさせた「連合」という共闘関係が内包する矛盾と偽善に対する皮肉が込められていることは言うまでもない。しかしながら、「あとで学んだ」語り手フレデリックがその新たな戦争認識に照らしてこの「連合」批判の場面を回想しているのだとすれば、先の回想で描かれた自身の無自覚な国家主義による友軍日本への敵対的発言やキャサリンらイギリス人看護師たちによる同盟国イタリアに対する蔑視など、連合国の矛盾に加担するかのような態度を棚上げしていた自分たち自身へのアイロニーも同時に読み取らなければならない。

この「連合」批判の回想には、語り手フレデリックが最後に用意している悲劇的、運命的結末への布石の役割も与えられている。戦争に関わるすべての危険が去り、清潔なホテルで連合国を皮肉るジョークを言いながら将来を語り合う二人の平和な時間が描かれているこの回想には、キャサリンとの共闘が人生の選択として間違っていなかったと思わせてくれる。「単独講和」によって戦争のための共闘関係を破棄したフレデリックは、新たにキャサリンと「家庭」という名の同盟を結んだのだ。しかしながらこの二人の共闘関係も彼女と赤ん坊の死によって一方的に解消されてしまう。ただしこの共闘関係の解消は、国家間の sneaking trick ともいえる密約によってではなく、臨終を目前にベッドに横たわるキャサリンが「ずるいペテン」("dirty rick") とよぶ人間の死すべき運命によってなのである。物語終盤、もはや塑像と化したキャサリンの亡骸と病室に閉じこもるフレデリックは、バーナード・オールドジーの言葉通り「あたかもキャサリンとの同盟関係を確認するかのように」(Oldsey 55) 病室の電灯を消すことで何らかの事態改善を期待するのであるが、彼女との共闘関係の解消はもはや覆らないのである。

真珠湾攻撃から間もなく書かれた『戦う男たち』の序論でヘミングウェイは「この大戦［第二次世界大戦］が終わり、連合国同士わだかまりのない形で事の真相が書かれた暁には、私は生き残って香港、バターン、シンガポール、ジャワ、ビルマなどについて読んでみたい」(*MAW* xiv) と、アメリカ参戦も早々に連合国間の危うい共闘関係を示唆する記述を残している。これこそヘミングウェイが第一次世界大戦で得た知見であり、各国がそれぞれの思惑で共闘する世界大戦に対する「学び」であった。さまざまな思惑を内包するそうした共闘関係を反映させたかのように、フレデリックはゲーム感覚の恋愛を楽しむ目的でキャサリンと密かに関係（同盟）を結ぼうとし、キャサリンも戦死したフィアンセの代替者としてフレデリックの求め（提案）に応じる。そして、この二人の間で交わされたいわば密約は、両者に恋愛感情を抱いていたバイセクシャルを疑わせるイタリア人軍医リナルディや同僚看護師ファーガスンの反感を買うことになるのだが、それぞれの思惑を孕んだこうした人間同士の営みが大戦時にそれぞれの政治的思惑を孕んだ各国の同盟関係と重なって見えてくる。

スティーブン・フロージックは「『単独講和』の試みに失敗した「フレデリック・」ヘンリーの悲劇的

アイロニーは妊産婦キャサリンの死によって強調される」（Florczyk 137）と述べ、「単独講和」と関連付けながらこの物語を総括している。しかしながら、語り手フレデリックがキャサリンの死によって強調しているものがあるとすれば、それは「単独講和」自体の失敗ではない。むしろ、戦争での共闘に幻滅したことによって「単独講和」した自分自身が、これから人生を共闘していくためにキャサリンとの間で新たに結んだ同盟関係を、密約のように「忍び寄る」（sneaking）不測の死という運命の「ズルいペテン」（dirty trick）によって維持できなかったことによる悲劇的アイロニーなのである。同盟と単独講和を繰り返して行きついたこの悲劇的結末は、第一次世界大戦を「近代戦争」（modern war）と位置付けるヘミングウェイ自身の戦争観とも符合する。一九三五年に『エスクァイア』誌の記事でヘミングウェイは次のように記述している。

> 近代戦争に勝者はない。なぜなら誰もが敗者となるところまで戦い続けるからである。勝利にありつけるのは最後に戦っている軍隊だけだ。つまり、どの国の政府が最初に力尽きるか、または、どちらの陣営が新たに同盟国を引き入れて無傷の軍隊を確保できるかという問題なのだ。（*BL* 211）

つまり、戦争と恋愛の駆け引きを描いた本作品において、キャサリンという同盟相手を失ったとき、フレデリックは力尽き、一連の恋愛ゲームの敗者となったのである。『武器よさらば』とは、日本も絡む同盟・密約からなる第一次世界大戦を背景に、「連合」と「国家」および「個人」について学んだ語り手フレデリックが、自身の戦争体験と恋愛体験とを「共闘」という文脈フィルターをかけて語り直した物語なのである。

【註】

（1）ヤングの *Ernest Hemingway: A Reconsideration* を参照。最近ではマーク・チリノが「豊かでまれな現象論的経験」という言葉でヘミングウェイの第一次世界大戦体験を位置付けている（Cirino 242）。

（2）『戦う男たち』の序論のなかでヘミングウェイはクラウゼヴィッツを「戦争形而上学においておそらく古今無双の知識人」と評価し、クラウゼヴィッツの著書『戦争論』の概念を『戦う男たち』の章見出しに取り入れている（*MAW* xiv）。

（3）しかしながら、この戦争スケッチのニックが戦闘中に「単独講和」という言葉を戦友に向けて直接語っているのに対して、『武器よさらば』では語り手フレデリックによる「語り」の内部にあることは、本論の前提である「語り手フレデリック」の学びによる優位性を担保するものとして留意されたい。

（4）第一次世界大戦の長期化による政府への不満から生じたロシア国内の混乱は一九一七年三月にはロシア皇帝ニコライ二世の退位にまで発展するが、この混乱に乗じて一一月に臨時政府を打倒したウラジミール・レーニン率いる左翼党派ボリシェビキは（一〇月革命）、一二月に中央同盟国に対する休戦交渉を開始した。

（5）「ベルリン［ドイツ］、ロシアに単独講和が提案されたと聞く（一九一七年三月二八日）」（"Berlin Hears Separate Peace Has Been Offered to Russia"）「ロシアが単独講和を拒否、再軍備要請（一九一七年五月二〇日）」（"Russia Spurns a Separate Peace; New Call to Army"）、「フランスがロシアに単独講和の危険性を警告（一九一八年一月一四日）」（"Francis Warns Russians of Danger in Separate Peace"）。

（6）この点についてスティーブン・フロージックは、当時の『カンザス・シティ・スター』紙でイタリア軍兵士への「単独講和」を促すオーストリア作成のビラが報じられていたことについて触れ、ヘミングウェイの執筆への影響を示唆している（Florczyk 4-5）。

（7）時期を示す記述から、第一章冒頭からはじまるフレデリックの戦場描写はイタリアがオーストリア＝ハンガリーに宣戦布告した一九一五年四月以降の夏と推察される。"In the late summer［in 1915］"（*FTA* 3）、"The next year［of 1916］"（*FTA* 5）、"in the summer［in 1916］"、"at the end of fall［in 1916］"（*FTA* 6）、"the spring［in 1917］had come"（*FTA* 10）、"The States had declared war on Germany［in April, 1917］"（*FTA* 75）。

（8）『武器よさらば』の出版翌月の一九二九年一〇月にF・スコット・フィッツジェラルドに宛てた手紙でヘミングウェイはレンピントンを高評価している事実は、創作上の影響を示唆する（*SL* 309）。

（9）例えば、スコット・ドナルドソンは「フレデリックは牧師から愛はセックスに勝ることを学んだのだ」（Donaldson, *By Force* 154）と述べ、バーナード・オールドジーはフレデリックの学びに対する通常の解釈は、「神に対する牧師の愛、キャサリンに対するフレデリックの愛、そして真の愛（agape）と性愛（eros）の結びつき」（Oldsey 50–51）などの愛が強調されていると述べている。

（10）もっとも、フレデリックは合流した二人の軍曹の忠告にもかかわらず、撤退時に敵陣に取り残される「遮断」（cut off）を防げず、そのことが延いては部下の死を招いている点で、将校としての資質にも疑問符が付く（*FTA* 210–11）。

（11）この牧師の言葉に対しルイスは「もっとも皮肉を利かせた対置であり、疑うべくもない抽象概念に基づいた国家主義や愛国主義の不条理を指摘している」と述べ、フレデリックの国家主義や愛国主義に対する牧師の強烈なアイロニーを読み取っているが、その根拠が「イタリアの人や物に対する愛着のなさ」に置かれており、説得力を欠いている（Lewis 122）。

（12）語り手フレデリックの回想を見る限り、牧師との一連の戦争談義もフレデリックの戦争認識を変えるには至らない。そのことは、物語中盤、「向こう［オーストリア］もこちらと同じように考えているなら、戦争を止めるかもしれません。同じことを経験しているのですから」という牧師の言葉に対して、「同じように感じているならですよ。でも向こうはこちらを負かしている。感じ方も違うでしょう」というフレデリックの返事にも表れている（*FTA* 178–79）。この点について、間テクスト性の観点から、エーリッヒ・レマルクの『西部戦線異状なし』に登場する若きドイツ兵たちの戦争談義もまた個人と国家の戦争責任を議論している点で示唆的である。例えば彼らは、「おかしなもんだな、［……］おれらはおれらでこうして母国を守り、フランス人たちは向こう側で自分の国を守ってる。どっちが正しいんだ」（Remarque 222）、「とにかく戦争なんだ。手出しをしてくる国だって月毎に増えてるありさまだ」（223）、「戦争したいやつなんていねーのに起きちまう。おれらは戦争したくねーし、他だってみんな同じことをいってるのに、こうして世界を二分して戦争しているわけだ」（225）と口々に語っている。レマルクの『西部戦線』はヘミングウェイがしばしば書簡で言及している。例えば、一九二九年六月七日にマックスウェル・パーキンズに宛てた手紙のなかでヘミングウェイは、不本意にも「クソ」(shit)や「おなら」(fart)などの卑猥な言葉を『武器よさらば』の原稿から削除したと報告しつつ、そういう言葉がシェイクスピアの作品にもレマルクのベストセラー『西部戦線』には用いられていると不満げに記している(*SL* 297)。また、一九二九年九月一三日にフィッツジェラルドに宛てた手紙のなかで、当時パリにいたヘミングウェイは『武器よさらば』がアメリカで出版されているかを尋ねつつ、同年に英訳が出版された『西部戦線』の出来栄えを高く評価している(*SL* 307)。

(13) アメリカによる政治介入を危惧していたハワイの国王カラカウアは、一八八一年に来日した際、明治天皇に天皇家との政略結婚を持ちかけたと言われている(Haley 237–38、西尾『GHQ5』三六〜四一)。また、親アメリカ派によるクーデターが起きた一八九三年には、国王派からの依頼を受けた日本政府が邦人保護を理由に東郷平八郎率いる軍艦「浪速」を派遣し、クーデター勢力を威嚇したとされる(Haley 305–306、西尾『GHQ5』九三)。

(14) この電報に書かれている「52262」という暗号数字が「日本」を表しているという(Tuchman 148–49, 201–202)。

(15) ドイツはメキシコに対して対米参戦の見返りとして、米墨戦争(一八四六〜一八四八)敗戦後に失った「メキシコ割譲地」のアメリカからの奪還に助力を約束していた。また、日独関係でいえば、一九一六年にもドイツは日本と秘密裏に接触し、第一次世界大戦での日露による単独講和の可能性について話し合ったとされる(Stevenson 313, 315)。

(16) タックマンは「ドイツを含むヨーロッパ各国およびアメリカのほとんどの人びとが政府関係者も含め、当時日本がアメリカを標的にしてメキシコでなんらかの画策または行動を準備していると信じていたことは疑う余地はない」としながらも(Tuchman 34)、日本による当時の積極的なアメリカ攻撃への意図を否定している(Tuchman 64)。

(17) 語り手フレデリックは戦争やキャサリンとの交際プロセスをしばしばゲームに擬える(*FTA* 30, 291)。『武器よさらば』に認められる戦争のゲーム性については、ルイスも「戦争はゲームのように戦われている」(Lewis 33)と指摘する。また、ベイカーはイタリア従軍直前のヘミングウェイ自身の心境を「世界でもっとも偉大なゲームのように思われた」と表現している(Baker, *Life* 38)。

第3章　大恐慌期のチャイナタウン・スラミング
——『持つと持たぬと』に見る貧乏白人の危機的アイデンティティ

［キーウェストを］今すぐ南西諸島共和国としてアメリカ本土から独立させた方がいいかもね。［……］ここを自由貿易港にして、巨大な酒の貯蔵庫を築いて、世界一裕福な島にする。南西諸島のパリさ。［……］目下、黒人どもを一夜にして再奴隷化する計画を立てたり、中国人を密航させるのにカーフェリーに座席を取り付けたりしてるところさ。

ジョン・ドス・パソスへ宛てた一九三二年四月一二日付の手紙より(1)

1. 大恐慌期の中国人移民

ヘミングウェイの文学研究において「乱用される人種マイノリティー」という視座を提供したトニ・モリスンの功績は大きい。モリスンは『持つと持たぬと』の黒人表象を根拠に、ヘミングウェイが白人の優位性を際立たせるために黒人を利用しているとの批判を展開しているが（Morrison 69-80）、こうした批判がヘミングウェイ作品に登場するアフリカ系以外のさまざまな人種マイノリティー研究に先鞭を付けるきっかけになった。しかしながら、『闇に遊ぶ』（*Playing in the Dark*, 1992）が出版されて二五年以上が経過しているにもかかわらず、『持つと持たぬと』のなかで黒人以上に頻出する人種マイノリティーの中国人やその他のアジア表象に対する考察はいまだほとんど等閑に付されたままである。[2]

そうした意味で本章は、ヘミングウェイ作品における人種マイノリティー研究においてこれまで分析が手薄であった「中国人」の考察を前進させる意義を有するが、作品の表面に現れた単純なアジア表象を個々に分析するわけではない。むしろ本章の関心は、大恐慌下のキーウェストを舞台にしたこの作品を物語世界の外部から貫いている「中国人密航者の流れ」にある。中国本土からはじまるこの流れの途上にはミスター・シンのような中国人密航ブローカーがはびこっていたキューバがあり、次いで、「チンク」（"Chinks"）という蔑称をあてがわれた中国人が、「このネズミ食いの黄色いよそ者め」（"You yellow rat-eating aliens"）（*THHN* 57）と罵倒されるキーウェストがその下流に続く。そして、アメリカ本土へと伸びるその支流の末端には、主人公ハリー・モーガンの窮屈な船倉のなかで中国人密航者たちが目指した救済の地、チャイナタウンが築かれていて、白人富裕層たちのエキゾチックな欲望を満足させる観光スポットとして、大恐慌下のアメリカで独自のオリエンタリズムを発信していた。『持つと持たぬと』のなかにこうした中国人の流動性を読み込むことで、モリスンが提唱した「乱用される」とは異なる人種マイノリティーの新たな役割が明らかとなるだろう。

本章では、中国人密航者たちの移動の軌跡に沿って、言い換えれば極東アジアの中国から太平洋を横断してキューバ経由でアメリカ本土に至る、より広い文脈で、大恐慌下のキーウェストを舞台にしたこの作品を読み直す。まずは、「中国人密航者の流れ」の途上、キューバで展開される中国人ミスター・シン殺害の場面に、アメリカの白人優位主義的な「人種ヒエラルキー」[3]（racial hierarchy）を脅かす存在として、モーガンが抱く中国人に対する危機感、言い換えれば、二〇世紀に活発化した人種の流動性が招いたアメリカの貧乏白人の危機的アイデンティティの問題を読みとる。次いで、作品外部に流れ込む中国人密航者を追ってアメリカ本土のチャイナタウンに目を転じ、そこで展開されていた観光ビジネスとキーウェストの観光開発を関連付けることによって、作品内部に一見無作為に配置されているさまざまなアジア表象が大恐慌期の貧乏白人のアイデンティティの問題と通底していることを論証したい。

さらに、この試みは、キーウェストの貧乏白人に同情しながらも、彼らを執拗に他者化しようとするモーガンの矛盾した態度の謎にひとつの回答を提供することにもなろう[4]。そこでまずは、作品に描かれているキューバ経由の中国人密航にまつわる史実からみていこう。

2. ガルフを渡るチャイナマン

『持つと持たぬと』の第二章、モーガンが密航ブローカーのミスター・シンとの商談を終えた後、耳の不自由なフランキーが、中国人をキューバからアメリカ本土へ密航させる仕事を“big business”“good business”としきりに繰り返す。フランキーのこの言葉の根拠が「ここ［キューバ］には中国人が何百何千といるんだ」（*THHN* 36）である。マキシン・ホン・キングストンの『チャイナ・メン』（*China Men*, 1989）に登場する中国人移民もまたキューバ経由でメキシコ湾流（Gulf Stream）を越えてアメリカ入国を果たした密航者であり、キューバの葉巻工場やサトウキビ畑で働きながら、彼らが“Gold Mountain”と呼ぶアメリカ本土へ密航してもらうための資金を稼いでいる（Kingston 48）。

実はキューバのハバナにはスペイン統治時代の一八七〇年代からそれなりの中華街が存在していた。一八九三年には中華総会館が設立され、とりわけ広東省や香港との物流や連絡網が発達していたという（園田 二七〇～七四）。さらに、そのキューバが長年にわたって北米の東側沿岸の都市部に中国人移民たちを秘かに送り込む「ハブ」のような働きをしていたことは、ニューオリンズのチャイナタウン史を研究するリチャード・カンパネラも裏付けている（Campanella 53）（図3–1）。一八六二年二月一九日、「黄禍論」の脅威から中国人労働者、いわゆる「苦力」（coolies）に対する入国規制を開始したアメリカ連邦議会は、一八八二年「中国人排斥法」を成立させ、以降一九四三年まで中国人のアメリカへの入国が制限されることになる（Noble, *U.S. Coast* 2）。そしてこの間、商人とその家族を除きほとんどの中国人移民が非合法な手段で入国する一方で、合法的なアメリカへの入国は減少し、その減少がピークに達するのが大恐慌期に当たる一九三〇年代である（図3–2）。ピーター・クオンの指摘「一九〇〇年から

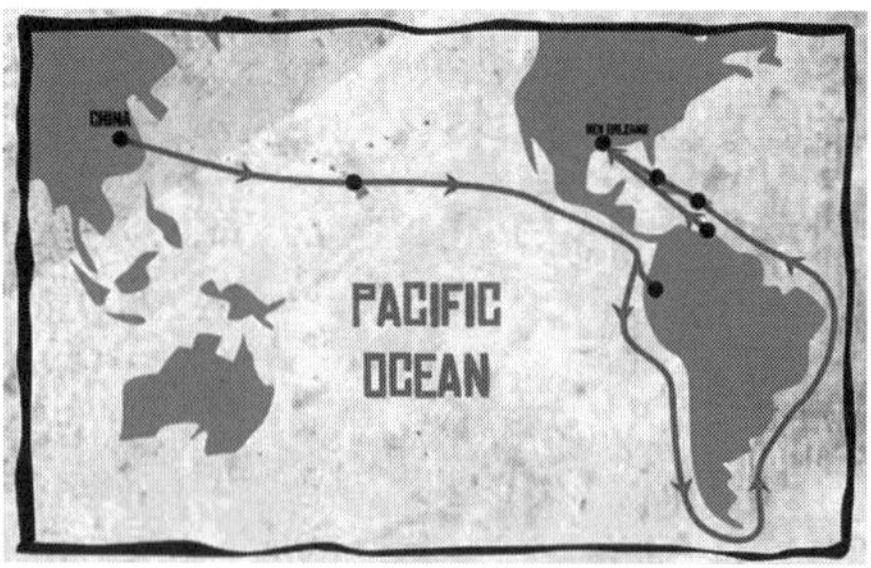

図 3-1　キューバを経由する中国人密航者のアメリカ渡航の経路

一九四〇年代にかけて中国人の人口は微増することになるが、その多くは不法入国であった」（Kwong, *New Chinatown* 14）も裏付けるように、合法的な入国の制限が非合法な入国を増長していたとすれば、『持つと持たぬと』の時代背景には密入国がきわめて横行しやすい条件が整っていたことになる。実際、ヘミングウェイが当時パリにいた出版業者ジョナサン・ケイプに宛てた一九三二年一〇月一三日付の手紙には、次のような記述がある。

> アメリカに来ないか。まっとうに働くなんて過去の話だろ。やけくそってやつだ。最後にキューバに行ったとき、中国人を何人でもいいから密航させてくれれば、見返りに酒と麻薬をくれるっていう申し出を四回も受けたよ。だから航海可能ないい船を持っているやつなら、いつだってキーウェストで生計が立てられるんだ。今抱えている本の仕事が終わったら、ぼくだって三二フィートの船で四、五か月かけてキューバとメキシコの海岸をクルーズしたいところだよ。（*Letters* 5 236–37）

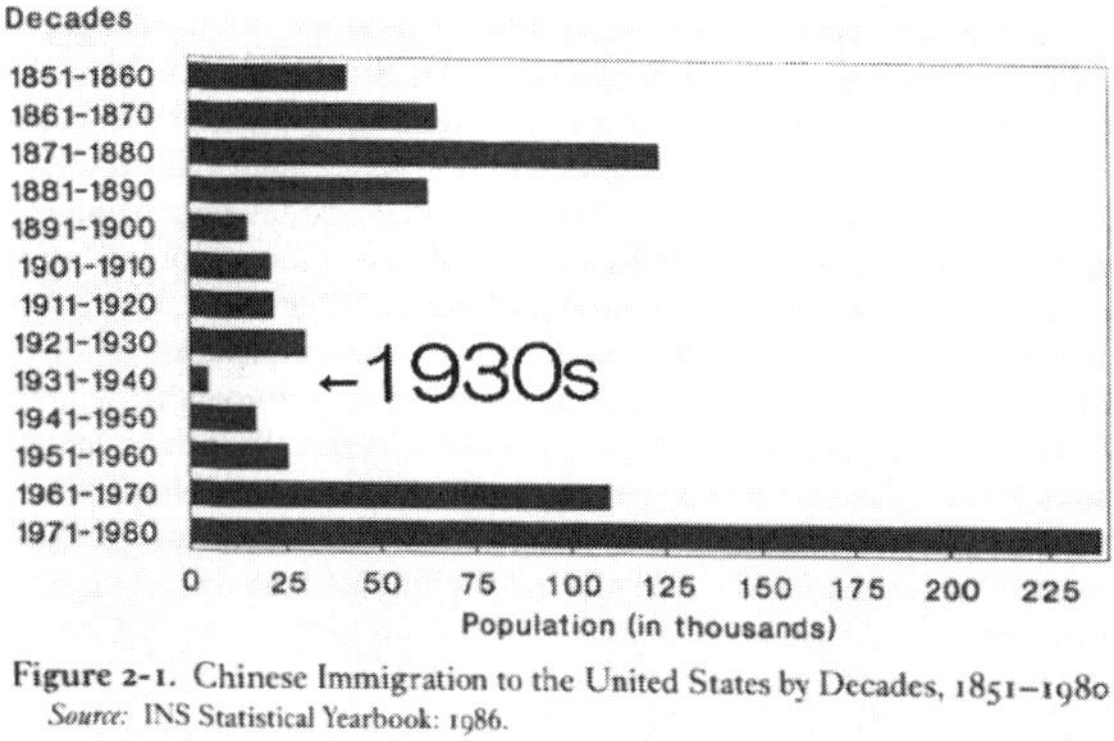

Figure 2-1. Chinese Immigration to the United States by Decades, 1851–1980
Source: INS Statistical Yearbook: 1986.

図3-2　対米中国人移民の推移

この冗談交じりの記述には、作中でモーガンが引き受けることになる中国人の運び屋の仕事をヘミングウェイ自身も持ち掛けられた経験があった事実がうかがえる。このことは、『持つと持たぬと』の社会派小説としてのリアリティを一層強固にする。

また、作品に描かれているキューバからの中国人移民を狙った詐欺事件も史実に裏付けられていることを付言しておかねばならない。ミリアム・マンデルも指摘しているように、ミスター・シンの密航業は、明らかに同胞の中国人密航者たちを見殺しにすることでなり立っている（Mandel 190）。なぜなら、モーガンとミスター・シンとの会話から、中国人を下船させる場所に指定した海域に、ミスター・シンが中継船を手配していないことは明白だからである（*THHN* 32–33）。中国人密航者を標的にしたこうした密航詐欺はキューバと北米東側沿岸を挟む海域で頻繁に横行し、密航船での血生臭い事件も事実発生していた（Noble, *U.S. Coast* 105）。したがって、ヘミングウェイはこの小説の物語背景の一部として、当時のメキシコ湾一帯の中国人密航の実情をおおよそ正確に再現しているといってよい。

しかしながら、第一章冒頭に描かれている密航ブローカー同士の抗争から、白人や黒人の密航ブローカーがキューバに存在していたことは明示されているのだが、モーガンに殺される密航ブローカーはどうして中国人でなければならなかったのか。また、なぜ絞殺という手段が選ばれ、なぜあれほどグロテスクな死をひとりの中国人に負わせる必要があったのか。

3. 英国式中国人

ミスター・シンの人物像を特徴づけているのが彼の英国スタイルである。例えば、ミスター・シンとの初見において主人公モーガンは「やつは間違いなく中国野郎だが、英国人のようにしゃべり、絹のワイシャツと黒のネクタイの上から白いスーツを着込み、例の一二五ドルするパナマ・ハットをかぶっていた」（*THHN* 30）とミスター・シンを描写している。[5] イギリスの植民地であった当時の香港と太平洋を隔てたキューバが、一九世紀後半という早い時期から緊密な交易関係にあった事実については先に述べたが、その点からすれば、当時の国際都市香港でイギリス英語を身に着け、アメリカを目指す中国人密航者の経由地キューバに商機を見出し、イギリス英語を操るミスター・シンのような狡猾な中国人が密航業を営んでいたとしても不思議ではない。

特筆すべきは、ミスター・シンも含め、中国人および彼らの言語に対するモーガンの警戒心である。それは第一章の冒頭から明示されている。例えば、中国人の密航を依頼するキューバ人ブローカーたちは、ためらうモーガンに「中国人がしゃべれるってのか」（*THHN* 5）と述べ、中国語以外話せない中国人密航者たちの言語的無力さを強調する。ところが、モーガンは「やつらだってしゃべりはするさ、おれたちにわからないだけだ」と反論し、中国人たちの乏しい言語能力を当てにした詐欺まがいの密航業の危険性に注意を払っている。そうした伏線を回収するように、第二章、モーガンは優れた言語能力を有した中国人ミスター・シンと出逢うのである。ミスター・シンのイギリス英語は、①正確な文法、②巧みな婉曲表現、例えば「ところで、どういったご事情で、つまり何でこの話にのろうと？」（"Now what are the circumstances that would—that have made you［Morgan］consider…［carrying Chinese?］”）（*THHN* 31）、③頻繁な敬称の使用による慇懃無礼な論調、例えば「なるほど」（“I see,”）の多用や「船長（殿）」“captain” “my dear captain” などに印象付けられている（*THHN* 31-34, 50）。こうしたどこか紳士ぶったミスター・シンのイギリス英語は、その場にいた聾唖気味のフランキーの不完全な英文法、例えば“This kind of Chinamen no understand write. Chinamen can write all rich”「こういう中国人たち、書く、わかんないね。書ける中国人、みんな金持ちね」（*THHN* 35）などと好対照を成している。[6] この言語的対照性によってさらに際立ったスーツ姿のミスター・シンの「品位」は、同胞の弱みに付け込む己の悪徳ぶりをモーガンに隠そうともしないその「大胆不敵さ」とのギャップを生み出し、そうしたギャップがミスター・シンの有する不気味な威圧感を作り上げている。

　また、ミスター・シンとの会話によって、モーガンの使用する英語が変化していく点にも留意されたい。それはミスター・シンに対する疑問文の構造上の変移に如実に示される。“On what term?” “How far?”（*THHN* 31）のように第二章冒頭では主述が省かれ簡略化された疑問文が使われているが、それがやがて“Will the schooner come to Tortugas to get them［Chinese］?”「その帆船がトチューガでやつら［中国人たち］を拾うってことかい？」（*THHN* 32）“How much are they worth a head?”「ひとり頭いくら出すんだ？」（*THHN* 33）のように、モーガンの疑問文はあたかもミスター・シンのイギリス的話法に釣られるかのように、主述を備えた正確な文法構造を帯びるようになる。このことがミスター・シンとの会話によって生じていたことは、ミスター・シンが立ち去った直後のモーガンによるフランキーへの疑問文が、“How long you know him［Mr. Sing］?”「やつ［ミスター・シン］とはいつから知り合いなんだ？」

（*THHN* 35）のように、途端に逸脱した文法に戻ってしまうことにも裏付けられる。(7)
イギリス英語を操る英国式中国人ミスター・シンの立場上の優位性は、商談成立後のモーガンの視線の動きにも顕在化する。

やつ［ミスター・シン］は立ち上がり、おれ［モーガン］はやつが立ち去るのを見ていた。フランキーがやつに笑顔をむけた。ミスター・シンは見ていなかった。肌ツヤのいいチンクだ、まったくよ。たいしたチンクだぜ。（*THHN* 35）

笑顔で見送るフランキーに一瞥も加えずに去っていく中国人ミスター・シンのようすから目が離せないモーガンは、「たいしたチンクだぜ」（"Some Chink."）とこの英国様式の中国人に圧倒されたことを認めている。

実は、先述の白スーツにパナマ・ハットという外見に加え、こうした如才ない英国式中国人のイメージは、一九二〇年代後半から大恐慌期にかけ小説、ラジオ、映画を通じてアメリカの人びとを楽しませていたチャーリー・チャンを想起させる(8)（図３－３）。もともとはアール・デア・ビガーズの推理小説の主人公でハワイのホノルル警察に勤めるこの中国系アメリカ人は、後述する邪悪な中国人博士フー・マン

図 3-3　シドニー・トーラー演じるチャーリー・チャン

チュー[9]などによる黄禍論的なステレオタイプを払しょくするために構想され、心優しく勇敢な上に、平静さと自己抑制などが強調されていた（Hawley 136）。こうした英国式中国人とアメリカ白人との優劣逆転の脅威が、一見不可解なモーガンによるミスター・シン殺害の場面の伏線となりうる。

ミスター・シン殺害の場面が衝撃的なのは、モーガンがミスター・シンの命よりも先に、その雄弁な声を奪う点にある。つまり、ナイフではなく絞殺という手段でモーガンがミスター・シンに施しているのは、言語能力の剥奪である。首を掴まれたミスター・シンは、第二章で優劣の逆転を演出したあのイギリス英語を封じられ、殺される人間として呪詛の言葉を残すことも許されず、「鍵竿に掛ったシイラのごとき勢いで、ドタバタと身をよじりながら」（*THHN* 53）死んでいく。結果、言語的に無力な中国人密航者たちだけが船倉に残されることになり、モーガンの中国人に対する優位性は回復されるのである。

こうしたモーガンのミスター・シンに対する態度に対し、われわれはモリスンが『持つと持たぬと』のアフリカ系アメリカ人の表象を根拠に指摘した「乱用されるマイノリティー」を同じく中国人に対しても読み込むことができよう。しかし、ここで強調しておきたいのは、このミスター・シン殺害場面で白人モーガンが抱いたに違いない「人種ヒエラルキー解体への危機感」である。ゲイリー・ガーストルが指摘するように、「一九二〇年代の移民規制によって、他の国民が知性や市民性において人種的に劣っているという言説が正当化され、アメリカにおける人種ヒエラルキーがより強固になった」（Gerstle 182）とすれば、大恐慌期に生きる貧乏白人モーガンがこのとき中国人ミスター・シンに対して抱いた危機感の背景には、こうしたアメリカの移民規制の影響を認めてもよかろう。

作品の前半に設けられているこうした人種ヒエラルキーに関わるモーガンの相対的人種アイデンティティの問題は、作品内のその他のアジア表象とどのように関連するであろうか。次節でわれわれは、作品自体には描かれなかった「中国人密航者の流れ」のさらに下流、一二人の中国人密航者たちがモーガンの船倉内で目指していたアメリカ本土に目を向け、『持つと持たぬと』の当時の社会的背景に実在したオリエンタリズムを作品の外部にみていくことにする。

4. チャイナタウンとスラミング

密航手引き者（smuggler）に恵まれ、幸いにもニューヨーク湾にたどりつけた、キングストンの『チャイナ・メン』に登場する中国人密航者と異なり、ミスター・シンに裏切られ期せずしてキューバ付近の浅瀬で降ろされたことを知った中国人密航者のひとりがモーガンに向かって「このペテン師め」と繰返し雑言を浴びせる（*THHN* 58）。この烈しい憎悪は、彼ら中国人密航者たちの絶望感を代弁すると同時に、この密航に掛けていた彼らの期待の大きさを逆説的に物語っている。キューバから出航したこれら一二人の中国人たちはいったいどこを目指していたのであろうか。仮に幸運にもアメリカ本土に渡り得たとして、「（中国人密航者たちに）荷物なんかありませんよ」（*THHN* 32）というミスター・シンの言葉通りにその身ひとつで上陸した彼らが身を寄せる場所はどこであろうか。この問いには先述した『チャイナ・メン』に登場するキューバ経由の中国人密航者の動向がひとつの回答を提供している。彼が目指した地こそ、サンフランシスコやロサンゼルスのものと並ぶ、アメリカ最大級の中国人コミュニティー、ニューヨーク・マンハッタンのチャイナタウンである（Campanella 53）。「中国人の父親たちのなかには、籠のなかに隠れてフロリダかニューオリンズに渡った者もいた。または、樽や箱に入ってニューヨーク港までたどり着く者もいた」（Kingston 48）という記述に示されているように、規模の違いはあれ マイアミやニューオリンズにも一九〇〇年代にはそれなりのチャイナタウンが存在していた（Campanella 52-53; Tsui 206）。中国人移民にとって同胞が待つ都市部のチャイナタウンはまさに「避難所」（"shelter"）（Takaki 239）であり、中国語が飛び交う商店や診療所、市民団体に金融機関までが備わった中国人にとっての「非公認の首都」（"informal capital city"）（Laguerre 30）であった。

しかしながら中国人移民や密入国者がチャイナタウンに期待していたのは、自分たちを温かく迎えてくれる中国人コミュニティーが持つ同胞愛だけではない。大恐慌期ながらチャイナタウンには観光が生み出す雇用があった。

> チャイナタウン観光ビジネスの発展を下支えしていたサンフランシスコの商工会議所は、フルページのイラスト入り広告をまいて「中国人植民地のエキゾチックな美と魅惑の特色」を喧伝した。こうした宣伝活動により、チャイナタウンは「サンフランシスコの花形観光アトラクションのなかでもとくに目玉」となった。［……］一九三五年にはチャイナタウンの観光客が年間一万人を超えたと誇らしげに報じられた。［……］大恐慌期の三〇年代、観光業は中国人たちの間では失業問題の解決策と思われていた。（Takaki 248）

大恐慌下のチャイナタウンは観光にその活路を見出していたのだが、この取り組みを商工会議所など市政もバックアップして逼迫したアメリカ都市部の財政に貢献していた。[10] さらに、その組織的な社会活動が同じく貧困に喘ぐ一般市民からも支持され（Kwong, *Chinatown, N.Y.* 149）、大恐慌期の中国人たちは、チャイナタウンを通して次第にアメリカ社会に認められるようになった。つまり、これこそが『持つと持たぬと』の中国人密航者たちがアメリカ本土のチャイナタウンを目指した理由にほかならない。

しかしながら、チャイナタウンの観光ビジネスが中国人とその文化に対する素朴な好奇心や人種差別的な視点に基づいていることは強調されねばならない。

> 一種のゲットーであるチャイナタウンは、不健康で馴染みにくく、やっかいな移民という中国人への見方を強固にしてしまったが、このマイナスイメージのおかげでチャイナタウンは観光を主力とした発展への道が開けたのである。つまり、都市が併せ持つ「風変わり」で、「神秘的」な区域、アメリカにある「異国の植民地」である。（Takaki 246）

ドナルド・タカキが指摘しているように、チャイナタウンの中国人たちは自分たちの人種的特殊性に向けられる好奇のまなざしを理解した上で、それを逆手に取り、観光資源として役立てていた。訪れる観光客は「暗い地下トンネルに張り巡らされたアヘン窟や賭博場、奴隷少女が幽閉されている売春宿の話を聞かされた」（Takaki 246）。チャイナタウンの中国人に対するこの種のマイナスイメージは、同じ大恐慌期の一九三〇年代に流行したアーサー・J・バークスの探偵物語にも取り入れられ、なかでも邪悪な中国人博士として登場するフー・マンチューは、「黄禍」の象徴的役割を担っていた（図3－4）。

チャド・ヒープはこうしたチャイナタウンの観光ビジネスを「スラミング」（slumming）という概念で説明する。ヒープによれば、スラミングとは白人富裕層による「社会的に都会の隅に追いやられたさまざまな地域で暮らすさまざまな集団を視察して回る」行為である（Heap 2）。おもにスラムやハーレム、移民居住地区などを好奇心から周遊する白人富裕層たちのこうした慣行は、アメリカでは一八八〇年代半ばからはじまり、第二次世界大戦の勃発前まで右肩上がりに流行していた（Heap 2）。そして、一八九〇年代半ばには「チャイナタウンはエキゾチックでオリエンタルな《都市のなかにできた都市》として何千人もの白人富裕層を惹きつけ」（Heap 34）、白人富裕層にとってのスラミングの「場」を提供していた。

そして、「一九世紀末になると、ニューヨークやシカゴのチャイナタウンをスラミング目的で頻繁に訪れるのは社会的地位のある白人女性になっていく」（Heap 133）。例えば、女性作家ジューナ・バーンズもそのひとりであり、記者時代の一九一三年にはニューヨークのチャイナタウンを訪れ、『ブルックリン・デイリー・イーグル』（*Brooklyn Daily Eagles*）紙でその体験を報告している（Barnes 123–30;

図3-4　チャイナタウンのフー・マンチュウ

Herring 162)。このことは、後述するように、『持つと持たぬと』の第三部でキーウェウストの観光客として、作家や大学教授などの知識人が登場することと決して無縁ではない(11)。

さらに、『デイリー・ピカユーン』(*The Daily Picayune*) 紙のようなニューオリンズの地方紙でも一九一〇年代には地元のチャイナタウンを報じ、その異国情緒やエキゾチシズムを紹介していた事実は(Campanella 54)、スラミングという慣行がマンハッタンのような大都市のチャイナタウンだけではなく、規模の大小を問わずアメリカ全土のチャイナタウンで見られた社会現象であったことを示している。

さらには、観光化の過熱に伴い、その様相は次第に作為的になり (Kinkead 47)、奇妙さが強調されていくのであるが、それと同時に、チャイナタウンは「タタール人」や「チンギス・カン」などモンゴルの英雄も巻き込み、アジア全体のイメージを統合的に発信するようになっていく(Takaki 247)。ロバート・リーも指摘しているように、東洋の文化表象が西欧で消費される際、アジア人の個々の国籍や民族的アイデンティティは「オリエンタル」という単体のアイデンティティへと束ねられていたのであり (Takaki 123)、それがチャイナタウンでスラミングのための観光資源となっていたといってよい。そして、こうしたチャイナタウンの観光ビジネスによるアジア的イメージのアメリカへの浸透こそが、後述するように、不自然なまでに『持つと持たぬと』に頻出するアジア表象なのだ。

以上に見てきたようにチャイナタウンの観光ビジネスは、人種ヒエラルキーを逆に利用することで、アメリカの白人富裕層にとってのスラミングの対象としてはじまり、その「スラミング型観光ビジネス」が大恐慌期のアメリカ全土で隆盛をきわめていた。そうした観点から、次節では、『持つと持たぬと』の物語背景であるキーウェストのニューディール政策による観光開発とモーガンのアイデンティティの関係、およびモーガン自身もそのひとりでありながら、キーウェストの住民を「コンク」と俗称で呼び、執拗に他者化しようとする理由について考えてみたい。

5. コンクに群がるスラマーたち

「持たぬ者」であるモーガンの「持つ者」との接触は観光客が訪れるフレディの店で展開される。キーウェスト住民「コンク」(Conch)としてモーガンを眺めていた白人富裕層で観光客のロートン夫妻は、モーガンが立ち去るや次のような会話を展開する。


「あらまあ、彼ったら美しい顔立ちだったわ」妻の方が言った。「タタール人かなんかみたいだった。侮辱さえしなかったらよかったのに。チンギス・カンみたいな顔立ちだったわ。本当に大きかったわ」

「彼は片腕だったね」彼女の夫が言った。

「気が付かなかったわ」妻の方が言った。「もう一杯いただける? 次に来るのは誰かしら」

「たぶん、ティムール人だ」夫の方が言った。(*THHN* 136)

ロートン夫妻がこのときモーガンに向けたまなざしは、物語の第一章でモーガンを出し抜いた釣り観光客のジョンソンのものとは明らかに異なる。ジョンソンの欲望のまなざしがキーウェストによって提供される娯楽に向けられていたのに対し、ロートン夫妻のまなざしは明らかにキーウェストの住民そのものに向けられているといってよい。これはスラミングのまなざしにほかならない。彼らはまさに、チャイナタウンでアメリカの「スラマー」（slummers）たちが中国人に向けるエキゾチックな欲望と同じ種類の欲望を、店を訪れるコンクに向けているのである。さらに言うなら、「タタール人」、「チンギス・カン」、「ティムール人」などアジアゆかりの人種や英雄の名が飛び交うこの会話は、この夫妻がチャイナタウンでのスラミングを事前に経験していた可能性すら示唆している。

さらに重要なのは、この場面によって、コンクがチャイナタウンの中国人たち同様に、スラミングの対象として白人富裕層の欲望の犠牲となる宿命が暗示されている点である。『持つと持たぬと』は、事前に公表された二編の短編小説を元にして全三部より構成されている。ニューディール政策によるキーウェストでの本格的な観光開発の開始が一九三四年七月以降であるという史実と（宮本 三八）、第一部の短編での初出が一九三四年四月である事実を併せて考えると、[12] 第一部の背景は、キーウェストが新たに観光開発される「前」であることは明白である。したがって、キーウェストに娯楽目的（海釣り）で訪れるジョンソンが登場する第一部とスラミング的欲望をあらわにするロートン夫妻が登場する第三部との間に、われわれは「ニューディールによる観光開発の前と後」というキーウェストの社会的変化を忠実に読みとらなければならない。このことは、「一九三〇年代後半までには、アメリカ人は、スラミングによって得られる商業的な境界交差にすっかり慣れていた」（Heap 274）という当時のアメリカ全体の文化的潮流と併せて考えると、この異なった嗜好性をもつ二種類の観光客を物語の前後に意図的に配置することで、新たな観光開発がきっかけとなって、娯楽からスラミングへとキーウェストを訪れる観光客の欲望が変化したことをヘミングウェイは表現したのではないかと思えてくるのである。

そして、モーガンがそうした「スラミングされる宿命」に抵抗しようとしていることは、ロートン夫人とモーガンとの次のやり取りに読みとることができる。


ハリー［・モーガン］が入ってくるとき、背の高い妻のほう［ロートン夫人］が言った。「彼ったら素敵じゃない？ 私はああいうのがほしいのよ。あれ買ってよ、あなた」

「ちょっといいか？」ハリーがフレディに言った。

「もちろんよ。どうぞどうぞ、なんでも言ってちょうだい」背の高い妻の方が言った。

「黙れ、このアバズレが」ハリーが言った。（*THHN* 130）

この場面に認められるモーガンの激しい怒りはスラミングという軽蔑的な行為の対象にされたことに対する抵抗にほかならない。さらに、ヒープが指摘しているように、スラミングという本来なら自身の品格を貶める行為に対し、「裕福な白人嗜好追求者たちのなかには明らかにこの［スラミングという］用語を意図的に用いて、訪れた地域の住人たちに対する社会的道徳的優越感を高めようとするものもいた」（Heap 11）。これが事実だとすれば、この場面に示されるモーガンの怒りのもうひとつの理由として、先述の英国式中国人ミスター・シンに対して抱いた危機感と同種の感情を読みとることができる。なぜなら、チャイナタウンの中国人同様にスラミングされる立場になることは、本来アメリカの人種ヒエラルキーの上位にいるはずのモーガンが、人種マイノリティーと同じ下層部へと追いやられることになるからである。

こうしたモーガンによるスラミングされることへの怒りと抵抗は、他のキーウェスト住民たちを軽蔑的に「コンク」と呼ぶモーガンの行動を説明する。キューバ人革命家たちに殺されてしまうアルバート・トレーシーのような哀れなコンクに同情しながらも、「おまえらコンクはみんなガッツがねーんだよ」（98）という言葉に示されるように、モーガンは自分自身をコンクだと思っていない。この一見矛盾するモーガンの行為は、チャイナタウンを周遊していた「裕福な白人嗜好追求者」が大恐慌下のキーウェストのような地方の貧者に向けていたスラミング的欲望の標的から逃れ、人種ヒエラルキーの下層へと回収されまいとするモーガンの、いわば防衛本能の表象として読みとることができるのである。

キューバ人革命家たちに殺される前、今生の別れを予感してか、モーガンと妻マリーが二人にとって馴染みの場所としてニューオリンズかマイアミへ移り住もうと語り合う（*THHN* 114-17）。これらの二都市にチャイナタウンがあった事実や、今生の別れとなる夫の横顔を「モンゴル人のような頬骨の顔」（*THHN* 128）とアジアの英雄に例えて描写している点などを考慮すると、この二人もこれらの都市のチャイナタウンでかつてスラミング観光を経験していたのではないかとすら思えてくる。キーウェストからチャイナタウンのある都市へ移住しようとしていた二人は、スラミングされる立場からスラミングする立場へと戻ろうとしていたのかもしれない。

個人的暴力性が色濃いために、総じて不完全な社会派小説と評されてきた『持つと持たぬと』の時代背景[13]、すなわち大恐慌期のキーウェストは、中国本土から太平洋を横断しキューバ経由でアメリカへと続く「中国人密航者の流れ」のなかにあった。この流れのなかで生ずる英国式中国人ミスター・シンとの遭遇は、人種ヒエラルキーが解体される危機感をモーガンの内面に読み込んだとき、はじめてあの惨たらしい絞殺に帰結する個人的な暴力のファクターとなりうる。そして、ここで示された人種ヒエラルキーの解体への危機感とモーガンの人種とアイデンティティの問題は、物語外部へと続くこの流れのさらに下流に位置するアメリカ本土のチャイナタウンとその観光をあえて視界に取り込むことで、大恐慌期の貧窮アメリカ人たち全体の運命に関わる観光開発という物語内部の問題と有機的に接合する。アメリカ本土のチャイナタウンでスラミング観光を楽しんでいた白人富裕層たちは、ニューディールの観光開発をきっかけに、「持つ者」として『持つと持たぬと』のキーウェストにも登場する。彼らがアジア表象とともに物語内部に持ち込んだスラミングのまなざしは、経済的不平等に対する怒りだけではなく、中国人と同じ人種ヒエラルキーの下層へと回収されまいとする、人種とアイデンティティに関わる危機感をもモーガンから引き出してしまう。

　モーガンがキューバ人革命家たちの銃弾に倒れることがなかったら、夫妻はキーウェストを離れ、ニューオリンズかマイアミへ移住し、いずれは「持つ者」としてチャイナタウンでスラミングを楽しむことになったのかもしれない。大恐慌期の地方観光化がはじまったキーウェストも『持つと持たぬと』に本来描かれるべき社会派小説としての側面も、一九世紀より続いていた中国本土からアメリカに続く中国人（密航）移民の流れにのみ込まれていたのである。

【註】

（1）強調部は原文のまま（*Letters 5* 95）。ドス・パソスへの手紙にかかれているこの記述は、もちろんヘミングウェイ得意の毒あるジョークだが、『持つと持たぬと』にも登場する黒人、中国人など多人種を巻き込んだ大恐慌期当時のキーウェストの状況が作家自身の言葉で書かれている点で興味深い。

（2）『持つと持たぬと』の中国人を論じた論文は *The Hemingway Review* をはじめとする海外の主だった学術誌には少なくとも認められず、国内で唯一確認できるのは新田啓子の論文「日はまた昇るか？――性差混乱と持たぬ者たち――」である。新田は中国人たちの中性的な描写が物語内に性的混乱を引き起こしているとするジェンダー論を展開しており、中国人およびアジア表象に焦点を当てている点で、本章は新田と関心を共有するものだが、新田が展開するジェンダー論とは視点を異にする。

（3）本章の「人種ヒエラルキー」という用語は、ジョージ・フレデリクソンが著書 *Racism: A Short History* の中で指摘している「白人は当然のごとく有色人種より優れている」（"whites are unquestionably superior to the colored races"）（Fredrickson 145）という白人心理が形成してきたアメリカ社会における人種の階層性を指して用いている。

（4）『持つと持たぬと』のモーガンのアイデンティティを、観光業をはじめとするアメリカの経済政策と関連付けて論じている点で、本章は宮本陽一郎の論考「ヘミングウェイの南西島共和国――文学、革命、観光」と視点を共有するものだが、宮本が言及を避けている「コンク」（Conchs）に対する同情と他者化というモーガンの矛盾する態度についてひとつの回答を提示することも目的のひとつとしている。

（5）新田はこの描写に含まれる Burks の服装に着目し、アメリカで一九一〇年代から広まった「ジム・ダンディ」の中性的な装飾との類似性を見出し、その後展開されるジェンダー論の論拠にしている（新田 四七）。

（6）文法的には "This kind of Chinamen don't understand how to write" が正しい。

（7）文法的には "How long have you known him?" が正しい。

（8）ヘミングウェイ自身もこのシリーズを所有し（Brasch 73）、一九三二年七月九日付の書簡でもチャーリー・チャンに言及していることから（*Letters 5* 155）、ヘミングウェイがミスター・シンの人物設定をする際に、チャーリー・チャンを参照した可能性は否定できない。
(9)この中国人博士は大恐慌期のアメリカ大衆文化にも提供されており(Lee 177-79)、ヘミングウェイの蔵書リストにもサックス・ローマーの *The Si-fan Mysteries* [US Title: *The Hand of Fu Manchu*](1929?)が認められる(Brasch 367)。
(10)例えば、サンフランシスコの場合、一九三八年の市全体の観光収入二八〇〇万ドルの実に五分の一をチャイナタウンが占めるほどになり、ゴールデンゲートブリッジに次ぐ市内観光スポットになっていたとされる(Takaki 248)。
(11)このころのヘミングウェイがチャイナタウンを訪れたという記録は、伝記や書簡などの参照可能な資料には確認できないが、本書の第1章でも述べたように、キューバに移住した一九四〇年以降、ハバナのチャイナタウンにあった中国料理レストラン、エル・パシフィコ(El Pacifico)を頻繁に訪れている。
(12)『持つと持たぬと』の第一部は、「片道航海」("One Trip Across")というタイトルで『コスモポリタン』(*Cosmopolitan*)誌一九三四年四月号に掲載されている。
(13)例えば、J・ドナルド・アダムズは「彼[モーガン]には社会に対する義務感が皆無であり、社会も彼に借りはなかったわけで、最終的には自業自得だったのだ」(Adams 174)と述べその社会性に疑問を呈し、フィリップ・ラーヴは「持ち前の暴力性と新たな社会性とが小説のなかで矛盾をきたしていることにヘミングウェイが気づいていない」と批判している(Rahv 185)。

第4章　「国際友人」ヘミングウェイ
――中国における諜報とプロパガンダ

このころおれは香港にいたんだ。そこはとにかく素晴らしいところで、おれはとてもハッピーで狂ったような毎日を送っていたのさ。

『海流の中の島々』より

1.　台湾に眠るヘミングウェイの足跡

近年、台北市（台湾）にある中国国民党党史館では、これまで機密とされていた文書が随時公開されてきているが、そのなかに『中央宣傳部國際宣傳處工作概要（二十七年迄三十年四月）』と題された文書が存在する。台湾の公用語である難解な繁体字で埋めつくされたその文書を繰っていくと、突如として中国語で表記された外国人たちの名簿が現れる。これらの外国人たちは当時さまざまな目的で中国を訪れた世界各国のジャーナリストや作家たちであり、彼らに混じってヘミングウェイと思しき人物の名前も登場する。このかつての極秘文書には、蔣介石率いる中国国民党(1)が支配していた一九四〇年前後、ヘミングウェイを含め訪中した外国人たちの多くが「国際友人」と呼ばれ、国民党に有利なプロパガンダの協力者であることを期待されていた事実が明示されているのである。

遺作『海流の中の島々』では主人公トマス・ハドソンによって赤裸々な香港体験がかなりの紙面を割いて語られるものの、文化大革命（一九六六～一九七七）の影響もあり、これまで東洋文化圏から提供されたヘミングウェイに関する資料は皆無に等しい。そうした意味において、台湾に残されていたこの極秘文書の分析は、これまでの西洋の資料に依拠したヘミングウェイのプロパガンダ論をよりグローバルな視点で補完する絶好の機会となろう。

近年、ピーター・モレイラはヘミングウェイの訪中を「アメリカ側のスパイ」という視点で論じ、ヘミングウェイの政治性研究に一石を投じた。また、高野泰志も言及しているようにＫＧＢの極秘文書解禁に伴いヘミングウェイのソ連スパイ説まで浮上し（高野 二〇一八）、「アルゴ」（Argo）なるコードネームを持つ「ソ連のスパイ」というヘミングウェイの新たな一面をニコラス・レイノルズが近著で明らかにしている。(2) 記者（特派員）、スパイ、そして「国際友人」と実にさまざまな仮面を被り分けて、はじめて極東アジアという舞台に立ったこの作家の実像をわれわれはみていこうと思うのである。

2. ハネムーンとスパイ

日中戦争がはじまって四年目の一九四一年初旬、連合国と枢軸国との対立構図が次第に鮮明になり、それまで関心の大半をヨーロッパ戦線に向けてきたアメリカは、日本との交戦の可能性を見極めるべく日中戦争の行方にもその関心を向けはじめていた。国際情勢が緊迫の度合いを増していくなか、ヘミングウェイは『PM』紙、妻マーサ・ゲルホーンは『コリアーズ』（*Collier's*）誌からの依頼で日中戦争の取材と新婚旅行をかねたアジア歴訪の旅に出発する。ゲルホーンが回想録のなかでヘミングウェイに付した〝U.C.〟（Unwilling Companion）「イヤイヤついてきた伴侶」（Gellhorn, *Travels* 10）というニックネームは、生まれてはじめて太平洋横断に臨むヘミングウェイの心境を端的に表していたといってよかろう。(3) しかしながら、「U.C. はすぐ香港に馴染んでしまいました」（Gellhorn, *Travels* 13）という記述は、アフリカを舞台にこの作家が証明してみせた異文化に対する持ち前の順応性が、ここアジアにおいても発揮されていたことを伝えている（図4-1）。再びアメリカの大地を踏むまでに実に一〇六日を費やしたこの大旅行のわずか

図4-1　ヘミングウェイ（前列右）、妻マーサ（前列左）と国民党軍将校たち（JFK ライブラリー所蔵）

七か月後、日本軍は真珠湾を攻撃し、太平洋戦争がはじまるのである。

この訪中に際し、ヘミングウェイが米財務省から密命を受けていたとする疑惑がある。この疑惑の提唱者モレイラは、ヘミングウェイが訪中前後に取り交わした財務長官ヘンリー・モーゲンソウや「ハル・ノート」の原案者として知られる財務次官補ハリー・デクスター・ホワイトとの文通内容に注目する。帰国後のヘミングウェイがモーゲンソウに宛てた一九四一年七月三〇日付の手紙には次の記述がある。

> 私が中国へ発つときに、ホワイト氏から国共合作が抱えている問題点の調査および可能な限りでの情報収集の依頼を受けました。私が最後にワシントンにいたときには、この問題は比較的落ち着いていましたので、お話しした際あまり取り上げませんでした。これから深刻な問題として頻繁に取り沙汰されるでしょうから、三か月に及ぶ訪中で知り得た情報を踏まえ、現時点で私にわかる真実をまとめてお伝えする方がおそらくよいでしょう。(Moreira 201-202)

国務長官コーデル・ハルとの敵対関係から、当時他機関からの情報が制限されていると考えたモーゲンソウは、中国の内部情報を探る独自のエージェントを必要としていたという。ホワイトハウスでの『スペインの大地』先行試写会に同席した一九三七年以来、フランクリン・ルーズベルト政権内でもすでにその存在が知られていた有名作家の訪中計画が伝わり、ホワイトを通じてヘミングウェイへの接触が図られたのである(Moreira 19)。

米政府内におけるこうした権力抗争に自分が関与している、あるいはしていた、という認識が果たしてヘミングウェイにあったのか否かについては書簡をはじめとする参照可能な資料からでは今のところ判断できない。しかしながら、先述した手紙の引用にも強烈に印象付けられている、母国アメリカに対するヘミングウェイの愛国的なまでの協力姿勢をわれわれが目にするのは決してはじめてではない。「泥棒工場」(4)（Crook Factory）をめぐるキューバでの諜報活動やヨーロッパ戦線におけるランブイエ事件(5)を彷彿とさせる。ヘミングウェイは母国アメリカの抱える複雑な国際関係および戦争構造に時として積極的に介入することで、一作家の立場では通常踏み込み得ない、未知なる真実が潜む戦争の深部へと入り込もう、あるいは、「戦争」を基幹として派生される枝葉の末端にある真実まで見届けようとしていたように思われる。そのためならば、諜報員としての仮面を喜んで被り、自らに沸き起こる愛国心すら利用する作家なのである。そして、その成果は『海流の中の島々』でハドソンが語る香港エピソードにも現れている。香港の新租借地《ニューテリトリー》で鳩撃ちをしていたときのことをハドソンは述懐する。

「［……］そのころ、ウルフラム鉱は非常に値打ち物で、アメリカはＤＣ２型輸送機を使って、［……］自由中国の南雄にある飛行場から、九龍の啓徳飛行場まで空輸し、そこから本国まで船で運んでたんだ。これは稀少鉱物だったんだけど硬い鉄を作れるってんで、アメリカの戦争準備に欠かせない代物だったんだよ。その鉱石が新租借地の丘に行けば誰にでも好きなだけ掘れたんだ。［……］ところが、そのことを話しても誰も関心を示さないんだ。［……］［新租借地にある］女性刑務所の外で鳩撃ちをやりながら、［……］ウルフラム鉱を積んだ旧式のダグラス双発飛行機が丘を越えて飛んでくるのを見ると奇妙に思えたものさ、だって刑務所には［新租借地以外の場所で］無

免許でウルフラムを掘って投獄されている女受刑者がたくさんいたんだから」(*IIS* 281)

ヘミングウェイがここで描いているのは戦争を通して築かれていた米中の互恵関係、およびその末端で起きていたウルフラム鉱にまつわる中国人民の悲劇である。戦争というものの全体像をミクロとマクロの双方で捉えようとするヘミングウェイにとって、訪中前に受けたモーゲンソウからの依頼は、戦争の深部へ歩みを進めるための多くの灯火のひとつとなったに違いない。そして、そうしたアメリカ側の政治的思惑と「諜報員」の仮面とを懐に忍ばせて訪中するヘミングウェイを、当時の中国国民党はまた違う思惑でもって待ち受けていたのである。

3. 国民党極秘文書

中国におけるヘミングウェイの足跡を知る上で本章が重要視する文書、『中央宣傳部國際宣傳處工作概要(二十七年迄三十年四月)』が極秘文書であるとするそもそもの理由は、第一頁の表題右上に付された「極機密」の押印と「讓渡並貸与厳禁」という文言である(6)(図4-2)。表題に使われている「宣傳」、「工作」という文言からでも、この文書が作成された部署の当時の活動内容、およびその機密性の高さを推し量ることができるのであるが、文書三枚目の次の記述がそうした憶測を明文化している。

査各國報紙駐華記者所發電訊，為注意遠東局勢之國際人士所極端重視，故必嚴密檢查，遇有欠妥之處予以刪扣，並向該發電記者申明理由，使其獲確切瞭解，糾正其謬誤之觀點。我方發表宣傳文告，商由外記者發電，実為最有效之捷徑，然亦必講彼等之信仰，始能為我利用。此項工作，実至繁重，不可須臾疏忽者也。『宣傳處工作概要』資料　3／45）

中国在住の記者が発信した電報を載せた各国の新聞は、極東情勢に注目している国際人士が重視するものであるから、厳格に綿密に検査する必要がある。妥当性に欠けるものは、削除または差し止め、並びにその発信者に理由を説明し、確実に了解を得られるようにして、その誤った観点を糾す。われわれが発表した宣伝文書を外国人記者が発信すれば、もっとも直接的な効果があるが、しかしそのためには彼らの信頼を得てはじめてわれわれの利用できるところとなる。この工作は実に面倒で難しいが、決して疎かにしてはならないことである。（東中野 訳）

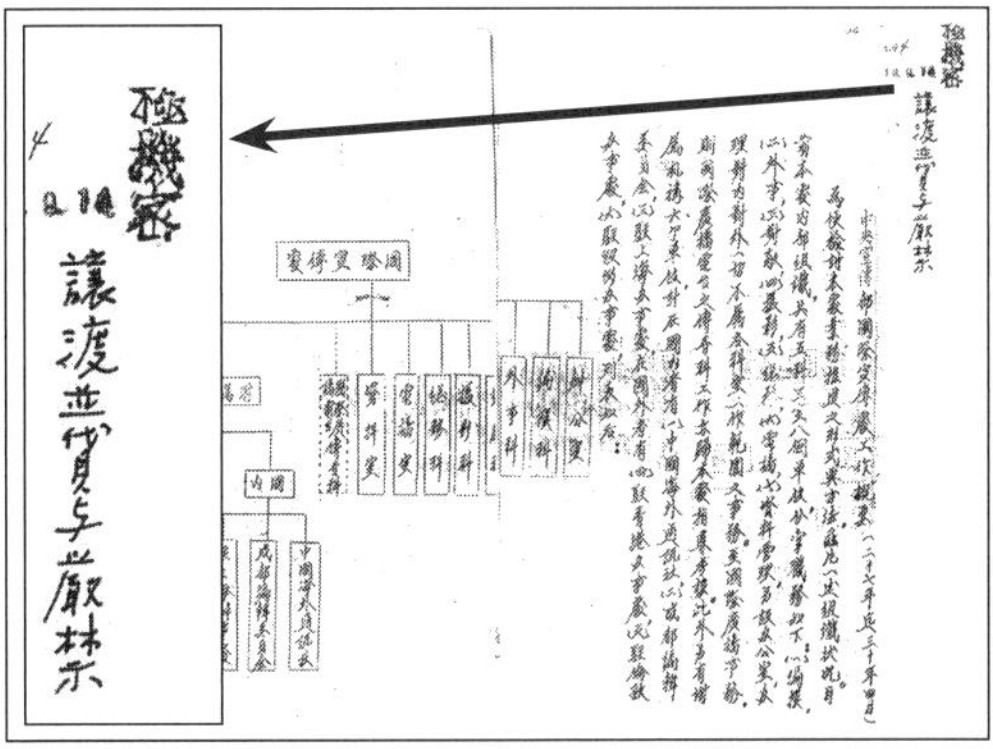

図 4-2　国民党極秘文書一枚目と「極機密」の文字（国民党党史館所蔵、台北）

ここには、訪中する外国人たちの存在およびその報道や発言が、国民党政府のプロパガンダ戦略においていかに重要であるかが示されている。こうした組織が実在したことは、当時の中央宣伝部副部長であった董顕光（図4－3）の自伝の次の記述も裏付けている。

私が国軍評議会の第五部局の副部長に任命されたのは検閲局を離れて二週間たったころのことだ。要するに私は、中国側の話を世界に伝えるためのプロパガンダ機関の設立を命じられたということであった。外国人記者たちに出版すべきでないことを指示するというきわめて非生産的な仕事から解放されたのだ。今度は、われわれにとって記事にしてほしい情報を外国人記者たちに提供するというクリエイティブな仕事に就くことになるのである。（Tong, *Teacher* 69　傍線引用者）

［……］第五部局の機能は、国民党政府組織の一部となる中央宣伝部が引き継ぐことになった。この部署には海外への宣伝記事に影響力をもつ国際宣伝所が設けられることになった。副部長として、私はこの部署を率いることになった。私は終戦までこの職を務めた。中央宣伝部の部長は何度もすげ変わったが、私は国際宣伝所を異動されることはなかった。（Tong, *Teacher* 75　傍線引用者）

図4-3　董顕光

中央宣伝部国際宣伝所およびその前身である「第五部局」（"Fifth Board"）に遡って、プロパガンダを目的とした機関に終戦まで継続して携わっていた数少ない責任者、それが董顕光である。そして、検閲局から晴れてプロパガンダというより生産的な部署を任され、喜ぶ董顕光に活躍のときが訪れる。

もちろん、真珠湾前のこの数年におけるプロパガンダの最大のターゲットはアメリカであった。［……］一九三七年から一九四一年の間､私はこの一大プロパガンダ工作に完全に付きっきりであった。［……］われわれは英語圏の国々へ自らプロパガンダを広めようとしていたが、一方で、大手の雑誌や新聞の代表者たちが中国側から見た戦争を報道したいと［世界中から］重慶にやってくるようになった。（Tong, *Teacher* 108–109）

いわゆるＡＢＣＤ包囲網によって追いつめられた日本が、駆り立てられるように真珠湾攻撃への歩みを着実に進めていたちょうどそのころ、中央宣伝部副部長である董顕光は、アメリカに対するプロパガンダに遺憾なくその手腕を発揮していたようだ。そして、ヘミングウェイ夫妻がパンアメリカン航空の「チャイナ・クリッパー」と呼ばれる飛行艇で香港の九龍（Kowloon）に降り立ったのが一九四一年二月二二日土曜日。(7) つまり、中国国民党がアメリカへのプロパガンダ戦略をもっとも加熱させていたその渦中に、ヘミングウェイは身を投じることになる。一方で、フライング・タイガース(8)など露骨な中国支援を活発化させていたアメリカは、国共分断を中国での覇権争いに利用しようという日本の目論見を潰すために、国共間の対立をこれ以上悪化させないよう注視していた。ケニアの大自然を背景に狩猟部族たちに囲まれての純粋に個人的なアフリカ体験とは異なり、米政府から情報収集の密命を受けていたヘミングウェイにとってのはじめてのアジア体験は、米中双方の思惑が交錯する高度に政治的な側面を孕んでいたのである。

4. 国際友人

中央宣伝部副部長であった董顕光の記述は、当時多くの外国人が報道や取材目的で中国を訪問していたことをうかがわせるが、当時の国民党政府がこうした外国人の取材活動を組織的にバックアップしていたであろうという憶測は、極秘文書中盤に出現する見出し、〝乙．引導記者及國際友人晋謁黨政軍當局〟「乙．記者、国際友人が党、政、軍当局へ会見するのを引導」という文言によって明文化されている。この文言からは報道目的で訪れた記者と区別し、取材目的の作家やジャーナリストなどを「国際友人」と呼んでいたことがわかる。そしてこの用語は〝International Friends〟と英訳され、ヘミングウェイをはじめ訪れる外国人たちを出迎える横断幕に刻まれていたのである。

私たち［ヘミングウェイ夫妻］は、お世辞を混ぜた別れの挨拶を交わすと、土砂降りのなか師団司令部を目指して、さらに五マイルほど車を走らせた。すると、凱旋門が次々に現れはじめた。それらは、雨で滲んでしまっている手刷りの文字が書かれた紙製の横断幕を、道を挟むように立てられた二本の柱に渡しただけのものだった。「ようこそ公正と平和の代表者のみなさん」「ようこそわれわれの国際友人」［……］こうしたメッセージが長い道中の至るところで目に付いた。（Gellhorn, *Travels* 30–31）

これはヘミングウェイ夫妻が広東省北部に広がる過酷な第七戦闘地帯を一二日間にわたって視察したゲルホーンによる回想の一部であるが、訪中作家やジャーナリストたちをようこそわれらの「国際友人」（“Welcome to our International Friends”）と銘打って歓待する体制が軍部系統の末端にまで浸透していたことをうかがわせる。そして、こうした訪中外国人たちの名簿が登場する極秘文書一八枚目には、名簿の序論として次の文言が添えられている。

（二）協助記者採訪　來華之外藉記者對於我前後方情形多不熟習。常易發生誤解，且於採訪新聞之各項必具條件，如交通工具之接洽，採訪新聞證書之接洽，响導繙〔翻〕譯以及其他事務，無論巨細概由外事科負責代為辦理。爰將歷年來代為重慶通訊社記者請領證書及代收集資料之情形表述如后，（『宣傳處工作概要』資料　18／45）

（二）記者の取材に協力する　中国訪問の外国人記者は我が国の後方の状況に不慣れなために、常に誤解が生じやすく、またニュース取材に備えなければならない各項の条件、例えば交通工具の手配、ニュース取材証明書の問い合わせ、ガイド通訳及びその他の事務に対して、事の大小を問わず総ては外事科が責任もって処理している。ここに歴年、各重要な通信社記者に代わって証明書申

請をした者及び資料収集の便を図った者の状況を表にして表すと、（東中野訳、傍線引用者）

この引用の直後に訪中外国人の名簿が五枚分続くのであるが、こうした外国人たちは、中央宣伝部国際宣伝所の「外事科」によって「証明書申請」や「資料収集」に関わるサポートを受けていたということになる。ゲルホーンは香港での足止めの理由を「中国内陸部への旅行許可証が発行してもらえなかったので」（Gellhorn, *Travels* 23）と述べているが、このときヘミングウェイ夫妻が待ちわびていた戦線視察の許可証の発行手続きに中央宣伝部国際宣伝所の外事科が関わった可能性はきわめて高い。そして名簿の最後のページにその名前はある[9]（図4－4）。図版上部、「姓名」の欄に「海明衛」と書かれた三文字は、当時中国語で「ヘミングウェイ [hɛ́míŋwèi]」と読まれていたのである[10]。

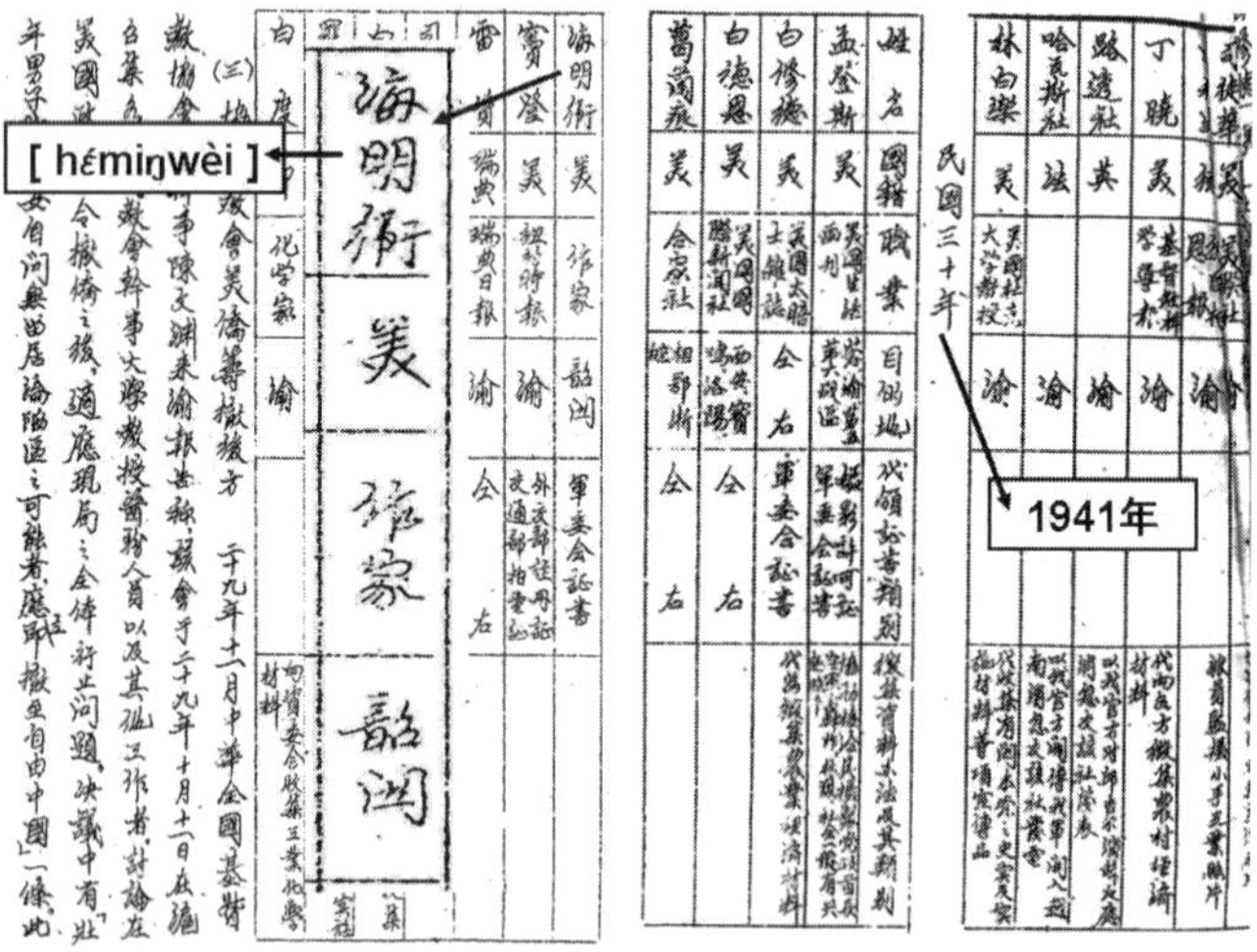

図4-4　機密文書内に残されているヘミングウェイの記録（国民党党史館所蔵、台北）

この「ヘミングウェイ」なる人物が文豪アーネスト・ヘミングウェイであることを特定することは容易である。まず、「海明衛」という名前が分類されている「民國三十年」は西暦一九四一年であり、ヘミングウェイが訪中した時期と合致する。さらに、「姓名」に続く「國籍」、「職業」、「目的地」という項目をそれぞれ埋めている「美」（中国語で「アメリカ合衆国」）、「作家」、「韶関」のすべてが、この人物がわれわれの知るヘミングウェイその人であることを裏付けている。広東省北部に位置する都市韶関はゲルホーンの記述にも散見される。

一九四一年三月二四日、私たち［ヘミングウェイ夫妻］は所持品を持って香港の飛行場にやってきた。［……］翌日、午前十一時に南陽へ向けて飛びたった。南陽は雨が降っていた。［……］暗くなるまで車を走らせ、ようやくホテルに到着した。ホテルの名は「韶関の灯」といってこの都市の名にちなんでいた。私たちが韶関に滞在したのはたったの三日間だけだった。（Gellhorn, *Travels* 24–26　傍点引用者）

先述したように広東省の北部には日本軍と中国軍とが戦う第七戦闘地帯があり、その司令部が置かれていたのがここ韶関である。

当時激戦地と言われていたこの戦闘地帯をヘミングウェイ夫妻はあえて選び、激しい戦闘を視察できるものと胸躍らせていたという。しかし、韶関から小さなボートで北江を南下し、蒙古馬にまたがって山間の隘路を抜け、ようやくたどり着いた広東戦線でふたりが目にしたものは、「やらせ戦闘」（mock battle）であったという。

日本側には人の気配はなく、静まり返っていた。中国でもっとも平穏な戦線であった。将軍はこれらの眠った山々に活気を取り戻そうとしたがうまくいかなかったので、私たちのために戦闘を上演し、自分の部隊を誇示したいと思っていた。そこで私たちは日本軍の及ばないところまで撤退すると、彼の部隊は付近の山々を使って、ある軍事行動を演じることで、この戦争を真似てみせたのだ。（**Gellhorn, *Face of War* 81**）

日中戦争における当時の戦闘の膠着状態は戸部良一による軍事史研究でも裏付けられているが（戸部一八〇）、平穏すぎる戦線というものは、視察に訪れる外国人を迎えるには甚だ不都合であったに違いない。兵士たちが演じた戦闘は明らかに「平穏な戦線」を隠蔽するために彼らが組織的に被った仮面そのものだ。そうした意味において、これまで極秘扱いであった国民党政府の宣伝工作に関するこの報告書は、それ自体が国民党政府のプロパガンダ的思惑を格納した仮面の内側といってよい。そして、そのなかにアーネスト・ヘミングウェイの記載があることが確定した今、ひとつの疑問が浮上する。すなわち、訪中外国人に親中プロパガンダを期待する国民党政府にとっての「国際友人ヘミングウェイ」とは、いったいどのようなヘミングウェイだったのか、ということである。そうした視点でヘミングウェイを眺めるとき、これまで「ヘミングウェイの訪中」を定義付けてきた『ＰＭ』紙の記者、米財務省の密命を受けた諜報員という二つの側面に、「国際友人ヘミングウェイ」という新たなペルソナが加えられることで、中国のヘミングウェイ像がより鮮明になろう。

5. 国際友人ヘミングウェイ

中国が武装し続けるために［アメリカの］中央政府が資金援助をすれば、数年は日本に敗れることはないだろう。また、私が確信しているところを言わせてもらえば、地形やそれに関する問題、戦える軍隊を鑑みて、この軍隊が維持できる限り日本が中国に勝つことはまずあるまい。アメリカの資金援助によって中国が武装し、蔣介石が指揮している限り、軍隊がなくなることはない。しかし、われわれが中国への援助を打ち切るか、あるいは蔣介石に何かあれば、軍隊は瞬く間に維持できなくなるだろう。（*BL* 331）

モレイラは一九四一年六月一六日付の『PM』紙に掲載された「中国における日本の立場」（"Japan's Position in China"）という記事のなかにあるこのパラグラフを引用して、ヘミングウェイは「国民党の広告塔」（"part of the Kuomintang propaganda machine"）として、蔣介石やその取り巻きに大いに喜ばれたと推論し、その理由として、記事に含まれている「アメリカによる中国支援の必要性」と「指導者としての蔣介石の妥当性」とを上げている（Moreira 189–90）。こうしたモレイラの推測を正面から否定するつもりはないが、国際友人ヘミングウェイは中国側の文脈からは果たしてどうのように評価されているのであろうか。

この点に関し、ヘミングウェイの訪中当時、中央宣伝部とその下位部署である国際宣伝所の責任者だった二人の人物が自伝や著書の形で資料を提供している。ひとりは先述した中央宣伝部副部長の董顕光、もうひとりが国際宣伝所所長の曾虚白である。(11) このうち董顕光だけが自著のなかでヘミングウェイについて言及している。(12)

> 外国人記者が皆そろいもそろって皖南事変《かんなんじへん》(13)に対する共産党側の言い分を鵜呑みにしていたわけではなかった。私は一九四一年に訪中していたアーネスト・ヘミングウェイと話し、彼が公正平等な視野の持ち主であることを確信した。それまで複数の部署で飛び交っていた憶測では、スペイン内戦で人民戦線側についていた経験によって左翼に傾倒しているヘミングウェイは、きっと中国国民党政府と共産党の間の見解の相違に対して偏った反応をするだろうと思われていたのである。(14)
>
> (Tong, *Dateline* 151　傍線引用者)

傍線で示したように、董顕光はヘミングウェイと直接対話し、彼を「公正平等な視野の持ち主」(“impartial and fair observer”)として評価する。(15) 第1章で触れたように、キューバのヘミングウェイ博物館には董顕光が終戦後へミングウェイに送ったと思われるいくつかの自著が確認できることから、二人の間には何らかの交友関係があったのかもしれない。(16) このように董顕光の脳裏に刻まれたヘミングウェイの「国際友人」としての評価は決して悪くはないのだが、広告塔としての評価を決めるには尚早である。

董顕光による自伝関連の書籍にヘミングウェイが登場するのは一九五〇年に出版された『デイトライン・チャイナ』（*Dateline: China: The Beginning of China's Press Relations with the World*, 1950）が最後であり、二〇〇五年に英訳された最終改訂版『蒋介石の外交参謀』のなかにはもはやヘミングウェイの名前はない。その一方で、この最新の自伝には、雑誌『タイム』（*Time*）、『ライフ』（*Life*）、『フォーチュン』（*Fortune*）の社主ヘンリー・ルースとその妻クレアをはじめ、[17] 第1章でも言及したヘミングウェイに中国での取材を依頼した『PM』紙の社主インガーソル、作家アースキン・コールドウェルとその妻で『ライフ』誌の写真家マーガレット・バークホワイトといった名前はそれまでの版同様に残されている。アグネス・スメドレーやエドガー・スノーといった共産党を支持する作家たちでさえ「中国共産党員を正しく伝えていない」という非難が添えられて最新の自伝にその名を刻み続けているのである（Tong, *Teacher* 143）。この事実をどう解釈するべきであろうか。国際友人ヘミングウェイはなぜ紙面からその姿を消したのであろうか。[18]

6. 中国国民党にとってのV. I. P.

董顕光の著書『デイトライン・チャイナ』には「V. I. P. ──要人たち」（"V.I.P. ── Very Important People"）という章が立てられている（この章は、『中国と世界の報道』（*China and the World Press*, 1948?）と題された前の版では「外国人訪問者」（"Foreign Visitors"）というタイトルが付されている）。実は、へミングウェイを除き、先述したルースをはじめとする著名人たちはみな、賛辞を添えられてこの章で言及されている。[19] 一方ヘミングウェイは、中国共産党との確執を扱った「赤き頭痛の種」（"The Red Headache"）という章で言及される。先述した引用部に加え、この章のなかでヘミングウェイは「大規模な軍隊に支えられた政党がもつその異常性を認識していた。彼は自分が共産主義者たちのプロパガンダ戦術に精通しているとも述べた。この知識はスペインでの長期滞在で得たものだ」（Tong, *Dateline* 152）と記述されていることから、董顕光の脳裏に刻まれたヘミングウェイの記憶が「国共の確執」と関連付けられていた可能性は高い。そして、奇しくも董顕光によるこうした中国側のヘミングウェイに関する記述は、先述したヘミングウェイによる米財務長官モーゲンソウへの報告内容の基幹を成している。

第一に、蔣介石政府とソビエト連邦との取り決めによって共産党軍の支配地域を明確に定めてやらなければ、中国における共産主義の問題は永久に解決しないでしょう。［……］蔣介石を含めて国民党の指導者たちと話しましたが、彼らと共産主義者たちとの間にある恨みや敵意は強調しすぎるということはありません。［……］日本の侵略が中国にとって単なる「皮膚病」だとすれば、共産主義者は「心臓病」のようなものだと彼らは今でも思っているのです。（Moreira 202）

このように、米中双方の史料の照合によって、「米国諜報員」と「国際友人」という異なった文脈で語り語られるヘミングウェイの符合がはじめて顕在化する。そして、この符合こそが訪中当時のヘミングウェイが複数の仮面を巧みに被り分け、戦争の深部へと到達していたその証左である。当初、国民党幹部たちから共産党支持者と目されていたヘミングウェイは、「公正平等な視野の持ち主」であることを示すことで「共産党シンパ」の仮面を彼らの目の前で外してみせる。その結果手にした「国際友人」としての仮面をヘミングウェイは諜報活動にも生かしたに違いない。その意味で「赤き頭痛の種」の章に記述されたヘミングウェイ像に、われわれはそうしたさまざまな仮面のコラージュを想起せずにはいられない。そして、極秘文書によって提供された「訪中外国人に対するプロパガンダ貢献への期待」という指標が与えられた今、その視点で「V. I. P.」に選ばれた者たちと、選ばれなかったヘミングウェイとを比較することによって、謎多き「国際友人ヘミングウェイ」というペルソナが、もう少しその表情をわれわれに向けてくれるはずである。

まずは、当時国民党政府にもっとも貢献したアメリカ人のひとりと称されるヘンリー・ルースに対する董顕光のコメントから見ていこう。

> 『ライフ』、『タイム』、『フォーチュン』の出版者ヘンリー・R・ルース氏と名家の生まれにして作家として、後に女性国会議員として有名な妻クレア・ブース・ルース夫人の五月の訪中はわれわれにとってきわめて重要な行事であった。彼らが惜しみなく時間と資金を提供してくれたおかげで本国アメリカでの中国支援運動はたけなわになったのである。（Tong, *Dateline* 135–36）

日中戦争以来、蔣介石夫妻は頻繁に『タイム』誌の表紙を飾り、『フォーチュン』誌では多くの紙面を割いて国民党政府を特集してきた事実がある。[20] 当時の国民党政府にとって「一大行事」に位置付けられていたルース夫妻の訪中とヘミングウェイ（夫妻）の訪中とを隔てているものがあるとすれば、それは紛れもなくプロパガンダ貢献への期待と感謝の度合いといってよかろう。

次に、ロシアへの経由地として立ち寄った中国で、たまたまビザが下りず、不本意な滞在を余儀なくされたコールドウェル夫妻。ヘミングウェイ夫妻の三か月に及ぶ滞在期間に対し、わずか一か月という短期滞在にもかかわらず、こちらの夫妻が「V. I. P.」に分類されている事実も、プロパガンダへの貢献度の重要性を示唆しているのかもしれない。なぜなら妻バークホワイトは、国際ラジオ放送を通じて、日本軍に爆撃された重慶のようすを報じたとされているからである[21]（Goldberg 237）。

そして、「V. I. P.」たちのなかでヘミングウェイとの比較においてもっとも興味深いのが『PM』紙社主および編集長インガーソルである。『PM』紙が国民党政府支持のプロパガンダ・キャンペーンを積極的に展開していたことは一般に知られている。[22] その編集長インガーソルは、蔣介石夫妻との面会も含むヘミングウェイの取材原稿の筆致があまりにも中立的であったためか、「内容に“color”がない」と難色を示したとされる（Moreira 186）。それを証拠にインガーソルは、自身でヘミングウェイと同じ旅程をたどる訪中旅行に出かけている。ヘミングウェイによる最後の記事が『PM』紙に掲載されてからわずか三週間後に訪中へと出発している点からは、ヘミングウェイの記事に対するインガーソルの不満と、取材方針に対する両者の明らかな乖離がうかがえる。また訪中する際、インガーソルが蔣介石婦人（宋美麗）の兄宋子文の紹介状を携えていたという事実も国民党政府筋との結びつきの強さを感じさせる。[23] 自ら出向いて取材した蔣介石との初対面をインガーソルは次のように伝えている。

私は蒋介石夫妻と一時間に及ぶ対談をした。中央宣伝部の副部長董顕光が同席して通訳を果たした。［……］蒋介石の第一印象は人当たりが良く実に見栄えのする男で、その表情には強さと誇りとが感じられた。[24]（Ingersoll, *Action* 51）

蒋介石の第一印象を伝えるインガーソルのこの筆致は、ほとんどの記者が有力者を描写するときのものにほかならない。一方、インガーソルに苦言を呈されたヘミングウェイによる蒋介石の描写がこうである。

蒋介石は政治家の皮をかぶった軍事指導者である。この点は重要である。ヒトラーは軍隊を雇った政治家である。ムッソリーニは軍隊を雇えない政治家である。蒋介石の基本方針は常に軍事に置かれている。（*BL* 289–90）

ヘミングウェイはヒトラーやムッソリーニのような同世代の独裁者たちを比較の対象にして、蒋介石を「政治家の皮をかぶった軍事指導者」と断ずる。なるほど、政治手腕を疑問視するかのようなこうした蒋介石の描写が国民党政府を満足させるものであったとはたしかにいいがたい。しかしながら、だからといって先述したヘミングウェイの『PM』紙の掲載記事「中国における日本の立場」（"Japan's Position in China"）で指摘された「指導者としての蒋介石の妥当性」とこの記述は矛盾するものではない。なぜならこの前日付の記事「アメリカの中国支援」"U.S. Aid to China"（『PM』一九四一年六月一五日）で述べられている「戦時下において民主主義を長期に維持できる国などありはしない。戦争は必ず一時的な独裁体制を引き起こすものだ」（*BL* 290）という見解に照らせば、戦時下という現実において、ヘミングウェイがこのときの中国に必要だと考えていたのは、多少の民主主義を犠牲にしても、蔣介石が持つ政治家としてではない、軍事的指導者としての手腕にほかならないからである。そうした意味で、ヘミングウェイは蔣介石率いる国民党を正面から誠実に肯定しているのだ。しかしながら、こうしたヘミングウェイ流の誠実さは、プロパガンダという土俵で果たして評価されるだろうか。「人当たりがよい」（"smooth"）や「強い」（"strong"）、「誇り高い」（"proud"）など美辞麗句で蔣介石の描写を飾ったインガーソルに対する印象を董顕光は、「同席している間、われわれを批判するような調子はまったくなかった」（Tong, *Teacher* 114）と述べ、配慮を利かせたその所作を讃えている。インガーソルによるこうした蔣介石の描写や『ＰＭ』紙を通じての活発な国民党政府ＰＲがヘミングウェイの国民党政府に対するプロパガンダへの貢献不足を大幅に補うことになったとすれば、インガーソルが「V. I. P.」に分類されたのも必然かもしれない。

以上に見てきたように、「V. I. P.」の面々は国民党政府の広報活動において華々しい活躍をしていたわけだが、国民党政府がこうしたプロパガンダを国際友人に期待していたとすれば、努めて美辞麗句を使わず、戦時下の独裁すら肯定してみせる「国際友人ヘミングウェイ」の誠実さは評価されにくい。訪中時、アヘン窟や貧民街の惨状を目の当たりにしたゲルホーンが「もう見るに堪えない」と、国民党支配下の政治矛盾に対する批判を夫にぶちまけたとき、ヘミングウェイは彼女を見詰めながら静かに言ったという。

マーサ［ゲルホーン］、困ったことに、君はあらゆる人が自分とまったく同じだと思っているね。君に耐えがたいことは彼らにも耐えがたいと。君にとっての地獄は彼らにとっても地獄だと。彼らが自分の人生をどう思っているかなんてどうしてわかる。君が思っている通りにひどいものなら、新たに子どもをもうけたり、爆竹を鳴らしたりせずに自殺しているよ。（Gellhorn, *Travels* 22–23）

欧米先進国の白人ジャーナリストが陥りやすい浅薄なヒューマニズムをバッサリと切り捨てる、実にヘミングウェイらしい名文句である。しかし、こうした反人道主義的実情の容認ともとれるヘミングウェイの発言は、そうした実情を逆に隠蔽し、欧米諸国からの援助を引き出したい国民党政府にとっては歓迎されなかったのかもしれない。

一度は「公正平等な視野の持ち主」として董顕光の記憶に刻まれたものの、広告塔として役立った「V.I.P.」の面々や共産党シンパの作家たちとは異なり、残念ながら彼の記憶と著作から、そして同時に、国民党政府と当時の訪中外国人たちの関係性からも、国際友人ヘミングウェイは、その存在を次第に消していったのである。

7．訪中後と作家の信条

ゲルホーンは中国に関して書いた自分の記事に対する後悔の念を執筆時から生涯絶やすことはなかっ

た。彼女は、厳しい中国での検閲よりもむしろ「自身による検閲」（"interior censorship"）に悩まされたと記事の執筆時の状況を吐露している[25]（Gellhorn, *Face of War* 69）。香港を去る際、検閲を逃れるためヘミングウェイは『PM』紙のために書き上げた原稿のいくつかを靴の中に隠している（Baker, *Life* 364–65）。それは、同じく訪中していた『PM』紙の記者ロバート・ネビルが「ヒトラーよりも厳しい」（Milkman 93）と形容する国民党政府による厳重な検閲などヘミングウェイは十分に理解していた証左である。ゲルホーンが「三五年におよぶ後知恵」を得てようやく悟ったと語る「蒋介石夫妻は［あのとき］砂漠に水を吸わせるように、実に効果的に私たちにプロパガンダを注入していた」（Gellhorn, *Travels* 51）というその歓談の最中も、ヘミングウェイはそれを十分承知した上で笑顔を崩さなかったに違いない。

中国から帰国して間もなく、ヘミングウェイは創作と出版における自らの信条をこう綴っている。

作家の仕事は真実を語ることである。真実に対する作家の忠誠心は高く保たれていなければならず、体験に基づいた創作をするなら、どんな事実も及ばないほどの真実の記述を生み出さなければならない。というのも、事実は不当に観察されることがあるものだが、よい作家が何かを創作する場合には、彼が持つ時間と視野によってそれを完全な真実に変えることができるからである。戦時中ゆえに真実の公表がアメリカに仇をなすというのであれば、書くだけ書いて出版しなければよい。出版しなければ食べていけないというのであれば、別のことを書くことだってできる。だが、もし内心で真実ではないとわかっていることを書いてしまったら、たとえそれがどんなに愛国的動機から

であったとしても、その作家はお終いである。（*MAW* xv）

ヘミングウェイの作家人生において、この創作姿勢がどれほどに徹底されていたかについては、今後も更なる研究と議論が必要であろう。しかしながら、少なくとも本章で扱ってきた「中国のヘミングウェイ」に関する限りその真実味を保証してもよいのではないだろうか(26)。なぜなら、この信条を裏付けるかのように、モーゲンソウに届けられた手紙の中でヘミングウェイは次のように記しているからである。

これらの発言［蒋介石夫妻による共産党批判］は国共間の感情の火に油を注ぐだけであり、内戦を煽るでしょうから、出版しませんでした。香港滞在時に、わが国［アメリカ］は国共の内戦を歓迎しない方針であると聞かされていたので、内戦を煽りそうなものは何ひとつ書きませんでした。（Moreira 207）

ヘミングウェイの中国記事を通読する限りこの言葉に嘘はない。彼はたしかに母国アメリカの国益のために蒋介石夫妻による共産党批判も国共の確執も書かなかった。米中の思惑が交錯するなか、ヘミングウェイが書かなかったことが、あるいは書いたことが、または米政府に報告した内容が、その後の米中日の戦局をどれほど左右したかはわからないが、そこには紛れもなく、愛国心溢れる「諜報員《スパイ》」の仮面を被った作家ヘミングウェイがいたのである。彼はときには世間が与えた「共産党シンパ」の仮面を利用して、それをわざわざ国民党幹部の目の前で外して見せることで「国際友人」の仮面を手に入れる。

財務長官モーゲンソウがヘミングウェイに寄せた期待は、とびきりの厚遇で迎えられるであろう「国際友人ヘミングウェイ」というこの仮面が持つ諜報能力の適正にあったといってよい。そして、いくつもの仮面を被り分けてアジアを歴訪した作家が中国という舞台に最後に残していったのは、米中双方を飛び交う安易なプロパガンダで自分の存在を残すよりは、自身の信条を貫き、忘れ去られる方を望む「国際友人ヘミングウェイ」というペルソナであった。

【註】

（1）極秘文書の作成時期は第二次国共合作（一九三七～一九四六）と重なるが、中国共産党との協力関係はプロパガンダ戦略においては完全に形骸化していたので、本章では、「中国のプロパガンダ」ではなく「中国国民党のプロパガンダ」という言葉で統一している。

（2）ＫＧＢの前身であるＮＫＶＤのなかには文学に造詣が深い者もいたらしく、ヘミングウェイのコードネームである「アルゴ」は、ギリシャ神話に登場する探査船の名前だという（**N. Reynolds 82**）。

（3）ゲルホーンによれば、ヘミングウェイが予てから抱いていた中国に対する悪いイメージの原因には、第1章で触れたように中国で医療使節団をしていたという彼の叔父が馬上で自身の腸を取り出したという幼少期に聞いた逸話や、無宗教の中国人を改宗させるための募金を払わされた不愉快な経験など諸説ある（**Gellhorn, *Travels* 10**）。

（4）一九四二年ごろナチス・ドイツの第五列（スパイ部隊）のキューバ侵入に対処するためにヘミングウェイが組織した対敵諜報部隊。武装したピラール号でドイツ軍潜水艦の取り締まりなどをするころには道楽との批判を受けるようになり、一隻も発見できぬまま一九四三年九月に解散している（**Baker, *Life* 372-81; Trogdon 234**）。

（５）第二次世界大戦下、パリ解放を目前にしたランブイエ（Rambouillet）という町でヘミングウェイが行ったとされる偵察活動をはじめとした軍事行動。従軍記者としてこれらの行動がジュネーブ条約に抵触する可能性があるとしてヘミングウェイは尋問されている（*SL* 572–74）。
（６）本章で使用している極秘文書の図版および中国語引用部に付されている和訳はすべて東中野修道氏よりご提供いただいた四五枚におよぶ極秘文書の写真と関連資料を基に作成した。筆者自らが台北の中国国民党党史館に赴き、実際の原本を閲覧したところ、この極秘文書の原本は和紙のような材質の紙を用いたＢ５版の小冊子の形状であった。中国国民党党史館によれば、この極秘文書が公開された正確な時期は不明だが、おそらく台湾内で民主化の機運を高めた美麗島事件（高雄事件）が起こる一九七九年前後だという。
（７）ヘミングウェイの香港到着のニュースは一九四一年二月二四日の『ホンコン・デイリー・プレス』（*Hong Kong Daily Press*）紙に掲載されているという（Moreira 210）。
（８）中国を軍事的に支援するためにアメリカ政府の後ろ盾を受けてアメリカ軍内から集められた一〇〇機の戦闘機、一〇〇名のパイロット、二〇〇名の地上要員からなるアメリカ義勇軍（American Volunteer Group, AVG）の愛称。
（９）年号や各項目との関連を明示するため、この図版は極秘文書の二一枚目の左頁と二二枚目の右頁を合成して作成した。
（10）現在中国では、「海明威」という文字が当てられるのが一般的である。
（11）董顕光の著書が英訳出版されたのが二〇〇五年だったためか、二〇〇六年に出版されたモレイラの著書には、董顕光および曾虚白、中央宣伝部や国際宣伝所に関する記述は一切ない。こうした情報機関や関係者の存在が西洋文化圏の資料に基づいたこれまでの研究をすり抜けてきたという事実は、この情報機関そのものの機密性の高さを示唆している。
（12）董顕光はまた、「私は［ヘミングウェイ夫妻の］二人が中国戦線を訪問できるよう手配した」（Tong, *Dateline* 152）と述べている。このことはヘミングウェイ夫妻の中国取材において中央宣伝部や国際宣伝所の外事科による関与や協力があったことを裏付けている。また、蒋介石が書いたとされる一九一七年から一九四五年までの日記を現在保管しているアメリカの「フーヴァー戦争・革命・平和研究所アーカイブ」に問い合わせたところ、ヘミングウェイ夫妻が面会したとされる一九四一年四月一四日の日記には、彼らに関する言及は確認できないという。この蒋介石日記については、その他の訪中外国人についての記述の有無とその分析とが待たれる。

(13) 一九四一年一月四日に起きた国民党軍八万と共産党の新四軍九〇〇〇との武力衝突。一方的な趨勢と共産党が事変発生時・発生後に国民党による軍事クーデターであると宣伝したことから、当時蔣介石は、ソ連・英国・米国などから抗日統一戦線を破壊する行為として激しく非難された。一九四一年初旬に訪中していた外国人記者の多くは、このいわゆる皖南事変による第二次国共合作への影響についての取材を目的としていた。

(14) この引用部は董顕光の著書『デイトライン・チャイナ』からのものだが、改訂前の『中国と世界の報道』にもまったく同じ記載がある。

(15) 一方のイデオロギーに過剰に加担しないというヘミングウェイのこうした姿勢はスペイン内戦にまつわるエピソードにも認められる。例えば、『誰がために鐘は鳴る』の草稿についてマックスウェル・パーキンズに宛てた手紙のなかで、ともに国際旅団で戦い、いわゆる「ハリウッド・テン」のひとりとなるアルヴァ・ベッシーに対し、ひとつの思想への過剰な傾倒ぶりを皮肉っている (*SL* 498)。しかしながら、こうしたヘミングウェイの中立姿勢は両陣営から攻撃される材料にもなっていた（佐伯 五五）。

(16) ゲルホーンの『トラベルズ』(*Travels with Myself and Another: A Memoir*, 2001) のなかにも "Tong" と呼ばれる人物の記載があり、韶関から同行しているが、「一般幕僚」("General Staff Officer") という身分や「中国語しか話さなかった」などの点から考え、董顕光とは別人であると思われる (Gellhorn, *Travels* 27)。

(17) 先述した国際宣伝所所長曾虚白の自伝にもルース夫妻への言及がある。

(18) スメドレー、スノーともにアメリカのジャーナリストで、それぞれ『中国の歌ごえ』(*Battle Hymn of China*, 1943) や『中国の赤い星』(*Red Star over China*, 1937) など中国共産党に関する多くの著作を残している。

(19) この名簿には、他にも「国際通信社」(International News Service) や「北米通信社」(United Press)、『ロンドン・タイムズ』(*The Times*) 紙など各国の名立たる報道機関からの記者たちの名前も記載されているが、本章ではヘミングウェイとの関連が深い人物たちに言及を絞っている。

(20) 蔣介石夫妻は終戦までに少なくとも五回は『タイム』誌の表紙を飾っている (http://www.time.com/time/)。また、一九四一年九月号の『フォーチュン』誌でも三〇頁以上にわたって蒋介石率いる国民党を特集している。

（21）バークホワイトの貢献とは対照的に、ヘミングウェイの妻ゲルホーンは国民党政府の政策を批判したために蒋介石夫人（宋美麗）の逆鱗に触れ、激しい口論となっている（Gellhorn, *Travels* 51）。この出来事が国民党政府全体のヘミングウェイ夫妻に対する好感度を下げ、V. I. P. 待遇を妨げた可能性は否定できないが、董顕光の『デイトライン・チャイナ』にはこのエピソードに関する言及はない。

（22）「中国に対する『PM』紙の健忘症は、蒋介石夫人がワシントンとニューヨークを訪れた一九四三年の冬と春にもっとも悪化した」というポール・ミルクマンの記述にも明らかなように、インガーソルは一九四〇年代初頭から『PM』紙を通じて国民党政府のための露骨なプロパガンダ・キャンペーンを積極的に展開し、その勢いは蒋介石のマイナスイメージを払拭するほどであったという（Milkman 94）。

（23）モレイラによれば、宋子文はアメリカの首都ワシントンにおける蒋介石の特使であり、ゲルホーンの『トラベルズ』のなかでヘミングウェイ夫妻に重慶での宿を都合してくる「例の何とかさん」（"Whatchumacallit"）（Gellhorn, *Travels* 42）と呼ばれている人物こそ宋子文であるという（Moreira 188-89）。

（24）"Ministry of Information" という用語を使用している点から、少なくともインガーソルは中央宣伝部という機関の存在を認識していたようである。また、彼は「記者たちと中央宣伝部のため」の宴がしばしば催されていたとも示唆している（Ingersoll, *Action* 49）。『トラベルズ』やモレイラの記述にも、ヘミングウェイ夫妻が滞在中政府や軍部関係者たちとの宴に参加しているようすが散見されるが、なかには中央宣伝部との宴もあったのかもしれない。

（25）また、蒋介石夫人を美辞麗句で紹介した記事とは裏腹に（Moreira 142-43）、中国から帰国して間もなく書かれた手紙のなかで、ゲルホーンは、「真実をそのまま書くことができないのよ」と不満を漏らした後、蒋介石夫人について触れ、彼女が「ジャンヌ・ダルクなんて絶対あり得ないわ」（"far far far from Joan of Arc"）と語り、この中国のファースト・レディーには中国の下層市民に対する配慮が完全に欠落していると非難している（Gellhorn, *Selected* 112）。

（26）ただひとつの例外があるとすれば、ヘミングウェイは英軍による香港の守備体制について「公的にはよし（"well"）、私的には見込みなし（"no chance"）」と回答したというベイカーの記述である（Baker, *Life* 364）。

第5章　戦場へのレクイエム
――「原爆ジョーク」と『河を渡って木立の中へ』

私がそれ〔『老人と海』〕を順調に仕上げるころには、多分やつらが原子爆弾をヤギの糞みたいに落としているだろうが、出版されなくても、比較的被害の少ないところへ行って、原稿で読ませてあげるよ。

リリアン・ロスに宛てた一九五一年の手紙より(1)

1．核の時代

一九四五年九月一日、広島・長崎に原子爆弾が投下されて間もなく、当時取材でノルマンディーに滞在していたメアリー・ウェルシュ宛ての手紙のなかで、ヘミングウェイは次のように書いている。

ノルマンディーといえば、乳製品とシードルだよ。もちろんシードルは食前酒の九割に使われるアルコールさ。でもぼくたちは、とにかくそれにありつけなかったんだ。〔ジンの香り付けに使われる〕

ネズの実が原子爆弾で吹き飛ばされなければ、君らは飲めるだろう。（*SL* 597）

ほどなく四番目の妻となる女性に宛てたこの手紙には、「原子爆弾」（atomic bomb）という言葉がジョークとして用いられている。[2] 同様の例は本章冒頭の引用、一九五一年にリリアン・ロスに宛てた手紙にも認められるのだが、この二つの引用に共通するヘミングウェイの原子爆弾に対する軽妙な扱いは、同時代の知識人や作家たちの核兵器に対する反応とは明らかに一線を画している。ジョン・W・トリートによれば、サルトルやブレヒトなどの作家やギュンター・アンダース、ジャック・デリダといった現代思想家など西洋の面だった知識人たちは、世界の諸前提を根本から再検討する必要性を感じていたとされ、また、水爆開発計画が発表された際、アルバート・アインシュタインは「地球上のあらゆる生命を根絶することが技術的に可能となった」とテレビ放送で深刻に語ったという（トリート　五）。また批評家トマス・ヒル・ショーブは「原爆（および水素爆弾）は作家のイマジネーションに入り込んだ」（Schaub 65）と述べ、文学の創造に核の時代が及ぼす影響を懸念する。同時代作家としてしばしばヘミングウェイと比肩されるウィリアム・フォークナーも例外ではない。一九五〇年のノーベル賞授賞式の際、「もはや心の問題などない。あるのはただひとつ、自分がいつ吹っ飛ぶかという問題だ」（Faulkner, *Essays* 119）と述べ、純文学の根幹を揺るがす「突然の人類滅亡」を危惧している。

しかしながら、同時代の知識人たちとのこうした対照性だけを根拠に、「核の時代[3]」がヘミングウェイにとって小事であったと断定するのは尚早である。例えば、自身の戦場体験を基に戦場を描く、いうなれば「戦場作家[4]」を標榜し、「戦争は最高のテーマだ」（*SL* 176）と語っていたヘミングウェイが、不思議なことに、自身の第二次世界大戦の体験を基に創作した物語の生前出版を拒んでいた事実がある[5]。こうした事実とヘミングウェイの戦後の出版動向や創作上のさまざまな変化を考慮すると、原爆をジョークにする先述のヘミングウェイの態度には「戦場作家」としての隠れた真意があるように思われるのである。

本章では、戦中戦後の日本とも関連が深い「核」をテーマに取り上げ、「核の時代」がヘミングウェイにとってどのような意味を持っていたのかを明らかにしたい。そこで、ヘミングウェイの「核」に対する言及を網羅的に精査するとともに、ヘミングウェイが戦後はじめて出版した『河を渡って木立の中へ』（以下『河を渡って』と略記）を取り上げ、作中における「原子爆弾」の扱いを分析する。主人公リチャード・キャントウェルの会話部に見られる原子爆弾への言及は、著者ヘミングウェイと同様、すべてがキャントウェルによる軽妙なジョークの形、言うなれば「原爆ジョーク」として表出する。両者に共通して認められるこの原爆ジョークを、フロイトのジョーク論やユーモア論を援用しながら分析し、核兵器の出現がヘミングウェイにもたらした「戦場作家」としての変化をみていきたい。そうすることによって、『河を渡って』をヘミングウェイ自身にとっての「戦場喪失に対する追悼の物語」として、また読者にとっては「リアリスト戦争作家ヘミングウェイとの告別の書」として読み直そうと思うのである。

2. ヘミングウェイとヒロシマ

広島と長崎に原爆が投下されて間もなく、末尾に「一九四五年九月」と明記された文書がヘミングウェイによって書かれることになる。翌年一九四六年に『自由な世界のための名作集』（以下『自由な世界』と略記）と題して出版される終戦記念論文集の「序文」（Foreword）である。九月のいつ頃に書かれたかは不明であるが、当然のことながら「核兵器」についての言及が認められる。[6] ヘミングウェイはまず、「われわれは、自分たち自身も含め、あらゆる巨人を殺せる投石器を作ってしまった」（*Treasury* xiv）と述べ、旧約聖書の「サムエル記」に描かれている「ダビデとゴリアテの闘い」（battle between David and Goliath）でダビデが用いた「投石器」（"sling and the pebble"）に核兵器を擬える。[7] このアレゴリーは、投石器から核兵器に至るまでの人類の戦争史を俯瞰的に見る視点へと読者を導くと同時に、核兵器の登場によって「人類の戦争」がひとつの節目を迎えたことを示唆している。そして原爆への言及は次のように展開する。

本書にはひとつの利点がある。これらのさまざまな論文には、原子力が実際に使用された後の知見があまり含まれていないのだ。われわれはヒロシマ以前の世界の諸問題について研究と理解とをする必要があるのだ。そうすることで、今や新兵器が一国の財産になったことによって、それら諸問題の一部がどのように変わったのか、そしてそれらをどのように解決できるかについて知的に発見を重ねていくことができるのである。（*Treasury* xiv）

ヘミングウェイは、『自由な世界』に収録された論文の多くが原爆投下以前に書かれている点に触れ、核兵器使用の前後の変化を知る上での『自由な世界』の有用性を説いているのだが、ここでのヘミングウェイの核兵器に対する態度は、核兵器使用の人道的是非を問うというものではない。先述の「投石器」の比喩を布石にして、むしろ人類による戦争の道具が今や「核兵器」という段階に達したその現実を客観的に受けとめ、ヒロシマ後の世界がどのように変わるのかを注視するべきだとする、冷静かつ分析的な態度である。[8]

実は、この『自由な世界』の序文に示された問い「ヒロシマ後の世界の変化」を意識して書かれたタイプ文書がキューバに残されている[9]（図５―１）。以下はそのタイプ文書の本文冒頭である。

フィンカ・ビヒア、サンフランシスコ・デ・パウラ、キューバ

一九五〇年八月一一日

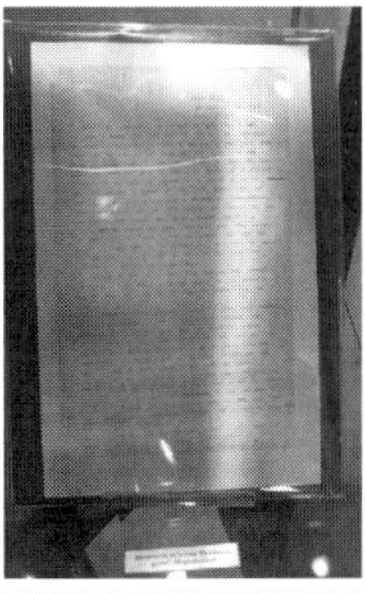

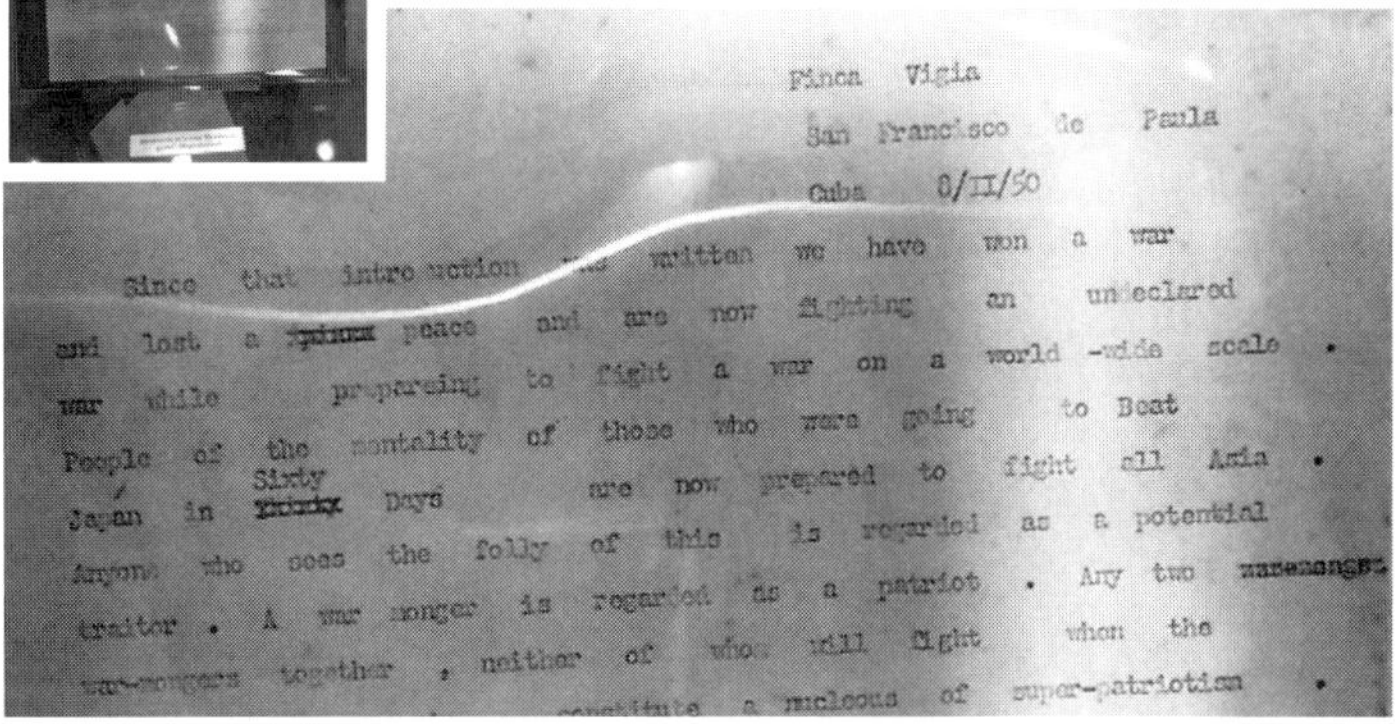

Finca Vigia
San Francisco de Paula
Cuba 8/II/50

Since that introduction was written we have won a war and lost a peace and are now fighting an undeclared war while preparing to fight a war on a world -wide scale . People of the mentality of those who were going to Beat Japan in Sixty Days are now prepared to fight all Asia . Anyone who sees the folly of this is regarded as a potential traitor . A war monger is regarded as a patriot . Any two war-mongers together , neither of whom will fight when the constitute a nucleous of super-patriotism .

図 5-1　ヘミングウェイのタイプ文書（ヘミングウェイ博物館所蔵、ハバナ）

あの序論が書かれて以来、われわれはひとつの戦争に勝ち、ひとつの平和を失った。そして、今やわれわれは、宣戦布告のない戦争を戦いながら、世界規模の戦争に備えている。「日本を~~三〇~~六〇日でぶちのめせ」と勇んでいた人びとと同じ精神構造の人びとが今度はアジア全土を敵に回そうとしている。これを愚行と見るものはみな裏切り者候補とされ、戦争扇動者は愛国者とされる。［……］戦争は国内にいる者にとっては史上最大最良のビジネスである。（「八月一一日タイプ文書」訂正原文）

執筆時期および「アジア全土を敵に回す」（"to fight all Asia"）から判断して、この文書が一九五〇年六月よりはじまるアメリカによる朝鮮戦争介入、および国家と軍需産業との蜜月関係を非難して書かれたのは間違いない。また、「あの序論」（"that introduction"）は一九四二年に出版された『戦う男たち』の序論を指している。[10] なぜなら、「日本を六〇日でぶちのめせ」（"Beat Japan in Sixty Days"）という表現は、ヘミングウェイが『戦う男たち』の序論で用いた「日本を六〇日で倒す方法」[11]（"How We Can Lick Japan in Sixty Days"）の援用であることは明白だからである。一九四一年一二月の真珠湾攻撃から間もない一九四二年三月に序論の執筆を引き受けたヘミングウェイは八月には校了している[12]（Baker, *Life* 371, 377）。このように第二次世界大戦の前後を挟むように出版された二種類の選集の序論や序文の執筆に携わったことで、ヘミングウェイにとっての第二次世界大戦は、自身がエズラ・パウンドへの手紙で書いているように、まさに「パールハーバーから原爆までの戦争」（"P. Harbor to A. Bomb war"）（*SL* 883）だったに違いない。

こうした文脈を踏まえると、先述のタイプ文書冒頭は「真珠湾攻撃以来、われわれは原爆によって第二次世界大戦というひとつの戦争に勝利したが、そのあとの冷戦によってひとつの平和が失われた」と解釈できる。そして、これこそが、『自由な世界』の序文でヘミングウェイが立てた問い、すなわち「ヒロシマ後の世界の変化」に対する明確な回答となっている。つまりヘミングウェイは、母国アメリカが初の核兵器保有国になって以来続けられ、今やアジア全域に飛び火した東西両陣営による闘い、すなわち「冷戦」を「ヒロシマ後の世界の変化」とみなし、それを痛烈に批判しているのである。

タイプ文書に認められるこうしたヘミングウェイの冷戦批判を新たな文脈に据え、先述の「原爆ジョーク」を文学作品と併せて考察することで、この作家がなぜ第二次世界大戦を題材にした「戦場小説」の生前出版を避けたのかという本章冒頭で掲げた疑問の答えに近づきたい。そこで、この「八月一一日タイプ文書」が書かれてからわずか一か月後に出版されることになる戦後初のヘミングウェイ作品[13]『河を渡って』を取り上げ、そのなかの「原爆」をみていく。

3．『河を渡って』の「原爆ジョーク」

一九六〇年九月から『ライフ』誌で連載される闘牛ルポルタージュ「危険な夏」には、おそらくヘミングウェイが“cold war”という単語を直接用いた最初にして最後の例が認められる。[14]これらは現在もイギリス領となっているジブラルタル港から闘牛観戦のためスペインへ入国する際にヘミングウェイが感じたイギリス・スペイン間の緊張状態を説明するために用いられており、このころのヘミングウェイがスペインの背後に東側陣営の影響を読み取っていた明確な証左である。

一方、これより遡ること一〇年前、明確な言及こそないが、この「冷戦」を背景にした小説『河を渡って』が出版される。[15] 当時、概して不評を買った『河を渡って』に対する「がっかりした、当惑させる、痛ましい、つまらない、けばけばしい、饒舌な」(Baker, *Life* 486)というさまざまな揶揄にも含まれているように、主人公キャントウェルは、これまでのヘミングウェイ作品の主人公に比して、痛ましいほど過度に饒舌である。そして「原爆」への言及もこのキャントウェルの饒舌なジョークの形で出現する。

五〇歳の陸軍大佐キャントウェルは、心臓の持病を抱えながら二日間の休暇をとるためにイタリアのヴェニスを訪れている。一八歳のイタリア人娘レナータと今生の別れとなる最後の時間を過ごす一方で、気の合うバーテンダーら五名と「騎士団」("Order")(*ARIT* 56)というコミュニティーを結成し、冷戦以前の有名な戦闘を懐かしむ一方で、冷戦下にあるイタリアの戦況については皮肉をこめた饒舌なジョークで語り合う。


「[……]トリエステはどんな具合です?」[バーテンダーが言った。]

「ご想像の通りさ」

「私には想像すらできませんよ」

「だったら、無理するな」[キャントウェル]大佐は言った。「その方が楽ってもんだ」

「私だって大佐だったら、気にしませんよ」

「おれはちっとも気にならんが」

「あんたなんかあっという間に制圧されちまうでしょうよ」ウェイターが言った。

「そんなことパッチアーディ閣下には言うなよ」大佐が言った。

「……」

「向こう［トリエステ］はちょっと変なんだ」大佐が言った。「だから、おれはかまわんのだ」

「パッチアーディ閣下を機械化しなければいけませんね」バーテンダーが言った。「それから、彼に原子爆弾を持たせましょうよ」

「原子爆弾なら三つほど車の荷台に積んである」大佐が言った。「取っ手付きの最新のやつだ」

（*ARIT* 44-45）

バーテンダーがキャントウェルに尋ねる「トリエステ」（"Trieste"）とは、元英国首相ウィンストン・チャーチルによる通称「鉄のカーテン演説(16)」でも言及されている冷戦を象徴する地名である。一九四六年から一九五四年までイタリアとユーゴスラビアの間に存在した「トリエステ自由地域」を指している。一九四八年当時この地域は南北に分断され、北部は自由主義陣営の英米軍が統治し、南部はヨシップ・ブロズ・チトーが首相兼国防相を務めていた社会主義陣営のユーゴスラビアが支配しており、両地域を分かつ「モーガン・ライン」付近は終戦以降緊迫の度合いを強めていた（Kent 236）。北部に位置する湾岸都市トリエステに駐屯しているキャントウェル大佐は、当時の誰もが敬遠していたイタリアの防衛相を自ら買って出た政治家ランドルフォ・パッチアーディを讃えて、「彼を核武装させよう」というバーテンダーのジョーク交じりの提案に対して、「取っ手付きの最新式」("The new model, complete with handles") の原爆を三つ車に積んできた、とジョークで返すのである。

キャントウェルによるこの「原爆ジョーク」が発している「ポータブルな原子爆弾」のイメージは、興味深いことに反核を意図して書かれたイラストにも認められる(図5-2、5-3)[17]。これらの反核アートは、手のひらサイズの核爆弾を持たせた米軍人や原始人にジャグリングや奪い合いをさせることで、「人類が核兵器を持つことの傲慢さと軽率さ」を皮肉っている。一方、キャントウェルは、本来なら一基でも厳重な扱いを要する原子爆弾をあえてぞんざいに扱っている態度を示すことによって、武器としてのその非実用性を皮肉っている。

キャントウェルの原爆ジョークと反核アート双方のこうしたイメージの重なりは、核兵器に対するアイロニーの効果を狙った結果であると思われる。同種のアイロニーはキャントウェルによるもうひとつの原爆ジョークにも認められる。

図 5-2　核爆弾をジャグリングする米軍将校

図 5-3　核爆弾持つけんか腰の猿人

「おれ［キャントウェル］は立ったままでも、木にもたれても休める。同郷のやつら［アメリカ軍人］は座るか、横になるか、ぶっ倒れるかってところだ。やつらが泣き言言いやがったらエナジー・クラッカーで黙らせる」

「……」

「本当にみんなエナジー・クラッカーを持ってるんですか？」［ドメニコが言った。］

「もちろんさ。あれには勃起を抑えてしまう成分も含まれていてな。ちょうど原子爆弾みたいなもんなんだが、ただ効果が切れると逆効果になる」（*ARIT* 183–84）

不甲斐ない部下たちを「エナジー・クラッカー」（"energy crackers"）で奮い立たせるという話に関心を示す門番ドメニコに対し、キャントウェルはエナジー・クラッカーに伴う性的副作用について説明している。(18) ニコラス・ラスムッセンによれば、第二次世界大戦中、アメリカは陸海空軍でベンゼドリンという薬物を採用し、兵士たちの楽観主義、攻撃性、軍隊での態度、士気に関わる感情状態などその他の面に強壮剤としての効果を上げたとされる（Rasmussen 82）。ベンゼドリンはインポテンスの副作用が指摘されているアンフェタミンの一種である。(19) つまり、エナジー・クラッカーとはインポテンスを副作用に持つ強壮剤を含んだクラッカーと考えていいだろう。キャントウェルはこのとき、原子爆弾が生み出す凄まじいエネルギーのイメージを利用してクラッカーの強壮剤としての効能を過度に誇張するジョークを作り出しておきながら、直後にインポテンスの副作用を付け加えることで、原子爆弾自体が内包する副作用のようなものを暗示させつつ、それを逆説的に皮肉っているのである。

このように、『河を渡って』に認められるキャントウェルによる二例の原爆ジョークは、彼自身の戦闘上の「条理に反するものへのアイロニー」と関連付けられて表出している。このことはヘミングウェイ自身による次の言葉も裏付けている。

> 十字架に貼り付けられているキリストを私はからかうつもりはない。しかし、もし両替商を追いかけて彼が教会から出てきたら、私はジョークのネタにするだろう。(*SL* 767)

両替商を追いかけるキリストはヘミングウェイにとって条理に反し、それゆえにジョークの対象になり得るのだとすれば、ヘミングウェイとキャントウェルの双方によるジョークの目的は「不条理へのアイロニー」という点で一致している。

また、ジグムント・フロイトはジョークの機能において、その発話者とジョークの対象との関係について次のように述べている。

> われわれは己の敵を矮小化し、卑下すべきものに変え、滑稽に仕立てることによって、間接的に相手に打ち勝った喜びを獲得する［……］。ジョークとは太刀打ちできない敵に対し、その滑稽な部分に付け入ることを可能にする。(Freud, *Jokes* 103)

ここでフロイトが指摘している「ジョークによる対象の矮小化」は、キャントウェルの原爆ジョークに見られる原子爆弾の扱いにも当てはまる。例えば、バーテンダーとのジョークの掛け合いに見られた最初の原爆ジョークでは、原子爆弾に対するキャントウェルの非現実的なまでにぞんざいな扱いによって原子爆弾が矮小化されている。また、もうひとつの原爆ジョークでは、インポテンスを副作用に持つ、卑下すべき強壮剤入りクラッカーの効能を原子爆弾の比喩で説明することによって、原子爆弾自体も間接的に矮小化されている。そして、この「ジョークによる原子爆弾の矮小化」は、本章冒頭の引用で示した、「果実を落とす強風」や「ヤギの糞」と絡めたヘミングウェイ自身による原爆ジョークにも通底しているのである。

これまで見てきたように、ヘミングウェイ自身と『河を渡って』の主人公キャントウェルによる原爆ジョークは、ともに「不条理へのアイロニー」を目的に「原子爆弾の矮小化」を意図していると考えられる。[20] だとすれば、戦場作家ヘミングウェイと米軍大佐キャントウェルにとって核兵器および「核の時代」とはどういう意味での「不条理」なのであろうか。

4. 戦場のユーモア

ヘミングウェイの孫ショーン・ヘミングウェイによれば、『河を渡って』が出版された当時、『誰がために鐘は鳴る』をあらゆる点で凌ぐ小説が第二次世界大戦を題材に描かれることを期待していた読者や批評家たちは、大いにショックを受けたという（S. Hemingway, *Hemingway on War* xxviii）。「戦場作家」

に生じた尋常ならざる変化をいち早く察知したベアトリス・ウォシュバーンは『河を渡って』の公表直後に「ヘミングウェイの文体、あの『午後の死』を生み出した文体に物悲しさが忍び寄っている。血や戦闘、暴力には、それらが必要とするエネルギーに本当に見合うだけの価値があるのかを彼［ヘミングウェイ］は疑いはじめている」（Washburn 304）と指摘した。

『河を渡って』に失望した多くの読者や批評家がヘミングウェイの戦争小説に期待していたもの、言い換えれば、ウォシュバーンが『午後の死』（*Death in the Afternoon*, 1932）で高く評価し、『河を渡って』からは失われてしまったと感じたその文体的特徴には、「戦場作家」としてのヘミングウェイがそれまで好んで描いてきた壮絶な死に伴う「ユーモア」が関与していると思われる。のちに「死者の博物誌」（"A Natural History of the Dead"）として短編化されるこの『午後の死』の引用部はその好例である。

> ポコルという山間部でおきた戦闘で、狙撃手によって頭部を撃ち抜かれたある将軍が埋葬された。［……］この将軍は高山の雪中に掘られた塹壕のなかで死んでいたのだが、被ったままのアルパインハットにはワシの羽根とともに、小指も入らないくらいの穴が前頭部に開き、後頭部には小さな拳なら入れようと思えば入りそうなくらいの穴が開いていて、雪上を大量の血で染めていた。［……］死者たちは地面が凍結する前に山腹に掘られた洞窟のなかに運ばれた。砕けた植木鉢のように頭蓋の割れた男が運び込まれたのも同じ洞窟だった。（*CSS* 339　傍線引用者）

戦場における死を描写するこの語りには、『河を渡って』の原爆ジョークに代表される「痛ましいほどに過度な饒舌」は認められない。その一方で、下線で示した戦傷の描写は、むしろ、死者に対する一切の同情や感傷を排除し、突き放した客観的描写によって、壮絶なはずの「死」にユーモアを与えていることがわかる。

死者に対する感傷の排除がユーモアを生むというこの一見奇妙なメカニズムについては、「ユーモラスな楽しみは、感情にかかる経費の節約によって生産される」（Freud, "Humour" 161）という言葉でフロイトが説明している。さらにフロイトは「ユーモアには、例えばジョークからは完全に欠落している、威厳（"dignity"）が備わっている」（Freud "Humour" 163）と述べ、威厳の有無におけるユーモアとジョークの差異を説明している。フロイトがユーモア論で展開しているこの無情性と威厳こそ、ヘミングウェイの戦場小説にとりわけ顕著な「ハードボイルド・スタイル」の特徴である。だとすれば、『河を渡って』に対するウォシュバーンなど当時の批評家や読者による辛辣な反応は、戦争小説におけるヘミングウェイ文体のユーモアからジョークへの転換によってもたらされたといえよう。

それまでのヘミングウェイが、先に引用した『午後の死』や「死者の博物誌」の一節のような、無情のユーモアで描くべき「威厳ある人の死」を求めて戦場に赴いていたとすれば、戦争への核兵器導入はこの作家にとって重大な意味をもったと言わねばならない。核兵器導入が戦争に与えた影響についてトリートは次のように述べている。

古代ギリシャにおけるマラトンの戦場での楯と刀から、宇宙より打ち込まれるミサイルへの変化は、単に科学の進むべき方向を物語っているのではなく、武器を得ようとする人間の手がつかむものが変化したことを示しているが、その手はもはや「人間」のものかどうかも分からなくなっている。核分裂と核融合は科学の成果であるが、核兵器そのものは文化が生み出したものであり、だからこそ核兵器は私たちの文化的な傾向や前提、危機のすべてに関係しているということを認識しなければならない。（トリート 一七 傍線引用者）

ここでトリートが指摘しているのは、核兵器の導入によってもたらされた、武器使用者の秘匿性および戦争における人間の文化的意味合いの転換である。同種の指摘はエリック・カーラーの次の言葉にも認められる。

われわれが［ヒロシマ後に］懸念することは［……］人間という形式の崩壊であり、一貫性と構造の消滅である。それは、これまでの人類史にもあった非人間性（"inhumanity"）といったものではなく、ごく近年の現象である、無・人間性（"a-humanity"）とでも言うべきものである。（Kahler xiv–xv 強調原文）

カーラーが「無・人間性」という言葉で伝えようとしているのは、人間が人間性を否定する行為が、もはや「非人間性」という言葉では語り得なくなった時代の転換である。一方、第一次世界大戦後のヘミングウェイが『午後の死』で書いたあの有名な一節「戦争が終わった今となっては、生と死、すなわち、壮絶な死が見られる唯一の場所は闘牛場であった」（*DIA* 2）という言葉が示すように、ヘミングウェイが戦場に追い求めていたのは、「非人間性」という言葉で記述できていた、闘牛の死にも通底する「人間一個の死」であった。したがって、もし戦争史における核兵器導入によって戦争における人間の死の意味合いが「非人間的」なものから「無・人間的」なものに変わってしまったとすれば、『河を渡って』のキャントウェルとヘミングウェイ双方に共通する原爆ジョークの正体とは、まさにその「無・人間性」という不条理を矮小化するために、老兵士と戦場作家が無意識に発した苦悩の叫びだったのではないかと思えてくるのである。

5．戦場小説より冷戦小説という選択

ホースト・オッペルは『河を渡って』を、同時期に出版されたノーマン・メイラーの『裸者と死者』（*The Naked and the Dead*, 1948）およびジェームズ・ジョーンズの『地上より永遠に』（*From Here to Eternity*, 1952）の二作品と比較し、戦場を描いた両者が「人間というこのみじめな生き物から威厳を完全に欠如させることを受け入れている」のに対し、『河を渡って』には、「まだ人生の楽しみが十分にあり、悲観的な人生観を免れている」（Oppel 224）と述べている。戦後に「戦場小説」を出版したメイラー、ジョーンズ両者と初期冷戦期を舞台にした小説を出版したヘミングウェイとを隔てているのは、もはや「無・人間的」な核の時代に、戦争の「非人間性」をテーマにした物語を語れたか否か、という点にあるように思われる。先述したように第二次世界大戦後のヘミングウェイは戦争の「非人間性」を

描いた「戦場小説」の生前での出版公表を拒み、代わりに「無・人間的」な冷戦時代に生きる読者に対して冷戦小説『河を渡って』を出版する。冷戦期に生きるヘミングウェイが冷戦期の読者を相手に唯一できたのは、同じく冷戦期に生きるキャントウェルに「非人間的」だったかつての戦場を回顧させることだった。

『河を渡って』の三三章、第二次世界大戦中に諜報の不手際で全滅した連隊の話を聞いて激しく同情するレナータに対し、キャントウェルが「私も同じ気持ちだ。彼らに乾杯しよう。そしたら、もうお休み。戦争は終わり、忘れ去られたのだから」（*ARIT* 229）と応ずるとき、そこには戦闘で死んだ連隊への弔いと同時に、そうした複数の戦闘で成立していた「過去の戦争」そのものへの弔いも込められているように思われる。キャントウェルが「騎士団」のメンバーやレナータとの対話を通して、ジョークではなく本心で語るのは、第一次世界大戦時のガブリエレ・ダヌンツォとの関係（51–54）、戦傷で障害を抱えた元兵士への敬意（71）、ドイツ軍人エルヴィン・ロンメルなど敵国軍人への称賛（263）などすべてが「過去の戦争」である。その反面、駐屯するトリエステで現在展開されているユーゴスラビアとの戦闘の可能性に対しては、先述したようにキャントウェルにはもはや関心がない。

戦後の戦闘または戦場に対して示されるキャントウェルのこうした無関心は、闘牛へと回帰する戦後のヘミングウェイ自身を投影しているように思われる。朝鮮戦争をはじめとする戦場に赴くことも、「戦場小説」を出版することもなく、その一方で「壮絶な死」を見せてくれるもうひとつの場所、スペインの闘牛場へとヘミングウェイは赴き、『午後の死』の姉妹作とでも言うべき闘牛ルポルタージュ「危険な夏」を『ライフ』誌に連載する。つまり、原爆ジョークを内包する冷戦小説『河を渡って』は、「核の時代」がもたらした「戦場作家」としての終焉を告げるヘミングウェイ自身への「弔いの鐘」なのである。

一九四七年八月、『タイム』誌のインタビューで「戦後、すなわち核の時代 "atomic era" は、作家たちに何らかの影響を与えましたか、例えば、作家たちの独創力を枯渇させている傾向はありますか」と尋ねられたヘミングウェイは次のように答えている。

作家が枯渇するのは、本人の活力が枯渇したからだ。作家にとって原子爆弾はおそらく致命的だが、それは脳溢血や老衰も同じだ。一方、よい作家というものは当然書き続けている。（Bruccoli, *Conversations* 50–51）。

これは「核」と「創作」に関する作家ヘミングウェイのもっとも明確な回答といってよい。原子爆弾を「脳出血」（"cerebral hemorrhage"）や「老衰」（"senility"）に例えながら、このときヘミングウェイは「書けない作家が核の時代を言い訳にすること」を戒めている。

しかしながら、もしこの質問が『河を渡って』の出版後であったならば、ヘミングウェイは「核の時代」の創作への影響を果たしてこれほど歯切れよく否定できたであろうか。

『自由な世界』の序文で立てた「ヒロシマ後の世界の変化」という問いに対し、五年後のヘミングウェイは大国主導の二極化によって引き起こされる冷戦を軽蔑し、もはやその戦闘にも戦場にもヘミングウェイを引き寄せる力はない。『河を渡って』の原爆ジョークとは、核の時代がもたらした「無・人間性」を無視することも、戦場の「非人間性」や「ユーモア」に価値を見出すこともできなくなってしまった戦場作家の苦悩を逆説的に表している。

第二次世界大戦の戦場小説の代わりに出版された『河を渡って』は、核兵器によって戦場の価値を見失った戦場作家が、冷戦下の読者に対して冷戦前の戦争（第二次世界大戦）を語るという自身にとって誠に白々しい行為を、「核の時代」への悔恨を込めて、自分の投影に肩代わりさせた物語である。『河を渡って』を書評したチャールズ・アンゴフは「彼［ヘミングウェイ］はリアリスティック（realistic）であろうとして、リアリズム（realism）というブランドを行き詰らせてしまった」（Angoff 326）と述べた。このアンゴフや先述のウォシュバーンなど欧米の批評家が感じ取ったヘミングウェイの変化を「核」という文脈が説明している。かつてヘミングウェイは、第一次世界大戦の体験から近代戦争について次のように述べた。

> 母国のために死ぬことは甘美で正しいことであると昔の人は書いた。しかし近代戦争では、死ぬことに甘美さも正しさもない。何のわけもなく犬のように死ぬだけだ。（*BL* 209）

それまでのヘミングウェイは、まさにこの近代の戦争が人間にもたらす死の「非人間性」をリアリティを込めて描くことに努めてきた。しかしながら、その近代戦争も「核戦争」というステージに達したとき、彼は目前に突き付けられた「無・人間性」という現実を前に、戦争を描くための筆を再び手にすることはなかった。つまり、日本への原爆投下を皮切りにはじまった「核の時代」の到来は、それまでリアリスト戦争作家と目されてきたヘミングウェイが、逆にロマンティックな戦争作家として捉え直されてしまう時代の転換であった。

【註】

（１）（Ross 74）。リリアン・ロスはアメリカのジャーナリストで、一九四九年からヘミングウェイを取材し、一九五〇年に『ニューヨーカー』（*New Yorker*）誌に紹介文を掲載。一九六一年 *Portrait of Hemingway* と題して出版。

（２）伝記的資料でヘミングウェイによる「原子爆弾」または「核」に関する言及の初出は、この一九四五年九月一日付のメアリーへの書簡である。ヘミングウェイがこのタイミングで原子爆弾に言及した理由としては、キューバでも講読していた『ニューヨーク・タイムズ』紙が八月三一日に掲載した広島の原爆被害を伝えるはじめての目撃談をヘミングウェイが読んだためと思われる（Brasch 12、繁沢 五六）。また、九月四日付のメアリーに宛てた手紙でも「アイゼンハワーの善良さと健全性、原子爆弾が相互理解の必要性を促進すると考えているロシア人の本当の善意は別として、自分たち以外は誰も信じてはいけない」（*SL* 600）と、ジョークに原爆を用いてメアリーへのラブレターを書いている。

（３）本章で扱う「核」とは「兵器としての核」を指し、「核の時代」とは「人類の戦争に核兵器が導入された以降の時代」として用いる。その理由は、書簡やその他の資料を見る限り、ヘミングウェイが原子力発電をはじめとする核の平和利用に言及している例は見当たらないからである。

（４）本章では、広義の「戦争小説」と区別して、戦時の戦場を背景にした小説を「戦場小説」とし、実際の戦場体験に基づいて「戦場小説」を書く作家を「戦場作家」と表現する。

（５）大森昭生も指摘しているように、一九五六年八月一四日付のスクリブナー・ジュニアに宛てた書簡には、死後出版で唯一読むことができる「十字路の憂鬱」（"Black Ass at the Cross Roads," 1987）を含め、第二次世界大戦を題材にした複数の作品を書き上げていたにもかかわらず、それらを生前に出版することをヘミングウェイが拒んでいるようすがうかがえる（大森 二五二、*SL* 868）。

（6）カーロス・ベイカーによれば、同年の九月、盟友チャールズ・バック・ラナム夫妻が九月二二日からヘミングウェイ邸に滞在した際、日本の降伏や原爆についても談義を交わしたとされるが、詳細は不明である（Baker, *Life* 451）。

（7）太平洋戦争勃発後の一九四二年に出版された戦争物語傑作選『戦う男たち』のなかでも「ダビデはどうやってゴリアテを倒したか」と題して聖書から同種の収載をしていることから（*MAW* 234-37）、ヘミングウェイはこの物語を人類戦争史上最古の戦いに位置付けているように思われる。島村法夫によれば、日本の敗戦を見届けて執筆されたこの序文は、後に「投石器と丸石」と題して月刊誌 *Free World* に再掲されることになる（島村 四三二）。

（8）核兵器を人道的、倫理的観点から切り離すヘミングウェイの姿勢は、一九五〇年五月にロシアの作家イリア・エレンブルグから送られた核兵器の無条件禁止への協力を乞う手紙に対しヘミングウェイが書いたという手紙のなかにも認められる。投函されることのなかったこの手紙の中でヘミングウェイは「いっておきますが、私は原子力兵器だけでなく、二二口径のライフルと散弾銃以上に威力のある武器にはすべて反対です」（M. W. Hemingway 309-10）と述べ、「人を殺す道具」として原子爆弾をその他の武器と区別しない態度を貫いている。

（9）冒頭に「**Finca Vigía San Francisco de Paula Cuba 8/11/50**」と付されたこの文書は、筆者が二〇〇六年に訪玖した際、ハバナのアンボス・ムンドス・ホテルの五一一号室の通称「ヘミングウェイ・ルーム」にて撮影。"Finca Vigía" は「望楼農園」を意味するヘミングウェイ邸の通称であり、"San Francisco de Paula" は邸宅のある地名である。

（10）ノルベルト・フエンテスは自著で「あの序論」を『自由な世界』の序文とみなしているが（Fuentes, *Hemingway in Cuba* 183）、これは第二次世界大戦を指す「ひとつの戦争に勝ち」というタイプ原稿の記述と矛盾する。したがって、『戦う男たち』の序論とみて間違いない。

（11）ヘミングウェイが序論に用いた「日本を六〇日で倒す方法」という表現は、ヘミングウェイも寄稿していた『PM』紙の一九四一年九月号の見出しである。ヘミングウェイはこの表現を『戦う男たち』の序論に引用して、アメリカの対日戦に対する楽観視を皮肉っている（*MAW* xi）。
（12）『戦う男たち』の序論改訂については付録の『戦う男たち』序論完訳の訳注1を参照。
（13）『河を渡って』は一九四九年四月から一二月初旬のわずか八か月あまりで書きあげられ、その二か月後の一九五〇年二月からはじまる『コスモポリタン』誌での連載が初出である（Trogdon 235）。
（14）ヘミングウェイが「冷戦」（"cold war"）という単語を用いている例は、書簡や文学作品も含め、『ライフ』誌に掲載のこの二例以外には確認できない（*Life*, Sep. 5, 1960 88）。また、三回に分けて連載された「危険な夏」は、ヘミングウェイの死後、『危険な夏』（*The Dangerous Summer*, 1985）として出版されるが、スクリブナー社が編集の際、この二例を含む約六〇〇語文を原文より削除したため、一九八五年の書籍版にも「冷戦」の文字は認められない。
（15）アーネ・アクセルソンは『河を渡って』を冷戦小説と区別して「占領小説」（"occupation novel"）に位置付けようと試みるが、軍隊組織の力に翻弄される個人の苦悩を描く「占領小説」の定義から大きく外れる『河を渡って』の扱いに苦慮している（Axelsson 12,17）。
（16）「バルト海のシュテッティンからアドリア海のトリエステまで、ヨーロッパ大陸を横切る鉄のカーテンが降ろされた。中部ヨーロッパ及び東ヨーロッパの歴史ある首都は、全てその向こうにある」（Haugen 86）。
（17）二つのイラストはともに、一九七九年にアメリカで起きたスリーマイル原発事故を受け、アメリカのハンク・デ・リオによってそれぞれ、一九八〇年と一九八一年に描かれたものである。
（18）この場面でキャントウェルが「ボツリヌス菌」（"botulism"）や「炭疽菌」（"anthrax"）によるイタリアへの攻撃を示唆してドメニコをからかっている点から（*ARIT* 144）、キャントウェルの核兵器に対する軽蔑は大量破壊兵器全般にまで拡大解釈できるが、「核」に焦点を当てた本章での言及は控えたい。
（19）Rehab USA. が開設するウェブサイト *A History of Amphetamines* の"The Effects of Amphetamines"（http://www.rehabilitationusa.com/blog/blog/a-history-of-amphetamines）を参照。
（20）『武器よさらば』をジョークとの関係で論じるクレイグ・クレインマンは、フレデリック・ヘンリーの回顧的語りが戦略的にジョークの形式を用いていると指摘し（Kleinman 56）、「ジョークのおかげで、ヘンリーは苦悩を語り、不条理に順応することができているのだ」(Kleinman 63)と主張している。ただし、クレインマンが考察の対象にしているジョークは『武器よさらば』の「語り」に込められているジョークであるのに対して、本章で扱っているのは『河を渡って』のキャントウェルの会話部に表出する直接話法によるジョークである点に留意されたい。

第6章　文部省特選映画『老人と海』
——戦中戦後の武士道言説を文脈に

ヘミングウェイは裸足で椅子に座り、リビングの絨毯の上に据えたマンリヒャー二五六型銃の台尻を両足ではさみ、前かがみになって銃口を口蓋に当ててた。それから大きな爪先で引き金を押し、カチッという銃の音を聞いてから顔を上げ、微笑みながら言ったものだ。「ハラキリを銃でやるときはこうするのさ」

エレラ・ソトロンゴの回想より(1)

1. 戦後日本とキューバの老漁師

米軍による占領期を経て日本が独立を回復してまもなく、文部省（現文部科学省）が映画『老人と海』(2)を「特別選定映画」（以下「特選映画」と略記）に選び、国内の教育機関にその視聴を奨励した記録が残されている。本書冒頭でも触れたが、筆者の父が一五歳のときに中学校で鑑賞したのがまさにこの特選映画『老人と海』であった。その後も一九六六年に中学校の国語の教科書に採用されるなど、日本の戦後教育と『老人と海』との接点は決して少なくない。

一方、『老人と海』出版当時のアメリカでは高評価に交じってヘミングウェイの創作上の変化が指摘されていた。例えば、主人公サンチャゴを通してヘミングウェイははじめて「謙虚さ」(humility)という人間の精神的美徳を前掲化させたと指摘する批評家や(Breit 344; Davis 348)、主人公とマカジキとの精神的対話にそれまでのヘミングウェイ文学にはおおよそ無縁だった寓話性を指摘する批評家もいた(Schorer 359)。そして、経済的には最後まで報われないこの不運な老漁師の物語が、物質的豊かさを謳歌していた当時の風潮に逆行するという批判が現れたのもこの冷戦時代初期のアメリカであった。実は、こうした「精神対物質」の対立構図は第二次世界大戦中の日本が英米との戦いを「精神対物質の闘い」と美化するときにも盛んに用いられ、この精神優位主義を下支えしていたのが日露戦争の勝因として戦時教育に盛んに取り入れられていた武士道言説[3]であった。しかしながら敗戦後、この武士道言説はGHQによる徹底的な検閲焚書政策によって精神優位主義とともに一時的に否定および不可視化されることになる。

こうした状況は日本の一九五二年の独立回復後に次第に解消されることになるのだが、若者に見られる著しいモラルの低下が社会問題化し、終戦後の天皇によるいわゆる「人間宣言」や修身教育廃止による戦後教育の弊害とその対応とが国会で盛んに議論されはじめるのも独立回復期からの五〇年代である。そして、それと連動するように文部省が一九五四年から映画の選定と奨励を開始し、一九五八年、教育的価値がとくに高いとされる特選映画に『老人と海』は選ばれるのである。

こうした戦中戦後の日本の文化史、教育史を横軸に据え、『老人と海』創作に関与した可能性のある日本的要素として、作家の伝記や蔵書内に認められる武士道言説やヘミングウェイが実際に出逢ったキューバの日本人漁師などをたどりながら、われわれ日本人が『老人と海』に抱かずにはいられない親近感の謎を解き明かそうというのが本章の目的である。

2. 文部省特別選定映画

一九五一年九月、当時の首相吉田茂全権大使がサンフランシスコで講和条約に調印したおよそ半年後の一九五二年四月、日本は国際法上の主権を回復する。それから二年後、文部省の下位機関である文化庁は国民教育に有益な映画を選定し、各教育機関に奨励する活動を開始する。現在も続いているこの映画選定に関する審査規程には次のようにある。

教育映像等審査規程（昭和二十九年文部省令第二十二号）

〔最近改正〕平成十九・五・九・文部科学省令第十九号

（目的）

第一条

文部科学大臣は、映画その他の映像作品及び紙芝居（以下「映像作品等」という。）について、教育上価値が高く、学校教育又は社会教育に広く利用されることが適当と認められるものを選定し、あわせて教育に利用される映像作品等の質的向上に寄与するために、この規程に基づいて審査を行う。

［……］

第六条

審査の結果、第四条の基準に照して教育上価値が高く、かつ、前条各号について支障がないと認められたものは文部科学省選定とし、そのうち特にすぐれたものは文部科学省特別選定とする。[4]（傍線引用者）

映画を教育教材として国内の教育機関に奨励するこの制度は昭和二九年、すなわち一九五四年よりはじまり、学校教育や社会教育にとって価値の高い映画を対象とし、なかでもとくに優れたものが特選映画に選ばれると説明されている。太平洋を挟む遠い異国キューバを舞台にした『老人と海』は、日本政府によるこうした厳格な審査を経て特選映画に選ばれたわけだが、その後も一九六六年に『中学国語三』（大阪書籍）によって国定教科書に採用され[5]（図6－1）、一九九九年には文

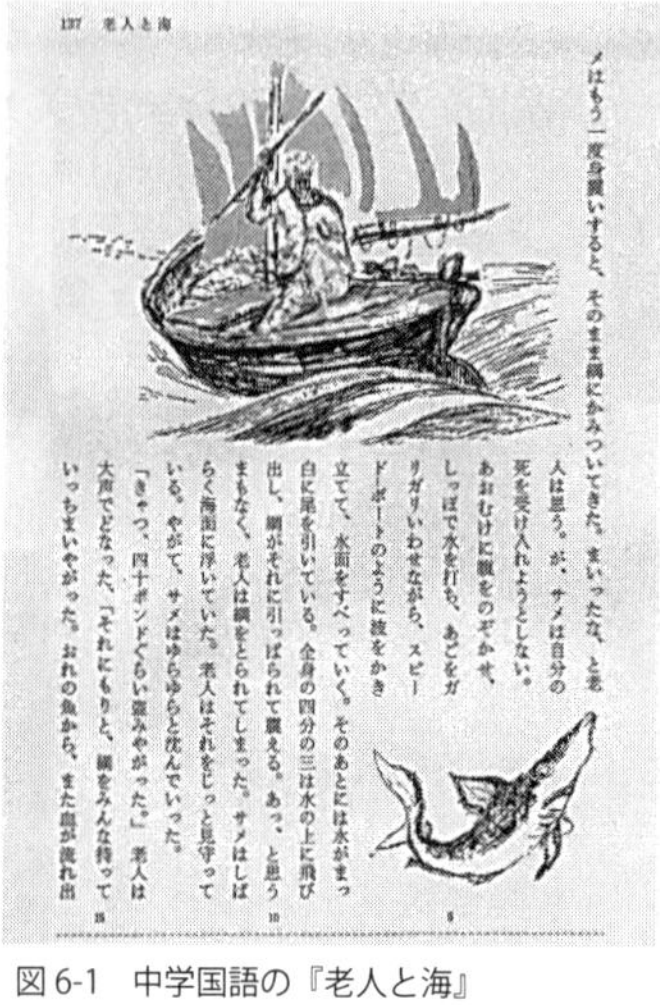
137　老人と海

メはもう一度身震いすると、そのまま綱にかみついてきた。まいったな、と老人は思う。が、サメは自分の死を受け入れようとしない。あおむけに腹をのぞかせ、しっぽで水を打ち、あごをガリガリいわせながら、スピードボートのように波をかき立てて、水面をすべっていく。そのあとには水がまっ白に尾を引いている。全身の四分の三は水の上に飛び出し、綱がそれに引っぱられて震える。あっ、と思うまもなく、老人は綱をとられてしまった。サメはしばらく海面に浮いていた。老人はそれをじっと見守っている。やがて、サメはゆらゆらと沈んでいった。「きゃつ、四十ポンドぐらい盗みやがった。」老人は大声でどなった。「それにもりと、綱をみんな持っていっちまいやがった。おれの魚から、また血が流れ出

図6-1　中学国語の『老人と海』

化庁が毎年主催している「文化庁メディア芸術祭」でアニメ『老人と海』がグランプリを獲得するのである。

日本におけるこうした文化的かつ教育的高評価の一方で、大量消費社会に突入していたアイゼンハワー政権下のアメリカで、「そもそも、だれがあんな敗北者で何の価値もない老人に興味をもつものか」と真逆の評価を下すジョージ・M・ハンフリーのような政治家がいたことは何とも皮肉である（Coughlan 106）。『老人と海』は物質的豊かさを謳歌していた一九五〇年代のアメリカの風潮からすればまさに逆行小説といえるのであり、その意味では、死闘の挙句、経済的には最後まで報われることのないこの哀れな老漁師への同情や共感を引き出せる土壌は、敗戦後の復興と独立回復を果たして間もない当時の日本の方が持ち合わせていたのかもしれない。

しかしながら、先述のように戦後の日本において『老人と海』がいわば国家規模の教育政策に関わってきたという事実に加え、日本の大手出版社が毎年のように『老人と海』をベスト一〇〇セレクションに選出しているという今日的な大衆文化の側面から見ても、(6) この経済的に不運な老漁師に対してわれわれ日本人が抱くある種の共感は、戦後ノスタルジアによる一過性のブームとは一線を画しているように思われる。敗戦を経て少なくとも表向きはアメリカ的資本主義を従順に受け入れてきたはずの日本人が、キューバの一老漁師にここまで固執してきた理由を知るためには、『老人と海』の創作過程における日本（文化）との接点、および戦前から戦後にかけての日本の教育史にも目を向ける必要がありそうである。

3. 老漁師の変遷

一九五二年九月に『ライフ』誌に掲載され、次いでスクリブナー社を通じて出版された小説『老人と海』は、その後映画会社ワーナー・ブラザーズによって一九五八年に映画化され、その同年、日本の文部省下の文化庁によって「特選映画」に選ばれることになる。ジョン・スタージェス監督の下、主演のスペンサー・トレイシーが迫真の演技を披露するその映画撮影の現場にはヘミングウェイも立ち合い、細かな指示を出していたようであるが（Baker, *Life* 531; Trogdon 287）、遡ること一九五一年一〇月にチャールズ・スクリブナーに充てた手紙のなかでヘミングウェイは、当時まだ執筆中であった『老人と海』に対して次のように言及している。

これは私が生涯をかけて書いた物語であり、容易かつ簡単に読め、短いと感じるかもしれないが、現前する世界と人間の精神の世界のあらゆる特徴を兼ね備えている。今の私に書ける最高の散文だよ。（*SL* 738　傍線引用者）

これは、ヘミングウェイが人間の精神性をテーマに『老人と海』を創作していたことの証左である。しかしながら、その創作過程を紐解くと、この作品に強く現れた「人間精神の礼賛」とでも言うべきテーマが実は一貫したものではなかったことがわかる。一九三六年、『エスクァイア』誌に『老人と海』の祖型と目されている小編「青い海で」（"On the Blue Water: A Gulf Stream"）が掲載されるのであるが、そこに登場する老漁師はサンチャゴとは別人である。

また別の日、ある老人がひとりで漁に出たところカバニャスの沖合で、太めの手釣り糸に巨大なマカジキを引っかけ、そのまま遠洋に引っ張られてしまった。二日後、西方六〇マイルの沖合で、その老人が救出されたとき、船側にマカジキの頭部から前半部が括り付けられていたのだが、その身は半分以下の八〇〇ポンドほどしか残っていなかった。その老人はボートの上で浮沈を繰り返すマカジキと二日二晩ともに過ごし、遂に海面に出てきたところをボートで近づいて銛で仕留めたのだ。やがてボートに括り付けたマカジキをサメたちが襲い、［……］老人はひとりで力尽きるまで闘ったのだが、好きなだけサメに食べられてしまった。救出されたときその老人はボートの上で号泣しており、失ったもののせいで半狂乱になっていた。ボートの近くはまだサメたちが周遊していた。

（*BL* 239–40）

ここに描かれている状況が『老人と海』のサンチャゴとマカジキとを中心としたプロットとほぼ重なることから、ヘミングウェイがこの逸話を基に『老人と海』を創作したことに疑いの余地はない。しかしながら、ここに描かれている老漁師は、ジェリー・ブレナーも指摘しているように、三日三晩ひとりでマカジキと格闘し、サメによるマカジキ喪失を冷静に受け止め、港まで自力で戻ってくるサンチャゴの「忍耐」、「現実に対する達観的甘受」および「自己充足性」といった特質をすべて欠いている（**Brenner 29**）。

一九三六年と一九五二年とに描かれたこれら二種類の老漁師のどちらがよりキューバ的かという問いに対しては明確な回答を持たない。しかしながら、サンチャゴのモデルがさまざまに囁かれてきた一方で、(7)ヘミングウェイはミルト・マハリンとのインタビューで「あの話は虚構であって、ひとりの人間と一匹の魚の闘いなのだ。老人はとくに誰というわけでもない」(Machlin 137)と述べ、キューバ文学としての『老人と海』を真っ向から否定している。そしてこのことは、ヘミングウェイに批判的なキューバ人作家や知識人たちがキューバ文学としての『老人と海』を疑問視し、ヘミングウェイに好意的な人びとですらこの物語の写実的キューバ性について一様に沈黙を貫いているというキューバ国内のヘミングウェイ受容と図らずも符合している。(8)

おそらくヘミングウェイは、およそ一五年という歳月をかけてキューバの老漁師に新たに付与すべき属性を吟味していたに違いない。

4.「変わった老人」とキューバの日本人漁師たち

『老人と海』の老漁師サンチャゴが少なくともその漁師の資質においてキューバ的でないことは、実はサンチャゴ自身が物語のなかで繰り返し主張している。

「この潮なら明日はいい日になるぞ」彼[サンチャゴ]は言った。

「どこへ行くんだい」少年がきいた。

「風向きが変わってから沖に出るんだ。明るくなる前に沖に出たいな」

「じゃあ、こっちも沖に出てもらうよ」少年が言った。「そうすればもしバカでかいのをおじいさんが引っかけたら手伝えるからね」

「あいつは沖に出たがらないさ」

「そうだけど」少年は言った。「でもぼくは親方の目になって鳥の動きやイルカの追跡を手伝ってあげられるから」

「あいつの目はそんなに悪いのかい」

「ほとんど見えてないよ」

「おかしいな」老人は言った「あいつは亀漁はやったことがないはずだ。あれは目に悪いからな」

「でもおじいさんはモスキート・コーストで何年も亀漁をやってきたのに目がいいじゃないか」

「わしは変わった老人だからな」

「でもバカでかい魚を釣り上げる力はまだ十分にあるよね」

「そうだとも。それにいろいろな仕掛けもあるからな」(*OMS* 14–15)

親の命令で今は別の舟で働いている少年マノーリンが不漁続きのサンチャゴを気遣うこの会話の場面からは、他の漁師たちと異なり、老人が沖合での漁に臨んでいること、また、かつて長年にわたりモスキート・コーストで亀漁をしていた事実が読み取れる。モスキート・コーストはホンデュラスとグァテマラとにまたがるカリブ海に面した東岸にあり、物語の舞台であるキューバ北岸の漁港コヒマルとは反対のはるか南方のエリアである（図6―2）。サンチャゴを「変わった老人」たらしめているこれらの特徴が、第1章で言及したヘミングウェイに釣りを教え、バタバノに住んでいたと言われている北崎政次郎ら日系キューバ移民の漁師たちといくつかの点で重なることは興味深い。

> キューバ各地にさまざまな漁業の経験をもたらした日本人に関して述べるにあたって、その重要性からいって、スルヒデロ・デ・バタバノに暮らし、キューバにカツオ漁を導入した日本人らについて、詳しく取り上げる必要があるだろう。
>
> 　マサジロウ・キタサキとゼンザ・キタサキ、サブロウ・ミヤサキ、クニイチ・ワタナベが主となって、カツオの漁獲量を上げるために自らの経験を役立たせようという粘りづよい取り組みが行われた。
>
> ［……］

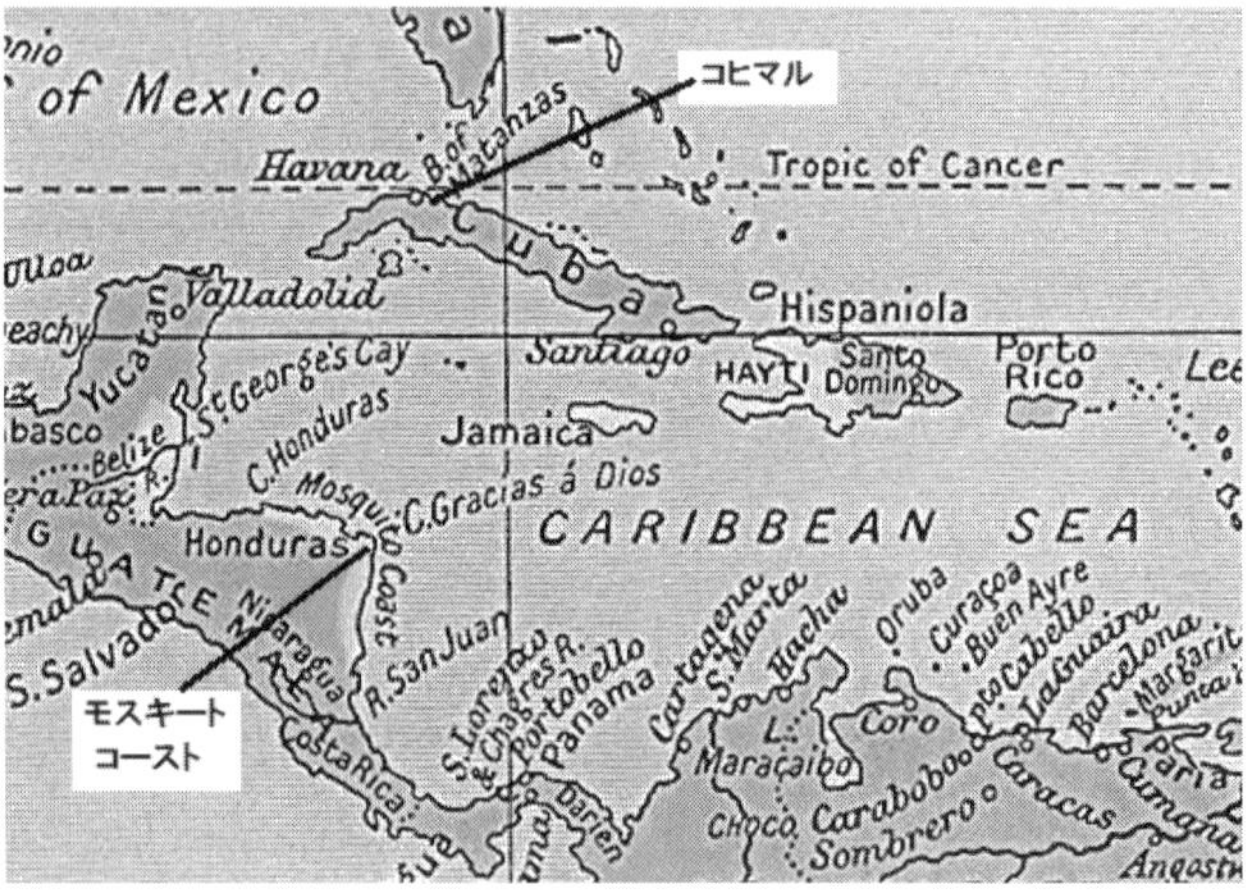

図 6-2　『老人と海』の舞台コヒマルとモスキート・コースト

一九三〇年代の終わりごろまでには、スルヒデロ・デ・バタバノの日本人の数は三十人を超えたと思われる。彼らは「地元の宿屋に泊まったり、六、七人が集まって家を借りたりした［……］。この男たちは、その勤勉さと釣針を使った漁のたくみさとによって地元の漁師たちに一目置かれていた」。初期のころ彼らは、わずかな食料しか持たずに漁に出て、三日から四日、ときにはそれ以上の日数、戻らなかった。夜には小島でもどこでも、一夜が過ごせるところであればそこで眠った。（アルバレス　一四八）

北崎をはじめとするキューバの日本人漁師たちは、かつてサンチャゴが亀漁をしていたというモスキート・コーストにより近い、キューバ南部の漁港スルヒデロ・デ・バタバノに住んでいた。サンチャゴさながらに漁に出たまま数日間は戻らぬ彼らの漁スタイルや一目置かれていたその勤勉さと巧みな漁の技術は、明らかに他のキューバ人漁師とは変わって見えたことだろう。また、バタバノのキューバ人漁師たちが湾内でのみ漁をしていたのに対して、北崎ら日本人漁師はモスキート・コーストに続く湾外まで漁に出ていたとされ（アルバレス　一四九）、巨大なマカジキとの出逢いを可能にした老人の勇気ある沖合漁とも符合しているように思われる。

また、サンチャゴが自認する他の漁師との違いは次の独白にも認められる。

彼ら［若い漁師たち］は海を競合、場所、あるいは敵と呼んだ。しかし老人はいつも海を女性とみなし、厚恩を与えも与えなかったりもする存在だと考えていた。だからもし海が乱暴でよこしまなことをしたとしても、それは海にはどうしようもないことだった。月が女性に影響するように海にも影響するのだと老人は考えていた。（*OMS* 33）

「それでもおれはあいつ［マカジキ］を殺す」老人は言った。「やつが偉大で誉れ高き存在でもだ」それは不当なことだが、老人は思った。でもおれはやつに人間に何ができるのか、人間がどこまで耐えられるのかを見せてやりたい。

「あの少年にも言ったようにおれは変わった老人だ」老人は言った。「今こそそれを証明するときだ」（*OMS* 73）

老人が自分と他の漁師たちとの違いとして述べているアニミズム的自然観や精神論は、ともに日本との親和性が高い。こうしたサンチャゴの思想との親和性や先述したキューバ漁業における歴史的関与を併せて考えると、ヘミングウェイに釣りを教えたという北崎ら日本人漁師たちからの影響もあながち皆無とは言い切れないだろう。というのも、第7章で詳述するが、『老人と海』と同時期に執筆していた『エデンの園』において、一九二〇年代のパリで知り合った日本人画家をモデルにして、実際にヘミングウェイが主人公の画家ニックを創造していたという事実があるからである。

一方、老漁師サンチャゴの行動に顕著なこの精神礼賛に関しては、戦時下の日本人のメンタリティおよび戦争言説に強固に取り入れられていた「武士道」なる精神文化との共通性も認められるのであるが、次節では、この武士道とヘミングウェイとの接点を彼の蔵書や記述に確認していくことにする。

5．ヘミングウェイと武士道言説

真珠湾攻撃よりおよそ三か月後の一九四二年三月、ヘミングウェイはクラウン社より提案された戦争物語傑作選『戦う男たち』の編集に同意するのだが、[9]あらかじめ提示された選集リストに大いに不満を持ち、編集者ナット・ウォーテルズに抜本的な改編を要求したという（Baker, *Life* 373）。一九四二年一〇月に出版されるこの戦争物語集に対するヘミングウェイの執着ぶりは同年七月八日にマックスウェル・パーキンズに宛てた手紙のなかの「やつ（ナット）が選んだ駄作はごっそり取っ払って他の作品と入れ替え、再編し、順序も並べ直してやったよ。これぞまさしくおれの編纂って呼べるものになったと思うよ」（*SL* 534）という言葉にも表れている。この戦争物語集の序論で、ヘミングウェイは収載した「ツシマ」と呼ばれる物語を取り上げ、そのなかに描かれている日本人に言及している。第1章でも触れたが、この物語はドイツの作家フランク・ティースによって一九三六年に書かれ、翌年英訳された『ツシマ――日本海海戦記』（*The Voyage of Forgotten Men (Tsushima)*, 1937）のクライマックス部分からの抜粋であり、日露戦争の勝敗を決定付けた「日本海海戦」を描いた海戦記である。[10]このなかに登場する東郷平八郎（図６―３）率いる日本海軍の戦いに対してヘミングウェイは、真珠湾攻撃から一年も経たぬうちに書いた序論のなかで惜しみない賞賛を送っている。

本書には海戦を描いた優れた記述も収載されている。［……］東郷提督率いる海軍がロシア艦隊を壊滅させる素晴らしい記述が含まれている。この記述は私の知る限り海戦に戦闘機が導入される以前の軍艦同士の戦いで最高のものであり、この記述を読めば、ほとんどのアメリカ人が完全に忘れていた戦闘で、人間がその不屈の精神によって何を経験できたのかがわかるだろう。[11]（*MAW* xx　傍線引用者）

図 6-3　東郷平八郎

傍線部に示されるように、ヘミングウェイはこの物語に登場する日本人を「人間」（"men"）と普遍化した上で、その精神性を高評価している。特筆すべきは、ロシアと戦った日本人に対するこうした賞賛が、後年『老人と海』という物語を通してヘミングウェイが主題化した「人間精神の礼賛」と基本的に同質であるという点である。

母グレイスによれば、戦闘ごっこが好きな幼少期のヘミングウェイは日露戦争の風刺画を収集していたという（Baker, *Life* 6; Brennen 66）。当時の日本は、日露戦争は朝鮮の独立と中国への満州返還のための戦いであると主張し、「凶暴なゴリアテに攻撃されている非のないダビデ」を演出していたという（Dennett 238–39）。そのため当時のアメリカも日本の不利な立場に同情的であったとされ（Bailey 5）、その親日的傾向は日露戦争前後のアメリカの風刺画にも認められる[12]（図6－4）。

また、こうした戦争の風刺画がしばしば「決闘」の構図を採用していたこともヘミングウェイのその後の作家人生への影響を考える上で重要である。例えば、アメリカの『ボルチモア・ニュース』（*Baltimore*

News）紙が描く日露戦争は、ヘミングウェイも『戦う男たち』の序論で言及している先述の日本海海戦における日本海軍連合艦隊総司令官の東郷とロシア海軍バルチック艦隊司令長官のジノヴィー・ロジェストヴェンスキーとの決闘の構図で描かれている(13)（図６－５）。戦争哲学者クラウゼヴィッツは「戦争はスケールの大きい決闘にすぎない」（Clausewitz 75）と述べているが、彼を「戦争形而上学においておそらく古今無双の知識人」（*MAW* xiv）と評するヘミングウェイもそうした戦争観を共有していたのかもしれない。というのも、ヘミングウェイは戦争も含め、さまざまな人間の戦いに「決闘美」のようなものを見出していたように思われるからである。例えば、先述したように、「ダビデはどうやって

図 6-4　露戦争挿絵（大国に挑む小国）

図 6-5　東郷対ロジェストヴェンスキー

図 6-6　『ライフ』に連載された『老人と海』の挿絵

ゴリアテを倒したか」と題して旧約聖書の「サムエル記」の有名な決闘の場面が戦争物語集にも収録されているし、闘牛や大魚との格闘など、のちのヘミングウェイが好んで描く作品にも決闘の構図が散見される（図6－6）。おそらく敬虔なクリスチャンであった母の影響で旧約聖書に馴染みのあった幼いヘミングウェイは、「ダビデとゴリアテの決闘」にしばしば例えられていた小国日本と大国ロシアの戦いに対して、関心を深めていたに違いない。

ヘミングウェイと日露戦争との接点は、このように『戦う男たち』に携わる以前の、はるか幼少期にまで遡ることができるのであるが、当時世界中の新聞メディアがこの戦争を通して日本の武士道に言及していた点は注目に値する。例えば、『ロンドン・タイムズ』紙は、戦時中の一九〇四年一二月に「武士道つまり《武士の道》の高貴な教えが、この国民に何より驚くべき、何よりも価値ある成果をもたらしてきたのだ」と記し、先述した日本海海戦の勝利については、一九〇五年六月の記事で「対馬海戦［日本海海戦］の勝利は武士道によってもたらされたものだ」と報じている。[14] また、ドイツの『フランクフルター・ツァイトゥング』（*Frankfurter Allgemeine Zeitung*）紙も同年九月の記事で「日本ではまだサムライの武士道精神が生きているとのことだ」と紹介し、[15] さらにはヘミングウェイの母国アメリカの『ニューヨーク・タイムズ』紙は一九〇五年四月の記事で次のように報じている。

日本人を動かす個人的規範の信条、かの「武士道」と呼ばれる一種の騎士道と愛国心は最近ロンドンの『タイムズ』が「一国の魂」という題ではっきりと雄弁に取り上げている。アメリカ人やヨーロッパ人で、かくも純粋で高邁な規範が自国にあったならとうらやまぬ者はいないだろうし、しか

も その規範は実に広く守られている[16]。

このように当時世界中のメディアが、小国日本が大国ロシアに勝利した要因として武士道なる日本固有の精神文化を取り上げている。こうした日露戦争の報道が「物質的優勢を覆す精神力」としての武士道をヘミングウェイに印象付けていたとすれば、『戦う男たち』に収載された「ツシマ」の抜粋部に次の描写が含まれていることも不思議ではない。

> ロシアからの砲撃がいつあってもおかしくない状況下、上官のひとりが安全を期して武器を備えた展望塔に移るよう進言したが、東郷（"Togo"）は首を横に振って言った。「おれはもうすぐ六〇歳だがお前はまだ若い。お前こそ展望塔へ入っておれ。」彼はまたもや二本ざしのサムライ（"*samurai* with two swords in his belt"）になっていた。戦闘に対するかつての欲望が目覚め、生死を賭けた最高に胸躍るゲームを彼は楽しんでいた。こんなところで臆病風に吹かれていて、部下たちを鼓舞することなどどうしてできようか。（*MAW* 314; Thiess 318　英文イタリクス原文）

ヘミングウェイも序論で賛辞を贈る東郷提督の武勇を伝えているこの引用部は、「サムライ」という言葉を用いることによって、東郷の武勇を支える精神の力として、武士道の存在を暗示させている[17]。こうした武士道との関連を暗示させる用語を総じて「武士道言説」と呼ぶなら、ヘミングウェイはその膨大な蔵書を通じてかなりの「武士道言説」に触れていた可能性がある。

明治以降の「武士道」は、和魂的武士道、皇道的武士道、キリスト教的武士道に大別され、国家主義的風潮や日清・日露戦争の勝利に影響された武士道は皇道的武士道に位置付けられると言う。[18] これに従えば、蔵書を分析する限り、ヘミングウェイが接した武士道は、もっぱら皇道的武士道であったと考えられる。[19] 例えば、キューバのヘミングウェイ博物館が保管しているヘミングウェイの蔵書のひとつ『インサイド・アジア』[20]（*Inside Asia*, 1939）には次の記述がある。

上海のジンジャン・ロードを走行中のトラックの荷台からひとりの軍服姿の日本軍人が転げ落ちた。それを見ていたある外国人住民が驚いたことに、その軍人は身を起して座り、ポケットに手を入れると、自ら頸静脈を切った。［……］これこそが今日のハラキリ（"hara-kiri"）の好例である。この兵士はトラックから落下したその恥ずかしさから自害したのである。［……］その起源のひとつは［……］サムライの掟（"Samurai code"）であり、そこでは、自害はあらゆる不名誉、恥辱に対する、よりよい対案だと教えられていた。（Gunther 36–37）

ここには、古き「サムライの掟」、すなわち武士道の一言説である「ハラキリ」が、不名誉を清算する手段として近代日本の軍人たちに引き継がれていることが示唆されている。ヘミングウェイの蔵書に収められたこの記述は、生前へミングウェイが「ハラキリ」という言葉を用いてショットガンによる自殺の仕方を人前で頻繁に実演していたという本章冒頭の引用が伝える史実との関連を容易に想起させる。また、同じく博物館所蔵のサマセット・モームのグローバル・アンソロジー『世界一〇〇選物語』

（*Tellers of Tales: 100 Short Stories from the United States, England, France, Russia and Germany*, 1939）に収められているアレクサンダー・クプリーンの短編「ルイブニコフ大尉」（"Captain Ribnikov"）には、日露戦争時にロシア軍人に扮し敵軍に潜入しているルイブニコフという日本人スパイが登場する。その素性に気づいたひとりのロシア人作家スチャビンスキーは、敵地にたったひとりで潜入しているルイブニコフに対し「あなたのその驚くべき勇気に感服いたします。いや、敬服と言おうか、なんなら畏怖と言い換えてもいい」（Kuprin 667）と感動をぶつける。それでも平静を装い続けるルイブニコフに対し、スチャビンスキーはこれ見よがしに日露戦争における日本人兵士たちの武勇伝を語り、その反応をつぶさに観察する。

「捕虜となった日本人将校が自分の頭部を石に乱打して自決した話は覚えていますか。でも、もっとも素晴らしいのがサムライの署名です。ルイブニコフ大尉はもちろんご存知ないですよね。［……］あの乃木将軍が旅順要塞への夜間突撃隊の志願兵を募ったところ、一旅団分の兵がこの名誉ある死を申し出たそうです。あまりにも多くの兵がわれ先にと押し寄せたので、それぞれ申請書を提出する羽目になったんですが、なかには古き慣わしに従い、左手の親指を切って署名に血判を添える兵さえいたといいます。これぞサムライではありませんか」

「サムライねぇ［……］」ルイブニコフはけだるそうに繰り返した。（Kuprin 668–69）

この場面が醸し出す緊迫感は、敵国ロシアにひとり潜伏している日本人スパイが、まさにそのサムライ精神によって、サムライ精神に対する無関心を貫こうとしている皮肉から生じているといってよい。つまり、『老人と海』のサンチャゴ同様、危険な世界に自らその身を投じ、孤独な戦いを続ける日本人スパイのこの強靭な精神力を描く際にも武士道言説が用いられているのである。

以上に見てきたように、日露戦争に関わるこうした蔵書、および先述した幼少期からの伝記的事実のなかにヘミングウェイと武士道とを結びつける多くの接点を確認してきたが、その武士道言説に一様に強調されている精神優位主義が二種類の老漁師における前述の変化に直接関与したかについては推測の域を出ない。しかしながら、ヘミングウェイの周囲に散見されるこの種の武士道言説と『老人と海』とが「人間精神の礼賛」という同質の価値観を共有していることは少なくとも確かである。次節ではヘミングウェイも高評価した日露戦争における日本人の精神性が、武士道と連携しながらどのように太平洋戦争時の児童教育や軍人育成のための精神優位主義へと組み込まれていったのか、また、そうして形成された日本人のメンタリティに対し終戦後のGHQによる占領政策がどのような影響を及ぼしたのかを見ていきたい。

6. 焚書に消える武士道言説

武士道言説の軍事的および教育的利用はそもそも明治期から認められる。例えば一八九三年から出版される道徳の教科書『小學修身經』には「(坂上)田村麿はこのように武勇の将軍だったが普段は人にやさしくて、少しも荒々しい挙動はなかった」（天野『巻二』四一）のように、有名な武将を例に蛮勇を戒めるものや、「赤穂四十七士」の堀部安兵衛の妻を取り上げ、武士の妻の理想像を説くものまである（天野『巻四』一〇～一一）。同様に、一八八二年に明治天皇によって下賜された『軍人勅諭』でも「武勇は我が国においては昔から重んじたものであるから、我が国の臣民ともあろう者は、武勇の徳を備えていなければならない[21]」とあり、兵士たちに武勇を奨励する手段として、武士の時代を懐古させている。

しかしながら、こうした武士道言説の教育への注入は日露戦争後に活発化し、終戦前の教育用教材には武将や軍神が多く登場するようになる（中村 三六）。例えば修身の教科書や国語の教科書に収められている「日本刀」という小論では「刀は武士の魂である。昔の武士は、片時もこれを身のまわりから、はなさなかった。今の軍人も、軍刀には皆これをもちいている」（文部省 九六～九七）のように、日本刀を共有している点で昔の武士と当時の軍人が同質であると示唆するとともに、その指導書には、日本刀の実物を生徒に見せ、「日本刀の鋭さ、強さ、気品、気魄、精神的意義等を知らせ、日本刀愛好の念を養うと共に、日本精神の神髄を感得せしむるように導きたい」（原田 五五～五九）とある。

また、国民の軍事教育においては、哲学者井上哲次郎による一連の武士道関連書を指摘しておかなければならない。一九四二年に大衆向けに書かれた『武士道の本質』においては、「戦陣訓と武士道」（一四六）、「乃木大将と武士道」（一八八）、「東郷元帥と武士道」（二一七）などの章立てで、ヘミングウェイも賞賛している日露戦争の勝利を支えた精神的強さを武士道と関連付けているし、とくに一九〇五年出版の『武士道叢書』や一九四二年出版の『武士道全書』は太平洋戦争の遂行にあたって武士道精神の称揚に役立てられたとされる（船津 一二三）。

太平洋戦争時の日本におけるこうした武士道と軍事教育の共犯関係の存在は、対戦国アメリカが行っていた当時の敵国分析にも確認できる。例えば、当時米政府の依頼で日本人の精神性を研究していた文化人類学者ルース・ベネディクトは次のように述べている。

自国が勝っているときでも、日本の政治家や最高司令部、および兵士たちは一様に、この戦争は武力の戦いではなく、（日米が）それぞれ信奉する精神対物質の戦いなのだと訴え続けた。［……］日本と西洋諸国との違いが彼らの物質的軍備に対する軽視にあるというわけではないが、軍艦や銃はその根底にある日本精神の覆いなのであり、サムライの刀が彼らの美徳の象徴であるのと同じなのである。（Benedict 22–23）

ベネディクトは、明らかに物質的劣勢にあった日本が対米戦争に踏み切った背景として日本人の「精神優位主義」を示唆し、さらにその精神性が日本古来の武士道と通底すると指摘している。また日本の戦争映画を研究するピーター・B・ハイは、阿部豊監督の『燃ゆる大空』（一九四〇）を取り上げ、物語にはサブ・テキストとして「武士道的な死」（"busidō way of death"）（High 263）が込められていると指摘している。

こうした戦前戦中の武士道と軍事教育との関係を考えると、終戦後のＧＨＱが占領政策の一環として、「公共の安寧を妨げるもの」（江藤　一六六～六七）との理由から多くの武士道言説を検閲焚書の対象にしたことも頷ける。このことは、ＧＨＱ占領軍兵士たちが日本上陸前に視聴していた兵士教育映画『日本における我らの任務』（*Our Job in Japan*）を通じて「占領下の日本において武装解除すべき真の敵は、あちこちに転移した《日本精神》だ」（カラザース　一五〇）と教えられていた事実とも符合する。西尾幹二によれば、没収本には軍人、軍神、偉人に関するものも含まれ、なかでも「消し去られようとした人物」のランキングでは、しばしば武士道と関連付けて言及されてきた日露戦争勝利の立役者、乃木希典およびヘミングウェイも言及している東郷平八郎が、それぞれ一位と三位を、終戦まで忠君の模範とされた武将楠木正成が二位を占めている（西尾、『ＧＨＱ３』三二四）。また、武士道精神を強調した映画も検閲の対象となり、終戦直前に制作された溝口健二監督の『宮本武蔵』（松竹　一九四四）や滝沢英輔監督の『日本剣豪伝』（東宝　一九四五）などの上映が独立回復まで禁止された（清水　一六四～六五）。こうして、ヘミングウェイが好んで用いた「ハラキリ」などの武士道言説も『戦う男たち』の序論で激賞していた日本の精神性も、独立回復までの七年もの間われわれ日本人の前から消えてゆくことになるのである。

７．武士道復活と『老人と海』

ＧＨＱによる占領政策が日本全体に新たな民主主義体制を整備し、それまで馴染みのなかった自由主義、個人主義、物質主義などの価値観をもたらしたことは一般に知られている。しかしながらその一方で、ある種の社会的混乱を日本国内に引き起こしていたことは留意すべきである。例えば、武士道言説を内包した読本を用いて精神優位主義を奨励していた修身の科目が戦後に廃止になった影響として、一九五〇年一一月には時の文部大臣天野貞祐が「道徳生活に対して一種の空白が生じたような感じを抱くものがすくなくない」と国会で答弁している。[22]また同様の例として、一九五一年四月号の『文部時報』には、中山マサ自民党議員による次のような発言が記録されている。

最近罪を犯した青少年の告白を聞くと、昔は天皇という中心があったが敗戦でそれを失われたから心のよりどころがなくなったという。日本が新しく立ち直っていくためには修身科のごとき科目を置いて指導することが必要ではないか。[23]

ここには、いわゆる天皇の「人間宣言」や修身教育廃止による戦後教育によってもたらされた精神的脆弱性が当時の少年犯罪の増加に関与していることが示唆されている。

また、政治家たちのこうした懸念をこの時期の一般大衆も共有していたことは重要である。例えば、一九五〇年一〇月に実施された世論調査には、「今までは皇室中心主義で、これが今までの目標でありましたが、これがなくなったので困っております。まあ、中心を失った形になったのですから」[24]という発言が記録されている。また、一九五二年に実施されたアンケート調査では七七・七％の人が「修身」のような科目の必要性を訴え、七八・四％の人が戦後の青少年の気風が悪化したと感じたと回答している。[25]つまり、アメリカが物質的豊かさを謳歌していた一九五〇年代は、戦後日本の国家および国民が自国の精神性の危機をはじめて認識しはじめた時期だといってよい。江藤淳はＧＨＱによる占領期の焚書検閲政策を「古来日本人の心に育まれて来た伝統的な価値の体系の、徹底的な組み替えである」（二四三）と非難した。だとすれば、武士道言説の徹底排除による日本の伝統的精神主義の弱体化こそこの「組み替え」の好例であり、江藤ならば先述した占領期末期の社会的混乱に、そうした「組み替え」による明らかな弊害を読みとることだろう。

そして、このような状況のなか、サンフランシスコ講和条約締結の半年後の一九五二年四月に日本は独立回復を果たすのだが、当然のことながら直後より自国文化を取り戻す復興運動が起こる。大衆文化では、これまでの鬱憤を晴らすかのようにサムライ映画が量産され、さらに「先の戦争へのノスタルジアを美しく奏でるフィルムが次々と制作された」（四方田　一三八）。例えば、『七人の侍』（東宝　一九五四）や『戦艦大和』（新東宝　一九五三）など占領期には製作が許されなかった映画がその上映と同時にたちまち人気を博し、一九五七年に上映された『明治天皇と日露大戦争』（新東宝）に至っては当時五人にひとりが見たと言われ、二〇〇一年まで観客動員数一位の座を維持していたほどである。

一方、社会教育においては、占領期にＧＨＱ直轄のＣＩＥ（民間情報教育局）によって広められた啓蒙映画、いわゆる「ナトコ映画」（National Company 製の映写機によるアメリカ的生活様式の紹介）が映し出す「アメリカ文明賛美のナルシズム」を疑問視する文部省の意向もあり、一九五二年ごろから自国による社会教育映画製作や選定に努力が向けられるようになる（宮坂　三六八）。しかしながら「国民の側の自主的な活動に対する束縛や干渉を固く戒めなければならない」とする戦後日本の方針もあり、独立回復後は戦前のような露骨かつ直接的な統制ではなく、より間接的な政策をとる傾向があったという（宮坂　三四〇）。それを裏付けるように、一九五四年からはじまった特選映画には、極端な精神優位主義を標榜する戦争映画の類は含まれず、人間精神への信頼回復を意図しているかのような作品が並ぶことになる。

例えば、『マナスルに立つ』（毎日映画　一九五六）、『黒部渓谷』（日映新社　一九五七）、『隠し砦の三悪人』（東宝　一九五八）などの邦画がそれぞれ「登山隊員の苦斗や不屈の精神」、「自然を開発する人間の努力と意志の強さ」、「戦国時代の武将の勇気と機智」などを理由に選ばれ[26]、洋画では『翼よ！あれが巴里の灯だ』（*The Spirit of St. Louis*, 1957）や『レ・ミゼラブル』[27]（*Les Misérables*, 1957）がそれぞれ「先駆者の偉大な意志力」および「人間の精神の広く尊いもの」を理由に選ばれている。こうした文脈のなか、『老人と海』も特選映画に選ばれるのだが、その選定理由は次のように記録されている。

ノーベル文学賞を受賞したアーネスト・ヘミングウェイの短編小説を映画化したもの。一人の老漁師と大魚のたたかいが話の中心になっているが、それは大魚のたたかいというよりも人間自身のたたかいの姿を異様なまでの迫力をもって描いていたもので、その巧みな表現手法は崇高な美しさすら感じさせる秀れた作品である。（傍点引用者）

この選出理由に認められる評価のフォーカスは、キューバという縁遠い国の特殊な人種によるアクロバティックな大魚との格闘シーンにではなく、「人間自身のたたかいの姿」という言葉が示すように、サンチャゴの自問自答が織りなす「人間の自己省察」に当てられていることがわかる。大海原でたったひとり、サンチャゴは漁師としての自分を問い直す。

魚を殺すってことは多分罪深いことなのだろう。たとえ自分が生きていくためであり、人びとに分け与えるためであったとしても。でもそれじゃ、何でも罪になっちまう。罪のことなんて考えるな。考えたってあとの祭りだし、それはほかのやつらの仕事だ。やつらにやらせておけばいい。お前は漁師に生まれてきたんだからな、魚が魚に生まれてきたように。（*OMS* 116）

倫理学者の菅野覚明は著書『武士道の逆襲』のなかで「存亡を懸けて自己を問う。刀を持たない現代人にとって、武士道がなお訴えかけてくる何かをもつとすれば、それはおそらくこの一点に存するものと思われる」（菅野　三八）と述べた。『老人と海』というはるか異国の物語がわれわれ日本人に訴えかけてくる何かをもつとすれば、それはまさに、この武士道と同様「存亡を懸けて自己を問う」老漁師の姿に存するものと思われるのである。

ヘミングウェイの弟、レスター・ヘミングウェイは兄の死に際を次のように記している。

翌朝七時ごろ、彼は人生最後の積極的行動に踏み切った。他人の言動によって辱めを受けたサムライのように、アーネストは自分の身体が思うように動かないのを感じた。これ以上ひどくなる前にと、生涯にわたって生きる者たちに死とは何かを伝えてきた彼は、手にした銃に弾を込めた［……］。（L. Hemingway 283）

ヘミングウェイの自殺をサムライの自決に擬えたレスターの記述がどのような意図で書かれたのかは、

彼もまた故人である以上もはや知る術はない。しかしながら、「ハラキリ」と称して猟銃自殺を演じていたという知人らの証言や、世界なかのメディアが武士道精神と関連付けて報じていた日露戦争に対する関心などこれまでの伝記的事実と併せて考えると、実弟が残しているこうした兄による人生の幕引きの記述は、ヘミングウェイと武士道との強固な結びつきをいっそうわれわれに想起させる。そして、まさに存亡をかけて自己を問い続けたサムライのごときこの作家は、同じく自己を問い続ける老漁師サンチャゴが体現する人間精神の普遍的価値を『老人と海』というキューバの物語に込めて世に残した。

武士道精神が『老人と海』の創作に関与したという明確な証拠はない。しかし、「精神対物質の戦い」に敗れ、武士道言説とともに一度は日本人が失いかけた精神への信頼は、『老人と海』という物語に形を変えて再びわれわれの手に戻されることになるのである。

【註】

（1）ノルベルト・フエンテスの *Hemingway in Cuba* の六八頁を参照。エレラ・ソトロンゴはスペイン内戦時に共和派側で戦ったヘミングウェイの親友。以後、キューバに移り住みヘミングウェイの主治医となる。

（2）映画『老人と海』の詳細な分析は塚田幸光を参照されたい。

（3）本章における「武士道」は、おもに日露戦争後に形成された「皇道的武士道」を念頭に置いている。したがって、「武士道言説」という言葉は、例えば「ハラキリ」、「サムライ」、「二本ざし」など、近代以降にステレオタイプ化された武士の属性およびそれと隣接する用語の総称と定義している。

（4）文化庁ウェブサイト（www.mext.go.jp/a_menu/shougai/movie/main9_a1/001.pdf）を参照。

（5）この教科書には新潮社より一九六六年に初出版された福田恆存訳の『老人と海』の九二頁から一一五頁に相当する箇所が掲載され、サメとの格闘から港に帰り着くまでが引用されている。

（6）日本の大手出版社新潮社は一九七六年から「新潮文庫一〇〇冊」というキャンペーンを毎年実施しているが、『老人と海』は初年度から今日まで連続選出記録を更新し続けている。新潮社「歴代の一〇〇冊すべてに採用された作品」（http://100satsu.com/history/ranking1.html）を参照。

（7）サンチャゴのモデルについては、ピラール号の船長グレゴリオ・フエンテス（Brenner 30）、『老人と海』の舞台である漁村コヒマルの漁師アンセルモ（Ferrero 5）、およびサンチャゴ・プイグ親子の父マーカス・プイグなどが指摘されている（Machlin 137; Noble, *Hemingway's* 155）。また、第1章で触れたが、ヘミングウェイに釣りを教えたという日系移民のカツオ漁師、北崎政次郎（北崎マヌエル）もサンチャゴの隠れたモデルとして知られている。

（8）例えば、ヘミングウェイに批判的な作家であるエドムンド・デスノエスは「私はハバナで生まれ育った作家として、彼［ヘミングウェイ］を拒絶する」（Prieto 254）と述べ、自身の小説『低開発の記憶』（*Memorias del subdesarrollo*, 2003）でも主人公セルジオに「キューバがわずかでもヘミングウェイの関心を惹いたことなど一度もないのだ」（デスノエス 六八〜六九）と語らせ、ヘミングウェイを他者化している。同様にキューバ映画『苺とチョコレート』（*Fresa y chocolate*, 1993）の原作者セネル・パスも「彼［ヘミングウェイ］の《キューバ性》にまったく確信が持てませんでした」（Prieto 266）と述べ、反革命派の小説家レイナルド・アレナスも自伝小説『夜になる前に』（*Before Night Falls*, 2000）のなかで革命支持者であるヘミングウェイに対して同種の無関心を示している（Arenas 224-25）。一方、ヘミングウェイを好意的に描いた映画『ハローヘミングウェイ』（*Hello Hemingway*, 1990）の監督フェルナンド・ペレスは「ラリータ（主人公の女子高生）にとってヘミングウェイは幻想のような存在です」（Prieto 259）と述べ、作品のなかでラリータは『老人と海』をファンタジーとみなし、最後までその精神性の価値を理解できない。また、アレホ・カルペンティエールも『春の祭典』（*La consagración de la primavera*, 1978）でヘミングウェイに言及しているが、その好意的な扱いはキューバ文学の貢献者というよりは革命支持者としてのヘミングウェイに向けられている（カルペンティエール 三四二〜四三）。さらに、最近ではキューバのヘミングウェイ研究者グラディス・ロドリゲス・フェレロがサンチャゴのキューバ性を主張しているが残念ながら根拠に乏しい（Ferrero 5）。

（9）このグローバル・アンソロジーと呼ぶべき戦争物語傑作選『戦う男たち』の序論のなかで、ヘミングウェイは「世界最高の戦車」（*MAW* xii）、「世界を揺るがす出来事に直面した時の人間の実際の行動について書かれた最高の記述」（xx）、「世界の名だたる戦闘」（xx）など大きな視点に立った言葉を平然かつ頻繁に用いている。なかでも、「戦争は［……］人種の交流という様相を帯びた」（xxv）という言葉には、ヘミングウェイの人類普遍的戦争観が凝縮されているといってよい。

（10）『戦う男たち』には、『ツシマ—日本海海戦記』の三〇九頁から三五六頁までが抜粋されている。また、この邦訳は一九四二年にドイツ文学者藤原肇の訳で大観堂より出版されており、本書の邦題もそれに準じている。

（11）付録に掲載の『戦う男たち』序論完訳の訳注1で言及しているように、一九五五年以降の版から一部が削除、改訂されたため、この引用部の掲載箇所は移動している（*MAW* Ver.1955 xix）。

（12）*Chicago Tribune*（6 June 1904）。

（13）*Baltimore News*（17 June 1905）。

（14）『外国新聞に見る日本』を参照（内川 二九五、三八八）。

（15）『外国新聞に見る日本』を参照（内川 四四七）。

（16）『外国新聞に見る日本』を参照（内川 三五九）。

（17）晩年に書かれた『河を渡って木立の中へ』や『海流の中の島々』で主人公たちが憐憫を込めて「日本の提督のような髭をした」エビについて言及しているが（*ARIT* 141, *IIS* 205）、これらはともに東郷平八郎を念頭においていると思われる。しかしながら、長岡外史（六〇センチの髭をたくわえた当時の参謀本部次長）のように実際エビのような髭をした日本の軍人もいたことは事実だが、現存する東郷の写真にそうした風貌は認められない。したがって、エビの描写に用いられた先述の比喩は日本軍人に対するヘミングウェイのステレオタイプ化されたイメージに依るところが大きいように思われる。

（18）それぞれの武士道の細かな定義については、船津明生を参照。

(19) ヘミングウェイが新渡戸稲造の『武士道』を所有していた痕跡はなく、和魂的武士道やキリスト教的武士道を主題とした書籍も認められない（Brasch）。

(20) この『インサイド・アジア』と後述の『世界一〇〇選物語』をヘミングウェイが所有していたとは、先述したブラッシュの『ヘミングウェイの書斎』に示されているが（Brasch 174, 248）、筆者が二〇一四年に実施したキューバのヘミングウェイ博物館における「書き込み」資料のデジタル化プロジェクトの撮影作業の際にも、この二冊の存在を実際に確認している。引用部への明確な「書き込み」は認められなかったが、「ハラキリ」など生前のヘミングウェイの発言を考慮すると実際に目にしていた可能性も少なくないように思われる。

(21)「陸海軍軍人に賜はりたる勅諭」（http://ja.wikisource.org/wiki/ 陸海軍軍人に賜りたる勅諭）を参照。

(22)『戦後日本教育史料集成　第三巻　講和前後の教育政策』三五二頁参照。

(23)『戦後日本教育史料集成　第三巻　講和前後の教育政策』三五一頁参照。

(24)『世論調査報告書　第四巻』一七七頁を参照。

(25)『世論調査報告書　第四巻』三九七頁を参照。三橋順子によれば、この戦後の社会的混乱期に女装セックス・ワーカーである「男娼」が顕在化し、日本国民のその後のジェンダー・アイデンティティに影響を与えたというが（三橋 二二四〜二二五）、こうした性的解放の兆しも当時の人びとには単なるジェンダートラブルと捉えられ、精神的規範の必要性を感じさせる要因になったと思われる。

(26) 選定映画に関するすべての参照および引用は『文部科学省選定教材映画等目録ＣＤ−ＲＯＭデータベース　昭和二十九年〜平成十三年版』に基づく。

(27) 目録によれば、この『レ・ミゼラブル』は、「東宝・パティ」によって一九五八年に申請され、翌五九年に選定されていることから、一九五七年にフランスで制作されたジャン＝ポール・ル・シャノワ監督版であると推察される。

第7章 長髪の日本人画家と長髪の画家ニック
──「オリジナル・エデンの園」に見る出逢いの再現

「エズラのところにいた三人の日本人画家のこと覚えているかい」
「ええ、素敵だったわね、でもああなるには恐ろしく長い時間がかかるわよ」
「ぼくはああいう風にしたいと思っていたんだ」

『移動祝祭日──修復版』より

1．回想のパリと遺作

二〇〇九年、遺作『移動祝祭日』が多くの未公開原稿を増補され『移動祝祭日──修復版』（以下『修復版』と略記）として新たに出版された。この『修復版』の出版を機に新たに公開された「秘かな悦楽」（"Secret Pleasures"）と題された章では、若きヘミングウェイと日本人画家たちとの出逢い、および彼らの長髪がヘミングウェイの作家人生に与えた影響、さらには、それらに触発された当時の妻ハドリーの勧めで、ヘミングウェイが妻と同じ長さまで髪を伸ばそうとするさまが描かれている。

一九五六年一一月一七日、ホテル・リッツでこのパリ回想記の一部と思われるファイルが入ったトランクが発見されたことがヘミングウェイを『修復版』の執筆に駆り立てたのであるが、少なくとも発見翌年の一九五七年九月にはこの回想記の執筆に取り組んでいた痕跡が確認されている（Baker, *Life* 538-39）。同年一二月、この『修復版』の執筆と連動するように、第二次世界大戦後の一九四六年のはじめより開始されていながら長く滞っていた遺作『エデンの園』のオリジナル原稿（以下本文では「オリジナル・エデンの園」[1]と略記）にも加筆と修正が施される（Trogdon 287）。

ヘミングウェイの死後、出版社による編集を経て出版された『エデンの園』は、作家デイヴィッド・ボーンとその妻キャサリンが新婚旅行でフランスを周遊する物語であり、妻が自身の短髪を夫にも強いる、「短髪型相似願望」[2]とでも言うべき夫婦間の性倒錯が描かれている。一方、編集を施される前の「オリジナル・エデンの園」には、編集段階で削除されてしまったもう一組の夫婦、ニック・シェルドンと妻バーバラが存在し、物語のなかで二人は『修復版』ではじめて公表された若きヘミングウェイ夫妻をそのままモデルにしたかのように、妻の「長髪型相似願望」に応えようと夫が髪を伸ばすのである。

「性倒錯」（perversion）の問題を内包したこの「オリジナル・エデンの園」をかつてカーロス・ベイカーは、ヘミングウェイによる「過去と現在の実験的混合物」（"experimental compound of past and present"）（Baker, *Life* 454）と呼び、ハドリーやポーリーンなど初期の妻たちとの実験的倒錯行為を過去の要素に、また、四番目の妻メアリーとの実験的倒錯行為を現在の要素に位置付けた。この「現在」の要素であるメアリーとの実験的倒錯行為に、一九五三年のケニア旅行でヘミングウェイ夫妻と交流のあったアフリカ人少女が関与していたことはすでに指摘されている。例えば、キャサリンによる病的な日焼け願望など『エデンの園』のアフリカ表象がその一例であり、結果、こうした物語内の性倒錯を人種・エスニシティの問題と併せて論ずる潮流を生み出した。(3) その成果は「頭髪に対する唯物崇拝」("hair fetishism")(Eby 69)や「同性愛的欲望」("'queer' desires")(Moddelmog 42)、また「マゾヒズム的契約」("masochistic contract")(Fantina 62)など今日提唱されているさまざまなキーワードに確認できるが扱う異人種がアフリカ人に制限されてきたためか、いずれも作家と登場人物のアフリカ的な倒錯行為だけにフォーカスを当てた議論に収斂している。

そうした意味で、ジェラルド・J・ケネディは、最近の『エデンの園』研究において『修復版』の日本人画家たちに言及した最初にして唯一の批評家であるが、日本人画家たちの長髪がヘミングウェイ夫妻の「同性愛とエデン的幸福の隠れた結びつき」に関与した可能性を指摘するに留まり、結局は性倒錯に焦点を当てた従来の視点に終始している(Kennedy 174–75)。したがって、『エデンの園』に関与する新たな異人種としての日本人の研究はほぼ未開拓といってよい。

本章は、これまでヘミングウェイ作品とはおおよそ無関係と思われてきた日本人を「オリジナル・エデンの園」を中心に展開されてきた「ヘミングウェイと異人種」の議論に新たに参入させることで、アフリカ的性倒錯という従来の支配的解釈とは別の読みを提案する試みである。そこでまず、『移動祝祭日』と『エデンの園』という二つの遺作が、その編集上の共犯関係によって、これまで「日本人」という人種をヘミングウェイ研究から遠ざけてきたカラクリを紐解く。そして、新たな伝記的資料として、『修復版』に認められる日本人画家とヘミングウェイに関わる記述を精査し、彼らの存在がヘミングウェイの作家としてのキャリアにどのような影響を与えたのかをみていく。人種・民族の越境が活発化するモダニズムの時代、その中心的舞台である二〇世紀初頭のパリに生きた若きアメリカ人作家の日本人との出逢い、およびその出逢いがもたらした芸術家としてのアイデンティティへの影響を文脈に据えて「オリジナル・エデンの園」を解読することによって、この作品を通してヘミングウェイが描こうとした物語世界に、日本人がどのように関与しているのかを明らかにするのが本章の目的である。

2. 二つの遺作から削除された二組の夫婦

『修復版』の出版よりおよそ半世紀も前に出版されていた『移動祝祭日』にも、一九二〇年代初期のパリでヘミングウェイが出逢ったという日本人画家たちへの言及は確認されていた。ヘミングウェイ没後三年目の一九六四年に出版されたこの本のなかの「エズラ・パウンドとベル・エスプリ」(4)（"Ezra Pound and His Bel Esprit"）と題された章で、その日本人画家たちは次のように言及されている。

彼［エズラ・パウンド］が妻ドロシーと住んでいたアトリエは、ガートルード・スタインの豪華なアトリエと比べると非常に質素だった。中はとても明るく、ストーブによる暖も取られていて、彼の知人である日本人芸術家たちの絵画が飾られていた。彼らはみな高貴な家柄の出で、髪を長く伸ばしていた。彼らがお辞儀をするとその髪は黒光りしながら手前に揺れ、ぼくはそんな彼らに感銘

を受けたが、彼らの描いた絵は好きになれなかった。（*MF* 107; *MF-RE* 87）

スタインのアトリエとの比較も含まれているこの引用は、ヘミングウェイがはじめてパウンドのアトリエを訪れた際のその内部の描写である。ストーブで暖を取っているようすもヘミングウェイがはじめてパウンドと出逢ったとされる一九二二年二月という寒い時期と符合する（Meyers 71, 73; Trogdon 4）。このアトリエ内部の第一印象とともにヘミングウェイの記憶に刻まれていたのが、当時パウンドと親交のあった日本人画家たちとの出逢いである。「お辞儀をすると黒く光って前に揺れた」という細やかな描写は、日本人画家たちの長い髪がヘミングウェイに与えたインパクトの大きさを物語っている。しかしながら、『修復版』が出版される前のこの限られた記述だけでは、日本人画家の絵画に対する無関心のほうが目を引き、結果として「日本人」は長らくヘミングウェイ研究の議論から遠ざかることになる。

こうした状況を解消したのがヘミングウェイの孫、ショーン・ヘミングウェイが再編集した『修復版』である。その序論でショーンは、先行出版された『移動祝祭日』に対し、妻メアリーとスクリブナー社の編集者ハリー・ブレイグによって、ヘミングウェイの意向を無視した「重大な改変」（“significant change”）が施されたと指摘し、[5]『修復版』こそ「祖父［アーネスト］」が意図していた本の真の姿を具現化している」（S. Hemingway, *Restored* 3）と述べ、その正統性と完成度を力説している。ショーンの主張を信頼すれば、後述するように、原稿段階では存在していたはずの文字通り「秘かな悦楽」に耽る若きヘミングウェイ夫妻の存在は、奇しくも四人目の妻の恣意的な編集の結果、およそ半世紀にわたって隠されてきたことになる。[6]

一方で、一九八六年に出版された『エデンの園』にも同じく編集過程で削除された夫婦がいたことは奇遇である。先述したように『エデンの園』は新婚旅行でフランスを訪れていた作家デイヴィッドとその妻キャサリンによる夫婦間の性をテーマにした物語であり、食欲と性欲という原初的な欲望に耽る道中、夫婦間に生じた短髪型相似願望や、新たに加わる女性マリータとの性的な三角関係が描かれている。実は編集が施される前の「オリジナル・エデンの園」には、いわゆる「ニック・アダムズ物語」("The Nick Adams Stories")の主人公と名を同じくする、「ニック」という名の画家とその妻バーバラが存在していた。さらにアンドリュー・マリーという作家がバーバラの不倫相手として登場し、デイヴィッド、キャサリン、マリータと同様、シェルドン夫妻との間で三角関係を形成し、この二つの三角関係が物語中盤で互いに重なり合うように物語が展開していた。ところが、スクリブナー社の編集者トム・ジェンクスは、主に「オリジナル・エデンの園」の前半部に描かれていたシェルドン夫妻の長髪型相似行為やその後のボーン夫妻との出逢いを、彼らの存在ごと取り除き、ボーン夫妻だけの物語として『エデンの園』を出版したのである(杉本 八九〜九〇)。

このように、『移動祝祭日』と『エデンの園』という二つの遺作それぞれの編集過程で、前者からは日本人画家との出逢いによって長髪型相似願望に目覚めた若きヘミングウェイ夫妻とともに日本人画家たちとの接点が削除され、後者からは、このパリ時代のヘミングウェイ夫妻をより忠実にモデル化していたはずのシェルドン夫妻による長髪型相似行為の記述がその存在もろとも削除された。つまり、この二組の夫婦がそれぞれの遺作から同時に削除されてしまったために、『移動祝祭日』に登場する日本人画家たち(ひいては「日本人」という人種)は、本来その資格を持ちながら、これまでヘミングウェイ研究の人種・エスニシティの議論の俎上に載せられずにいたのである。

3. 長髪の日本人画家

若きヘミングウェイのパリ時代は、作家志望でありながら『トロント・スター』紙の特派員として滞在していた一九二三年までの前期と、特派員の契約を切り、ジャーナリストの身分を捨て、作家として滞在した一九二四年以降の後期とに分けられる。記者として滞在していたパリ時代前期、調髪を含め、ヘミングウェイが身なりに気を使わなければならなかったことが『修復版』で新たに加えられた章「秘かな悦楽」の冒頭の次の記述からはじめて明らかとなった。

新聞の仕事をし、ヨーロッパの別の場所へ出張しなければならないうちは、見栄えのするスーツ一着と調髪、それから見栄えのする靴一足はどうしても必要だった。これらはぼくが執筆に励もうとしているときには不利に働いた。というのも、そういう身なりだと、［セーヌ］川のこちら側［左岸］から右岸にいる友人たちに会いに行けるので、［競馬］レースに行ったり、身の丈に合わない、またはトラブルの種になりそうなあらゆる娯楽に興じたりしてしまうからだった。（*MF-RE* 183　傍点引用者）

当時、ヘミングウェイの主な生活圏は左岸にあるカルチェラタンやモンパルナス地区にあった。とくに最初に住んだアパートや職場があったカルチェラタンにはヨーロッパ中からパリ大学に集まった学生たちが住む学生街や、世界中から訪れた芸術家たちが集ったアトリエ、工房、サロンなども密集していた。一方、セーヌの「右岸」（"Right Bank"）にはリッツ・バーやオペラ座など華やいだ社交の場があり、ヘミングウェイも記者としての身だしなみを整えて他の記者仲間たちと娯楽に興じていた。

なかでも身だしなみとして調髪は欠かせないものだったらしく、カルチェラタン付近で、調髪を怠った姿を記者仲間に見つかり、苦言を呈されたときのことを次のように回想している。

> 「ヘム（ヘミングウェイ）、身なりに気を遣え。おれの気にすることじゃないが、そんな風にしても現地に溶けこむことなんてできないぞ。頼むからちゃんとして、少なくとも髪はきちんと切らなくちゃ」
>
> それで、もしドイツか中近東の会議を取材することになったら、ぼくは髪の毛を切る羽目になる［……］そして、ぼくの態度を更生させた同じやつといずれ出くわして、やつはこう言うのだ。「似合うじゃないか、友よ。あのボヘミアンじみてくだらないことをきっぱりやめたようだな。今夜どうする？ いいところを知ってるんだ……」（*MF-RE* 184）

この会話部には、忠告通り短く調髪した上で出かけた取材先で、そのジャーナリストの友人はヘミングウェイが「ボヘミアンのようなバカな真似[7]」（"bohemian nonsense"）を改めたと見るや、彼を仲間とみなし、華やかで場違いな社交の世界へと誘うようすが描かれている。このことは、セーヌ右岸で作られていたジャーナリストのコミュニティーが左岸の芸術家たちのボヘミアン的な容姿、とりわけ調髪を怠った長髪に対して軽蔑的な視線を向けていたことを示すとともに、セーヌ川が芸術家とジャーナリスト二つのコミュニティーを隔てる境界の役割も果たしていたことを示唆している。

同時代作家フィッツジェラルドにとってのパリがもっぱらセーヌ右岸に限られていたのに対して、ヘミングウェイのパリがこのように両岸に及んでいたことがその後の作家としての裾野を広げたというジーン・メラルの指摘はもっともであるが（Méral 146）、長男の出産を終えトロントから舞い戻ったパリ時代後期のヘミングウェイはジャーナリスト業との決別をすでに心に決めていた。(8)「密かな悦楽」の章には、その当時のヘミングウェイの解放感が描かれている。


パリにいるぼくらはもはや自由で、仕事に追われることはもうなかった。

「もう髪は切らないぞ」ぼくは言った。［……］

「いやだったら切らなくていいのよ、タティ［アーネスト］」

「エズラ［・パウンド］のところにいた三人の日本人画家のこと覚えているかい」

「ええ、素敵だったわね、でもああなるには恐ろしく長い時間がかかるわよ」

「ぼくはああいう風にしたいと思っていたんだ」（*MF-RE* 185–86）

記者の身だしなみである調髪からも解放されたヘミングウェイは、パウンドのアトリエで出逢った日本人画家たちのように髪を長く伸ばしたかったと述べている[9](図7―1)。

ヘミングウェイが言及している日本人画家たちの素性については、ヘミングウェイとの伝記的接点が明確な久米民十郎[10](図7―2)やパウンドとの伝記的接点が確認できる田中保(渡辺 二三)が指摘され、他にも蕗谷虹児(図7―3)や横手貞美(図7―4)など長髪姿の日本人画家が同時期のパリに実在していたことが確認できる。画家ではないヘミングウェイがこうした長髪姿の日本人画家たちに寄せた関心には、デブラ・モデルモグがヘミングウェイに指摘している「白人が他者に抱く疑似願望」(Moddelmog 116)のようなものを見出すこともできる。しかしながら、当時ヘミングウェイは芸術家とその外見に関して、「あのころぼくらは、作家や画家というものは、何でもあるものを着ればよく、芸術家たる者に決まった服装などないと信じていた」(*MF* 108–109; *MF-RE* 88–89)と述べていることから、白人が東洋人に抱く浅薄なオリエンタリズムというよりも、創作を生業とする者としてのプリンシプルが根底にあったと思われる。

図7-1 パリ時代のヘミングウェイ(右)と妻ハドリー(左)

また、第1章でも触れたように、幼少期から日本文化に造詣の深い母の影響を受けてきたヘミングウェイにはもともと日本に対する少なからぬ親近感があったと推察される。おそらく、パリ在住の夢をまさに実現していた当時、ヘミングウェイは記者として不本意な調髪を強いられていたところに、ジャーナ

図 7-2　長髪オールバックの久米民十郎

図 7-3　蕗谷虹児（1925 年撮影）

図 7-4　横手貞美（1928 年撮影）

リストと対極的な長髪姿の画家として眼前に現れた勤勉な日本人と出逢い、その出逢いは記憶に刻まれ、ヘミングウェイが芸術家の理想像として模倣する際の大きな要因になったと思われるのである[11]。

ヘミングウェイによるこの日本人模倣は、芸術家としての理想像を自身の身体に具現化するという単純な満足感を彼に与えていただけではない。日本人画家たちの長髪を模倣する行為には、ヘミングウェイのその後の作家人生にも深く関与する重要な意味があった。

ぼくはすぐにセーヌ右岸へ行かなくても済む最良の方法を見つけた。自分には手が出せない、少なくとも胃腸を壊して後悔する羽目になる楽しいものに関わらないで済む方法、それは髪を切らないことだった。エズラ［・パウンド］の友人で素晴らしい容姿をしたあの高貴な日本人画家たちのような髪型でセーヌ右岸へ行くことはできなかった。それは理想的で、川のこちら側に自分を閉じ込めることになり、仕事をし続けることになるのだ。［……］三か月もすれば、エズラのところの素晴らしい日本人たちの髪型になるいいスタートがきれる。そしてセーヌ右岸にいる友人たちはそれを罰当たりだとみなすようになるのだ。（*MF-RE* 183）

調髪を怠っているヘミングウェイをセーヌ右岸のジャーナリスト仲間たちは、「罰当たりだ」（"damned"）と敬遠し、交友関係は次第に解消され、その結果、セーヌ左岸で「創作に打ち込めるようになる」（"kept you working"）とヘミングウェイは悟る。つまり、日本人画家のように髪を伸ばすことは、ヘミングウェイの作家としてのアイデンティティを身体的に実現させるだけではなく、「作家として理想的な創作環境の整備」という、より実利的かつ戦略的な意味があったのである。

しかも、ヘミングウェイはこの長髪模倣の過程とそれに伴う友人らによる容姿批判を楽しんでいたと語っている。

どういう天罰が下るものなのかぼくにはわからなかったが、四か月を過ぎたころにはさらにひどい天罰がまっていることだろう。ぼくは罰当たりと思われるのが楽しかった。ぼくと妻は罰当たりと思われるのをともに楽しんだ。（*MF-RE* 183–84）

ここに認められるヘミングウェイの喜びの感情について、先述のケネディは「長髪と天罰の関係は重要なモチーフを形成している」とその重要性を認めつつも、「両性具有と楽園的幸福とのエロティックな結合」（Kennedy 174–75）という、結局はセクシュアリティの結論に落ち着いてしまう。しかしながら、日本人画家を模倣することによってもたらされる作家アイデンティティと創作環境への効能を考慮するならば、「伸びていく頭髪に比例して、受ける天罰も大きくなる」という友人たちの荒唐無稽な理屈を揶揄しながら、このときへミングウェイが感じていた喜びとは、むしろ、髪が伸びるにつれてジャーナリストから作家（芸術家）へと自分が次第に転身していく心地よい実感だったといえよう。

以上に見てきたように、パウンドのアトリエで出逢った日本人画家たちの長髪は作家志望だった当時のヘミングウェイのなかで芸術家の理想像としてシンボル化され、ジャーナリスト業と決別するその人生の重要な局面において、ヘミングウェイの作家としてのキャリアをある意味で後押ししていたのである。そしてそれは、従来のアフリカ的な性倒錯の議論とは別種の、ヘミングウェイの作家（芸術家）としてのアイデンティティの問題を内包していたのであり、長髪の日本人画家たちとのこうした関係性が「オリジナル・エデンの園」に新たな解釈を与えることになる。

4．長髪ニック

『修復版』と「オリジナル・エデンの園」の執筆時期が重なり、同時期に「オリジナル・エデンの園」が二七章分に及ぶ大幅な修正が施された事実は（Baker, *Life* 540）、いわゆる「リッツ原稿」の発見が『移動祝祭日』の執筆を促しただけではなく、「オリジナル・エデンの園」の創作にも大きく関与したことを容易に想起させる。例えば、先述した「ぼくはああいう風（日本人画家たちのような長髪）にしたいと思っていたんだ」というヘミングウェイの願望を聞いた妻ハドリーは、「面白いこと思いついちゃった。［……］あなたの髪、私と同じくらいまで伸ばせるかもって思ったの」（*MF-RE* 186）と長髪型相似行為を夫ヘミングウェイに促しているのだが、これと同種の提案が「オリジナル・エデンの園」に登場するニックの妻バーバラによってもなされていたことが物語第二部の次の会話に示唆されている。

「でも、ニッキー［ニック］、どうやってそんなに伸ばしたの」
「五か月かかったよ」
「でしょうね、でもどうやったの」
「君がやれって言ったんじゃないか、覚えてないの」
「いつだって言ってたわよ」
「ま、とにかく今回は、妻の希望で切らないでくれって床屋に話したんだよ」（Spilka 288; *GOE* mbook 2　傍点引用者）

この会話部に対しマーク・スピルカは「彼らは、背徳感もなくこれまでも倒錯的な恋愛を経験してきている」（Spilka 287）と指摘している。しかしながら、ニックの「今回」（"this time"）に限り長髪を受け入れたという言葉から判断し、彼らの長髪型相似行為が今回はじめて成就されたという点を物語背景として留意すべきである。なぜなら、シェルドン夫妻がはじめて登場する第二部冒頭には、夫妻のこうした長髪型相似行為に関わる重要な布石が張られているからである。

もう一組の夫婦［シェルドン夫妻］にとって事のはじまりは、二月末だった。実際のはじまりはもっと前だったが、キャサリンがエーグ・モルトへ出かけ、［髪を短く刈って］戻ってきた五月のあの日みたいな、明確な日付ではなかった。そう、二月末のパリで今夜を、そして翌日の朝を迎えるまでは。二人とも実際の日付は覚えていなかった。あの美術館へ行き、あの変化がはじまったあの日の確かな日付を。一方の女性［バーバラ］はそれがそこではじまったことを忘れてしまっていた。もしかしたらそれは彼女にとってはじまったわけではなかったのかもしれない。しかし、彼女もまたあの［ロダンの］ブロンズ像をずいぶん前に見ていたのだ。

「やったら楽しいことを何か考えましょうよ。まだやったことのない、秘密で背徳的なこと」とその女［バーバラ］は言った。（Spilka 287; *GOE* m book 2　傍点引用者）

新婚旅行の出発地点であるパリでロダン美術館の「ブロンズ像」[12]（"bronze"）を見たその三週間後の「五月のあの日」（"the day in May"）に、デイヴィッドの妻キャサリンは短髪型相似行為を開始するのであるが、[13]実はニックの妻バーバラも同じブロンズ像を見て長髪型相似願望に目覚めていたという数奇な巡り合わせがオリジナル・プロットに仕組まれていたことは既に知られている（Spilka 285–87）。本章に関しては、この引用部で二度にわたって繰り返される「二月末」（"end of February"）という時期に着目したい。この二月末の「今夜」（"this night"）、先述したように今度こそ妻の願望に応えようと五か月間伸ばし続けたニックの長髪に気づいた妻バーバラが、「やったら楽しいこと」（"something fun to do"）として、長髪型相似行為を提案するところからシェルドン夫妻の物語ははじまる。そしてその「翌朝」（"following morning"）、「簡単な朝食をとったあと、［……］バーバラは自分の髪形に似せてニックの髪を調髪した」（"after their simple breakfast. [...] Barbara shapes Nick's hair to resemble hers"）（Spilka 288; *GOE*m book 2）のである。つまり、「二月末」が二度の言及によって強調されている理由は、この時期に長髪型相似願望が達成されたことを読者に印象付けるためであると推察される。

そして、相似願望がはじめて達成されたこの記念すべき「二月末」以降、長髪姿のニックは物語内で「コンドッティエーレ」[14]（"condottiere"）（Spilka 312; *GOE*m Fr. 1/5）（図7－5）や「インディアン」（"Indian"）（Spilka 288; *GOE*m book 2, 15）などに擬えて描写されることになる。おそらく、『修復版』で若きヘミングウェイが実際の範とした日本人画家たちは、同種の風貌を備えた、欧米人読者により馴染みのある異人種に差し替えられたに違いない。

このように、『修復版』に記録された若きヘミングウェイの日本人画家たちとの出逢いと、その出逢いによってはじまった妻との

図7-5　コンドッティエーレ

頭髪に関わる倒錯的実体験が「オリジナル・エデンの園」の創作に関与したことは明らかである。実体験と創作物とのこうした符合を念頭に、ニックが長髪の画家に転身した先述の「二月末」の布石を回収しながら、作家デイヴィッドがニックと出逢うオリジナル・プロットの意味を次節で解読していく。

5. 二月末の出逢い

ジェンクスの編集によって出版された『エデンの園』と編集前の「オリジナル・エデンの園」との決定的な違いは、後者にはボーン夫妻に加えシェルドン夫妻が存在し、かつこの二組の夫婦が物語内で出逢う点にある。第三部一章、フランス南部の都市アンダイエ（Hendaye）ではじめて一堂に会した際、両夫人は称賛と欲望を込めて互いをまじまじと眺め合う（Spilka 295, 297; *GOE*m chapter 1, book 3, 2–3）。

しかしながら、続く三章内の「彼［デイヴィッド］は、あの二月末の寒い夜、パリのビストロでシェルドン夫妻と夕食を共にしたときのことを書きはじめていた」（Spilka 295; *GOE*m chapter 3, book 3）という記述によって、この「アンダイエでの会合」に先立ち、実はデイヴィッドだけがシェルドン夫妻と事前に面会をしていたことが示唆される。つまり、おそらくは予てから友人関係にあったバーバラの手引きで、[15] デイヴィッドがシェルドン夫妻両人と「二月末の寒いパリ」で会っていたという事実を読者は読み取らなければならないのだ。この点を、シェルドン夫妻が同じく二月末に長髪型相似行為をはじめて成就させたという先述の布石と併せて考えると、夫妻が長髪型相似願望をはじめて成就したその同時期（おそらくは同日）にデイヴィッドは二人と会っていたのであり、まさにこの「二月末」より、デイヴィッドは彼ら夫妻を題材にした小説を書きはじめるのである。より厳密にいえば「夫妻」と面会したからではない。蓄えていた他の作品テーマを差し置いてシェルドン夫妻を題材にする意義をデイヴィッドは次のように問い直している。

もちろん、書くべきテーマはあれ［シェルドン夫妻］以外にもある。それなら、あれの何が重要なのだろうか。彼［ニック］は画家だ、まったくいい画家[16]（"a damned good painter"）だが、それのどこが何と違うんだろうか。（Spilka 295; *GOE* m chapter 3, book 3）

デイヴィッドがその脳裏に浮かべるのは、長髪の画家ニックである。つまり、デイヴィッドは以前から友人関係にあった妻のバーバラではなく、むしろ、その妻の相似願望に応えようと髪を伸ばした長髪の画家ニックとの二月末という寒い日のパリでの出逢いによって、創作意欲を刺激されたということになる。

長髪の画家ニックとの出逢いが創作意欲を駆り立てたとすれば、第一部一章でニックに出逢う前のデイヴィッドが、「彼は仕事をしていなかった［……］また書けるようになればよいのだが」（*GOE* 14）のように、創作から遠ざかっていた点は重要である。このデイヴィッドの一時的な「断筆期間」は、長髪ニックとの出逢いを経た第三部三章の次の記述と呼応している。

こんなにスラスラ書けるのは、これまで無理やり書こうとしてこなかったためか、今はこれ［シェルドン夫妻をテーマにした物語］に対して新鮮な気持ちで取り組めるせいだと彼［デイヴィッド］は思った。もしこれが書くに値しないものだとしても、五本指を動かす練習くらいにはなるだろう。

(Spilka 295; *GOE* m chapter 3, book 3)

キャサリンと結婚した四月か五月から翌年の二月末までのおよそ一〇か月間、執筆を中断していたデイヴィッドが、[17] シェルドン夫妻をテーマにした物語の創作を快調に進めていることがわかる。作家デイヴィッドの執筆に関わるこれら第三部三章の記述は結果的にジェンクスによって完全に削除されてしまうのだが、[18] 実はこのシェルドン夫妻の物語の執筆を皮切りに、それまで念頭にありながら書けずにいた、一般に「アフリカ物語」（"An African Story"）と呼ばれている小編や、その他のさまざまなテーマをデイヴィッドは次々に小説化していくことになるのである（*GOE* 93, 107–108, 159–60, 197–205）。

前節でわれわれは、長髪の日本人画家との出逢いがヘミングウェイの作家転身に果たした役割を見てきた。パリに移り住んで間もない寒い二月、はじめて訪れたパウンドのアトリエで長髪の日本人画家たちと出逢い、その後、彼らの長髪を模倣することでジャーナリストのコミュニティーから身体的に自らを遠ざけ、執筆に専念できる環境を整備することで、若きヘミングウェイが作家としてのアイデンティティを次第に確立していった。そして、この一連の伝記的事実を再現したかのように、「オリジナル・エデンの園」においてキャサリンとの結婚以降長らく執筆を中断していたデイヴィッドは、同じく寒い二月の末のパリにおける長髪の画家ニックとの出逢いによって執筆活動を再開し、その結果、作家としてのアイデンティティを回復していく。自伝と物語とに共通する「二月のパリでの長髪の画家との出逢いによる作家のアイデンティティ回復」とでもいうべきテーマのこうした符合を偶然で済ますことはできない。つまり、リッツ原稿発見後、『移動祝祭日』と『エデンの園』の原稿を同時に手掛けていたヘミングウェイは、妻の相似願望に応えようと長髪を試みた若き自分自身をニック・シェルドンに単純に投影しただけではなく、[19]自分の作家人生を後押しした日本人画家たちの役割をもニックに担わせ、長髪の画家として主人公デイヴィッドの作家復帰に関与させたに違いない。ジェンクス編集の『エデンの園』における第一部冒頭の書けないデイヴィッドが、第二部四章から突如として書いているデイヴィッドに変わっている（*GOE* 14, 37）不自然さの原因は、「オリジナル・エデンの園」の第二部から第三部にかけて存在していた「二月のパリでの長髪の画家ニックとの出逢い」を跡形もなく取り除いてしまった結果であった。

『修復版』の出版によって新たに公開された若きヘミングウェイ夫妻と日本人画家たちとの関係は、ヘミングウェイ研究の人種・エスニシティの議論に一石を投じるものである。日本への憧憬を抱いていた若きヘミングウェイによる日本人画家との出逢いと彼らの長髪に対する模倣は、長髪型相似願望を誘発する以前にセーヌ右岸の記者仲間から自然に離別する手段を提供し、間接的にとはいえ、ヘミングウェイが作家として踏み出す後押しをした。

そして、作家人生の岐路における長髪の日本人画家たち異人種とのこうした出逢いを物語に読み込んだとき、読者ははじめて「オリジナル・エデンの園」のニックが長髪姿の画家として登場する理由、およびそうしたニックに作家デイヴィッドが出逢うというプロットに込めた作家の意図を理解することができる。モデルモグは「ヘミングウェイのレイシズムを解き明かす証左として批評家が『エデンの園』を使う機会をジェンクスは減じてしまった」（Moddelmog 67）と指摘し、ジェンクスの編集を人種差別主義的研究の立場から非難したが、彼の編集の最大の欠点はむしろ、「オリジナル・エデンの園」に存在していたヘミングウェイの二種類の投影、作家デイヴィッドと長髪の画家ニックを出逢わせなかったことである。なぜなら、日本人とアフリカ人という二種類の異人種との経験をおそらくは意図的に織り交ぜてヘミングウェイが創り上げた、[20] 主人公デイヴィッドの作家アイデンティティに関わるきわめて重要なプロットを完全に破壊してしまったのだから。

第一次世界大戦後の「ロストネス」から芽吹いたモダニズム芸術。倒錯行為や異人種の模倣、事象のモザイク的組み立て、小集団における人間関係へのフォーカス、場所と時間の重層化など、晩年の作品にもかかわらず「オリジナル・エデンの園」にはこうしたモダニズム前衛芸術の特徴的手法が挑戦的なまでに取り入れられている。未完に終わったのは残念であるが、幼少期より育まれた日本への憧れと若きパリ時代に刻まれた日本人画家たちとの出逢いの記憶がモダニストの血を再び呼び起こし、この晩年の実験的試みへとヘミングウェイを突き動かしたに違いない。そうした意味で日本人は、ヘミングウェイのモダニスト性をその晩年においても担保してくれる「モダニスト作家ヘミングウェイ」というモザイク画に欠かすことのできない重要な断片のひとつだったのである。

【註】

（1）本章では、ジェンクス編纂によって作品化された『エデンの園』と区別し、編纂前の全原稿で構成されている資料群に対して「オリジナル・エデンの園」という用語を使用する。また、米国のヘミングウェイ財団による著作権の問題に鑑み、オリジナル原稿の引用はすべて既刊本であるマーク・スピルカの *Hemingway's Quarrel with Androgyny* 内部からの限られた引用に依拠せざるを得なかったことを断っておく。引用の際、オリジナル原稿部の引用には *GOEm* という記号を併記し、可能な限り「部、章、頁」などの情報を明記した。例えば、（Spilka 295, 297; *GOEm* chapter 1, book 3, 2–3）は、スピルカの著書の二九五頁と二九七頁からの引用であり、オリジナル原稿の第三部三章二頁から三頁にかけての記述であることを意味している。

（2）フェアバンクス香織によれば、この「短髪型相似願望」と同種の性倒錯は『海流の中の島々』のオリジナル原稿においてトマス・ハドソンと最初の妻との間にも認められるが、編集段階で削除されたとされる。（フェアバンクス、「海流」三三五）

（3）例えば、キャサリンの執拗なまでの短髪と日焼けへのこだわりは、「オリジナル・エデンの園」に存在していた「アフリカ人婚約者」（"African fiancée"）の存在が関与しており、「マリータとキャサリンはともにこのアフリカ人の少女の代役を務めようと努力するのであり、キャサリンの嫉妬はデイヴィッドの心にその少女が最初に刻まれたが故である」（Eby 165）という。このアフリカの婚約者は、二度目のアフリカ滞在時に実際ヘミングウェイの婚約者になったというワカンバ族の少女デッバをモデルにしているという（Eby 190）。また、ハーベイ・ブライトへの手紙のなかの「婚約者の意向で髪を短く剃りました」（*SL* 827）という言葉にも表れている、ワカンバ族に対するヘミングウェイの心酔ぶりに妻メアリーが苦言を呈したという伝記的事実があり（Strong 1）、ヘミングウェイにとってのメアリーとアフリカ人婚約者との三角関係がボーン夫妻の人物設定に生かされたことも広く知られている（Moddelmog 116–17）。

（4）『修復版』では「エズラ・パウンドと尺取虫」（"Ezra Pound and the Measuring Worm"）と題する章に収められている（*MF-RE* 87–90）。

（５）ショーンはまた『移動祝祭日』のタイトルページに添えられたヘミングウェイ自身による序論もメアリーによる捏造だと断じている（*MF-RE* 3）。

（６）メアリー自身も同様の倒錯的な行為を晩年ヘミングウェイと行っていたという伝記的事実は（Moddelmog 82–83）、夫ヘミングウェイとの性的秘匿が実は他の妻とも共有されていたと知ったメアリーの、前妻ハドリーに対する嫉妬心をわれわれに想起させ、メアリーが編集にきわめて個人的な手心を加えた可能性を示唆する。

（７）ジェロルド・セイゲルは「ボヘミアンとは、おかしな服装、長髪、利那的生活、不特定な居住、性の自由、過激な政治熱、飲酒、薬物摂取、不定期労働、中毒的ナイトライフなど、これらすべてだった」（Seigel 12）と述べ、長髪をボヘミアン文化表象の一例に挙げている。

（８）長男ジョン出産のためにカナダに一時帰国し、その五か月後の一九二四年一月三〇日、再びパリに舞い戻ったヘミングウェイ夫妻は更なる貧困に見舞われる。『移動祝祭日』にも含まれている「空腹は良き修行だった」（"Hunger Was Good Discipline"）という章題からもうかがえるように、今や安定した収入の無いヘミングウェイは空腹でいることが多く、シェイクスピア書店の店主シルヴィア・ビーチの厚意に助けられるのもこのころである（*MF* 70–72, *MF-RE* 66–68）。

（９）一九二二年一月に撮影。これ以上に髪を伸ばしたヘミングウェイのパリ時代の写真は今のところ見当たらない。

（10）オールバックにした頭髪が耳の上にせり出していることから、前髪を下ろせばヘミングウェイの描写した長髪のイメージと重ねることも可能であるように思われる。ヘミングウェイと久米の伝記的接点の詳細については今村楯夫を参照。

（11）同時代の若き芸術家たちを描いた『日はまた昇る』のなかで、主人公の作家ジェイク・バーンズが同じく作家で友人のロバート・コーンに対して「どういうわけか、あいつ［コーン］をいじめたい衝動に駆られるのであった」（"Why I felt that impulse to devil him I don't know"）（*SAR* 105）と独白するが、当時のヘミングウェイが抱いていた芸術家の理想像と長髪の関係を踏まえると、この言い知れぬ敵意の背後には、同じ作家でありながら頻繁に床屋に出かけ（*SAR* 102–105, 154）、執拗に外見を取り繕うコーンに対するジェイクの無意識的軽蔑を読みとることができる。

（12）ジェラルド・ケネディによれば、「オリジナル・エデンの園」には、このブロンズ像が『地獄の門』の「オウィディウスの変身物語」であることが示唆されているという（Kennedy 168）。

（13）ローズマリー・バーウェルは、ボーン夫妻がロダンのブロンズ像を見た時期について三か月前と述べているが（Burwell 102）、これは小説冒頭の“They had been married three weeks and had come down on the train from Paris”（*GOE* 13 下線引用者）の「三週間」を「三か月」と誤解した結果であると思われる。

（14）中世イタリアの傭兵の総称。この他イタリア人画家アントネロ・ダ・メッシーナの「コンドッティエーレの肖像」（一四七五）やフランス人画家ジーン・デシレ・リンゲルの「コンドッティエーレ」（一八九一）にも長髪の特徴が確認できる。

（15）「彼［デイヴィッド］は、バーバラが共犯者でも見るかのように自分に向けて微笑んだようすを書いた」（Spilka 295; *GOE*m chapter 3, book 3）という記述から、キャサリンは相似願望がはじめて成就されたその当日、おそらく意図的にデイヴィッドとの面会を企てたものと思われる。

（16）引用内の“damned”は「まったくいい画家」（“a damned good painter”）と、副詞と捉えるのが一般的だが、カール・P・イービーは「オリジナル・エデンの園」に散見される単語“wicked”を理由に、二組の夫婦に共通するキリスト教的罪の意識を指摘している。イービーは『エデンの園』で展開される夫婦間の倒錯行為に対し、精神医学的用語である「性嗜好異常」“paraphilia”ではなく、「（性）倒錯」“perversion”というより汎用的な用語を使用しているが、その理由として、①ヘミングウェイ自身の頻繁な使用、および②「キリスト教的罪の意識」（“sense of sin”）の含意を挙げている（Eby 9–10）。また、先述のヘミングウェイの回想に見られる“damned”の「～という天罰に値する」という意味での使用に留意すると、このときデイヴィッドがニックに対して用いた“damned”にも「罰当たりな」という含みを読みとることができる。だとすれば、キャサリンとの間で同種のキリスト教的罪を犯しているデイヴィッド自身のニックに対する「背徳者同士の共感」を、創作意欲が刺激された要因とみなすことも可能である。

（17）「結婚して以来、作品を最後まで書き上げたのはこれがはじめてだった」（“This was the first writing he had finished since they were married”）（*GOE* 108）という記述からデイヴィッドの創作休止にキャサリンとの結婚が関与していることが示唆されている。

（18）スピルカの記述から判断して、この引用部を含めた第三部三章は、シェルドン家を描いた第二部とともに削除されたと推察される（Spilka 287-88, 295）。

（19）「オリジナル・エデンの園」で二組の夫婦が出合う場面で、長髪の画家ニックを含めた三人に「帽子を持っていないのか」とのデイヴィッドの質問にキャサリンが「ニックがひとつ持っていたけど、高貴だから被ろうとしなかったのよ」（“Nick had one but he was noble and wouldn't wear it”）（*GOEm* chapter 3, book 3）と述べている点も、長髪の久米らを「貴族たち」（“noblemen”）（*MF* 107; *MF-RE* 87）と記述したヘミングウェイが彼らをモデルにした証左といってよい。

（20）これに関し、キューバのヘミングウェイ博物館所蔵のアルフレッド・L・クローバーの『文化人類学』（*Anthropology*, 1923）（Item: 6-0892）への書き込みはきわめて興味深い。著作権に配慮し、本書での図版の公表は控えるが、そのなかには「人種混交」（“race crossing”）や各人種の身体的特徴も結局は個体差によって曖昧化されてしまうという「部分的一致」（“overlapping”）（36）、および「人間の髪は、黒人に見られるウール系、モンゴリアンの直毛系、そして白人種のウェーブ系、すなわち両者の中間に分類される」（“Hair is distinguished as woolly in the Negro, straight in the Mongolian, and wavy or intermediate in the Caucasian”）（39）という記述に下線が施されている。ヘミングウェイ自身の手によるものかは不明であるが、「オリジナル・エデンの園」のテーマとの関連性を示唆していて興味深い。

おわりに

ヘミングウェイが愛読していたイギリスの小説家ラドヤード・キプリング[1]は、ヘミングウェイが生まれる一〇年前の一八八九年に来日している。当時二四歳で無名の新聞記者だったキプリングは、大日本帝国憲法が発布されたばかりで近代化の途上にあった日本のようすを、パリ時代の若きヘミングウェイのごとき旺盛な好奇心と、鋭い洞察力で記録している。その記述のなかで、ある寺院を訪れた際に案内役の若い日本人僧侶の態度に嫌悪感を抱いたエピソードを綴っている。キプリングがその僧侶に自身の信仰について尋ねたところ、その僧侶はいつでも卑下したようにニタニタ笑ったのだそうだ。「自らの信じるところを恥じる男を憎む」キプリングに「自身の信仰を説明するとき、笑うべきではないでしょう」と言われた僧侶は、それでも笑っていたという。[2] おそらく、このときキプリングを不快にした「笑い」とは、見知らぬ外国人から突然質問されれば、今日のわれわれでさえ半ば反射的にしてしまう、卑下や羞恥心とは若干異なる「照れ笑い」の類かと思われ、信仰を笑いながら表現することを歓迎しない外国人と出逢ってしまったこの若僧侶への同情を掻き立てられるのである。

当時のキプリングのように、「信仰」は文化的他者を理解しようとする際にしばしば観察の対象となり、その「信仰観」に魅了されることも少なくない。実際、ヘミングウェイにもそういう面は見受けられる。例えば、ハバナの邸宅に残されている膨大な蔵書のなかにはインドの神智学者バグワン・ダスの『宗教の本質的統合』（*The Essential Unity of All Religions*, 1939）やイギリスの社会人類学者ジェームズ・フレイザーの『金枝篇』（*The Golden Bough: A Study in Magic and Religion*, 1947）など、宗教や神話、呪術に関する書籍が確認できるし（Brasch 120, 151）、短編「キリマンジャロの雪」（"The Snows of Kilimanjaro," 1936）冒頭のスケッチで語られる凍った豹のエピソードはアフリカのカンバ族の動物信仰からヘミングウェイが取り入れたとも言われている（Kitunda 134）。また、ハバナの邸宅の玄関脇にはキューバ原産のカポックの巨木が今も植えられているが、当時リビングの床を押し上げていたその木の根を留守中に妻メアリーが切らせたことを知ったヘミングウェイが激昂したのも（Villarreal 102–107）、その木がキューバの宗教サンテリアの御神木だったからかもしれない。

しかしながら、本書で中心的に扱ってきた日本および中国に関していえば、ヘミングウェイの関心を引いたのは「信仰観」といった特定の文化表象というよりは、近代化途上の国とその国の人びとが帯びる「躍動性」のようなものだったと思われる。例えば、生涯訪日することのなかったヘミングウェイとその長髪で彼を魅了した日本人画家たちとの運命的な出逢いは、日本の若き芸術家が当時のパリに目を向けるほどの文化的成熟と、それを可能にする日本全体の経済力がなければ実現していなかったであろう。同様の躍動性は『持つと持たぬと』に描かれているアメリカを目指す中国人移民たちの流れにも見出すことができる。彼らの密入国に絡んで私腹を肥やす英国式中国人の存在もまた豊かさを求めて活発に移動する中国人という人種のダイナミズムを読みとることができる。

一方、国際的プレゼンスを確立しようという国家としての躍動性は、二〇世紀初頭よりはじまる一連の戦争へと日本を駆り立てていく。幼きヘミングウェイの関心を引いた日露戦争の勝利は、世界からの賞賛ばかりか、列強の警戒感をも引き出してしまう。第一次世界大戦を背景にした『武器よさらば』で描かれる、同盟・密約による共闘戦争への仲間入りが許された日本もまた、この近代化の「躍動性」を表象しているといってよい。その後の日中戦争で訪中したヘミングウェイは、「国際友人」として迎えられ、香港や内陸の戦地を目の当たりにし、国共対立など国家形成の動乱期にあった中国人民の熱気を直に感じた。この日中戦争および太平洋戦争にかけてヘミングウェイは日本、中国およびアジアに関する書籍を増やしている。そうした書籍を通して日本の戦争言説が内包していた武士道の「決闘美」や「精神優位主義」など、日本の近代化を支えていた文化的原動力を知ることになる。ハバナのヘミングウェイ博物館には、おそらくこの時期にヘミングウェイが入手したと思われる一風変わった短剣が残されている。長年ヘミングウェイに仕えたレネ・ビジャレアルによれば、子安貝の装飾が施されたその短剣をヘミングウェイは「日本製の短剣」（"Japanese dagger"）と信じて所持していたという[3]（Villarreal 18）（図8―1、中央）。

やがて、近代を駆け抜けてきた日本の躍動も原子爆弾の投下によって停止すると、近代化の末に悲劇的結末を迎えた日本を示唆するかのような描写をヘミングウェイは『河を渡って』に忍ばせている。

> 日本の老提督の口ひげよりも長い触角をした素早いエビが、今ここでわれわれのためにその身を捧げているではないか、と「キャントウェル」大佐は思った。おお、キリスト教的精神を持つエビよ、

図 8-1　（中央）子安貝のナイフ（ヘミングウェイ博物館所蔵、ハバナ）

彼は思った。退却の名手であり、その二本の長い鞭のなかに優れた諜報機関を備えていながら、なぜおまえは、網や燈火が危険だとわからなかったのか。

何らかの落ち度があったに違いない、と彼は思った。(*ARIT* 179)

ヴェニスの市場でエビを見かけたキャントウェルは、その死すべき運命にあるエビの「ひげ」を日本の提督のひげに擬える。キャントウェルのエビに対するこの憐憫には、国家の近代化を一心不乱に推し進めたあまり、舵取りを誤った日本に対するヘミングウェイの同情が込められていると思えてならない。

敗戦と米統治時代を経て独立を回復した日本は、国民の間にかつての躍動感と「精神への信頼」を再び取り戻すべく、映画『老人と海』を教育に取り入れ、同じころキューバのヘミングウェイは友人たちに猟銃による「ハラキリ」を繰り返し演じていた。また、戦後に台湾に移り住んだ中国国民党の董顕光は、外交官として滞在していたワシントンDCから献辞を添えた複数の自著をキューバのヘミングウェイに送っている。

ヘミングウェイの生涯は日本と中国の躍動感あふれる近代化プロセスのクライマックスと重なっていた。正負両面の遺産を併せもつ日中両国のこうした近代化のエネルギーが実にさまざまな創作上のインスピレーションをヘミングウェイにもたらしていたのであり、それはキプリングと同じ世代に生きていては決して得られなかったことだろう。そうして生まれた彼の文学作品の神髄は、戦後教育を経て今日の日本でも盛んに読み継がれ、あるいは、日本の実社会に今まさに変革をもたらしているジェンダーの問題にも通底している。つまり、今を生きているわれわれ日本人もまた、この作家と同じ価値観を分かち持つパパ・ヘミングウェイの精神的末裔なのだ。

【註】

（1）ヘミングウェイとキプリングの接点については辻裕美が詳細に論じている。

（2）リチー一二〇頁。

（3）二〇一四年、キューバのヘミングウェイ博物館にて撮影。筆者が息子のラウールを通してレネ・ビジャレアルに著書で言及している「日本製の短剣」（"Japanese dagger"）（Villarreal 18）について問い合わせたところ、ヘミングウェイはこの子安貝の短剣を日本製だと語っていたという。しかしながら、筆者の調べでは同種の短剣が日本で生産されていた証左は今のところ確認できない。

付録

1. 『戦う男たち』序論(1)完訳（傍線部は一九五五年版で削除された箇所）

本書はどう死ぬべきかについて書かれたものではない。一部の戦争を歓迎する人びとはいつだってパンフレットを刷っては、この些末にして不可避な最期の仕事を締めくくる最良の方法だと紹介することができる。『ＰＭ』(2)紙だって写真付き日曜特集号を組んでこの種の刊行をすでに行っているかもしれない。おそらく一九四一年一一月に読んだ「日本を六〇日でぶちのめせ」という記事の姉妹編として。

だが本書は違う。命の使い方については書いていない。本書が扱っているのは、われわれの知る大昔から人びとがいかにして戦い、かつ死んできたかである。したがってこれを読めば、これまで人間が経験してきたこと以上にひどいことはないということがわかるだろう。

「ルイ九世の聖戦」の記述を読めば、彼らが耐え忍んだほどの辛酸をなめる遠征軍は今後もいないだろうということがわかるだろう。われわれならかつてシロの戦い(3)でやったように留まって戦うだけで済む。それ以上を望む必要はない。これ以上の善戦はないだろうから。一九一六年と一七年の西部戦線で砲撃兵が経験した以上のひどい経験にわれわれが空から襲われることはないだろう。また、一〇〇〇年の逆淘汰で残った頭脳によって養成された最悪の将軍たちをもってしても、パシェンデールやガリポリの戦い(4)ほどひどい混沌を作り出すことはできないだろう。

この選集の編者は、戦争を終わらせるための先の大戦に従軍して負傷した経験もあり、戦争を憎み、また、お粗末な舵取り、騙されやすさ、金銭欲、利己主義、野心によってこの戦争を不可避にしたすべての政治家たちを憎む者である。しかしながら、戦争をするからには、やるべきことはひとつしかない。それは勝つことである。なぜなら敗北は、戦争で起こりうるいかなることにも増して害悪をもたらすからである。

たとえこの戦争が、戦争を回避するために戦った、あるいは戦うつもりであった国々だけが被った民主主義の裏切りのなかで徐々にはじまったものであろうと、やるべきことはひとつしかない。勝つことだ。われわれはとにかく勝たなければならない、しかもできるだけ早く。われわれは勝たなければならない、しかもその目的を決して見失うことなく。すなわち、ファシズムと戦っている間に、われわれ自身がファシズム的思考や理想に陥ってはならないのだ。

　時間通りに運行する列車をイタリアで走らせたムッソリーニをアメリカ人が称賛しているのを長年耳にしてきた。われわれがファシズム化せずに定刻で走る列車をアメリカで走らせていることなど彼らは考えもしないのだろう。

　先の大戦の教訓を生かしたのがドイツだ。この国の軍指導者たちは、ルーデンドルフ[5]が一九一八年三月にイギリス第五軍を突破するまでの四年間におよぶ連合国軍との泥沼状態を引き起こしたあの戦争の概念全体を切り捨てた。今や彼らはこの戦争で定刻に列車を走らせている。それらは新型の列車であり、先の戦争から学んだ新ドイツ軍の勤勉かつ冷静な専門性と明敏さによって運行され、スペイン、ポーランドがその証明の場となってきた。

　しかしながら、彼らが学び、証明してきたことすべてはわれわれにとっても学びになっている。先の戦争で勝利したという幻想に浸って学びを拒否したフランス軍たちとわれわれとでは姿勢が違う。実際彼らは一九一七年の春には事実上敗北していて、巻き返しが不可能な状態であった。ダム通りの攻撃失敗のあとにフランス軍内部で起こった一九一七年の初春の暴動についての真実については今も言及が避けられている。

　スペインで私はフランス軍観戦武官らと多くの時間をともにしたが、ドイツ軍たちは兵器、戦闘機、戦術をいろいろ試していた。あの戦争［スペイン内戦］ではフランス、イタリア、ロシア、ドイツそれぞれの軍が戦車を投入したが、そのすべてが四五ミリ以上の砲弾による対戦車用防御の前には無力であることが明らかとなった。イタリア軍の最軽量の戦車やフランス軍ルノー社の無力な旧型軽戦車を除けば、これまでの戦車なら三七ミリ口径の対戦車砲に対応できていた。日に日に迫るドイツとの戦争で三七ミリ対戦車砲弾に頼るのは、〇・四一〇インチの猟銃装弾[6]でガチョウを撃つのと同じくらいの愚行であることは明白だった。それなのに、このフランス観戦武官たちの報告書はそのことを完全に見過ごしていたので、いざ戦争となってみるとフランス軍の三七ミリ砲弾はドイツ軍の大型、中型戦車の前では童の豆鉄砲のごとく無力であった。

　スペインでドイツ軍は自分たちの戦車の欠陥を突き止めていたので、ダラディエとチェンバレン[7]がチェコスロバキアをドイツに明け渡した際には、当時世界最高の戦車を製造していたスコーダ・オート社[8]のノウハウもあり、ドイツは瞬く間に車両の欠陥を改良し、チェコ製戦車の大量生産に踏み切ったのだ。

　戦争をする上でドイツに足りなかったもの、喫緊に要するものはすべてダラディエとチェンバレンが与えてしまったのだ。彼らが「われらの時代の平和[9]（"Peace in Our Time"）」と引き換えに、チェコ人の資源を生み出すあの素晴らしい軍備をドイツに贈ってしまったあのときに。

対戦車砲に関する最近の教訓は、イギリスがリビアでそろそろ学んだはずだ。(10)イギリスがその教訓を無視することにしようがしまいが、われわれは確かにそれを学んだはずだ。われわれはそろそろ学んだはずだ。急降下爆撃機と戦車が戦闘チームとして連携すること、また対戦車砲のスピード、昇段能力、飛行機迫撃の火力が常に向上しているように、その設計や口径も変化するということを。対戦車砲というものは、対峙する車両の装甲、火力、速さの向上に合わせて、口径を拡大したり機動力を上げたりして製造されなければならないのだ。

これこそがわれわれがドイツから学んだきわめて単純な教訓のひとつだ。心を開いていれば、ファシストにならずに彼らの教訓すべてを学ぶことができる。必要なのは良識だけだ。この良識はしばしば指揮官の才能には目立って欠如している気質だが、われらが南北戦争では偉大な良識の達人たちが生まれた。われわれはファシストにならずしてドイツ軍を打ち破ることができる。われわれは全体主義にならずして総力戦で戦うことができる。そのためには、軍事上、政治上、海軍上のさまざまな失敗を隠すためにその失敗を頑なに繰り返していてはだめだ。勝者から学び、敗者の戦法を繰り返さないことだ。そのせいで長年負け続けている国もあるのだから。(11)

ドイツ軍の成功は、彼らが超人だからではない。彼らは単に戦争実務に長けた職業人たちであり、軍事上の思考を澱ませることなく、古い理論や陳腐な思考を改め、兵器や戦術の実戦利用をこれまで到達したことのないほどの常識の高みへと押し上げたのだ。ここからはわれわれがそれを引き継ぐ番だ。前大戦の陳腐な思考を指揮系統から取り除けばよいのだ。だからわれわれはこの敵に対し、われわれのために範を示してくれたことを感謝してもいいくらいなのだ。

本書がこの度の戦争の勝利に貢献できることは、古くから伝わる確かな情報を供給することである。

若いころに戦争に行くと、自分だけは死なないという大いなる幻想を抱くものだ。他の人は死んでも自分は違うと。死は他人には起こるかもしれないけれど、自分には起こらないと。そんなときにはじめてひどく負傷すると、その幻想は失われ、死は自分にも起こりうるということを知るのである。一九歳の誕生日を二週間後に控えていたときに重傷を負った私はしばらく気分が悪かったのだが、やがて、これまで誰にも起こらなかったことが自分に起こるわけではないのだと思い至った。私が成すべきだったことはみんなこれまで成されてきたことだ。先人がやったのなら私にもできるはずだから、死については悩まないのが得策だった。

一九歳の私はとても無知で読書もほとんどしていなかったので、病院で出逢った若いイギリス人将校(12)が私にはじめて手紙を送ってくれたときの突然の喜びと御守を得たような感覚を今も覚えている。その手紙には私が思い出せるようにと次の文が書かれていた。

誓って言うが、私はかまわない。人間死ぬのは一度きり。それが神様の思し召し。死ぬも生きるもそれが定め……今年死んでしまえば、来年死なずに済むというものだ。[13]

おそらく、これこそが本書に書かれている最高のものであり、他に何がなくともこれだけあれば人は申し分なくやっていける。しかしながら、本書のために私は、われわれを含むすべての先人たちが何を経験し、彼らにとってそれがいかなるものであったのかをどうにかして示したかった。ほんの一〇〇〇頁の本に可能な程度だが、本書にはわれわれ以前のあらゆる人びとにとって死とはどんなものであったのかが書かれている。例えば、あの日、低木生い茂る山腹で投石器を使った羊飼いの少年から、[14]空母レキシントンのデッキでフィッチ提督がシャーマン船長に向かって「なあ、フレッド、そろそろ船員たちを下船させなくては」と言ったその瞬間まで。[15]

これらの資料は年代順に分類されているわけではなく、ある任意の見出しでまとめている。これらの分類は、戦争形而上学においておそらく古今無双の知識人であるカール・フォン・クラウゼヴィッツ将軍が作ったものだ。より多くの分類も可能だったかもしれない。この二倍ぐらいの長さの本がそうであるように。だが、一〇〇〇頁ぐらいの本が編集しやすい。いつか続編を出すかもしれない。この大戦が終わり、連合国同士わだかまりのない形で事の真相が書かれた暁には、私は生き残って香港、バターン、シンガポール、ジャワ、ビルマなどについて読んでみたい。私はこれらすべてがどのように戦争に備えていたかを実際に見たし、[16]苦い思いをした若年将校から幾つか実情も聞いている。だが、本書の出版日までにそれらの理解につながる記述を見つけることはできなかった。

先の大戦では足掛け四年におよぶ戦争期に本当に良質な真実の戦争の本が出なかった。大戦期間中の真実の著作は唯一詩の形で世に出た。その理由のひとつには詩人というものが散文作家ほどすぐ逮捕されないということがある。散文作家が批判的に書くと、よい作家ならとくに、その意図があからさま過ぎて人を不愉快にさせてしまうのだ。先の大戦は、一九一五年、一九一六年、一九一七年にかけて続いたが、それはこの地球上でこれまで引き起こされたなかで、もっとも大規模で、残忍で、処置を誤った不手際の産物だった。不手際だと言わなかった作家はみんな嘘をついていた。つまり作家は、プロパガンダを書くか、沈黙を決め込むか、または戦うかのいずれかであった。戦った作家の多くは死んでしまったので、戦死せずに生き残っていたら、誰が素晴らしい作家になっていたかは知る由もない。

しかしながら、大戦後には良質で本物の本がようやく出はじめた。それらのほとんどは、それまで戦争の本など出版したことがない作家たちによって書かれた。戦前に大成していた作家たちは、そのほとんどが戦時中にプロパガンダ執筆に身売りし、のちに誠実さを取り戻した作家はほとんどいなかった。作家というものは神に仕える僧侶のごとき大いなる高潔さと誠実さが求められるので、彼らの評判は下落の一途をたどった。作家は誠実か誠実でないかのどちらかであり、それは女性が貞淑かそうでないかと同じく、一度でも不誠実なものを書いてしまうと、その作家はもう二度と元に戻ることはできない。

作家の仕事は真実を語ることである。真実に対する作家の忠誠心は高く保たれていなければならず、体験に基づいた創作をするなら、どんな事実も及ばないほどの真実の記述を生み出さなければならない。というのも、事実は不当に観察されることがあるものだが、よい作家が何かを創作する場合には、彼が持つ時間と視野によってそれを完全な真実に変えることができるからである。戦時中ゆえに真実の公表がアメリカに仇をなすというのであれば、書くだけ書いて出版しなければよい。出版しなければ食べていけないというのであれば、別のことを書くことだってできる。だが、もし内心で真実ではないとわかっていることを書いてしまったら、たとえそれがどんなに愛国的動機からであったとしても、その作家はお終いである。ときとして、こうした名声の失墜がその作家の存命中に起きない場合もある。というのも、戦時中同じように身売りした批評家たちが、少なくとも活動している間は、その作家の名声を自分たちの名声ともども下げないように頑張るからである。だが、その作家が死ぬか、あるいは批評家たちの世代が変わってしまえば、すべては崩壊することになる。

本書の収載作品を選ぶ際、先の大戦時に出版された本のなかに使えそうなものは見当たらなかった。使えそうなものとしては、アーサー・ガイ・エンピィ(17)の塹壕襲撃の記述があった。著書『オーバー・ザ・トップ(18)』では、あの美化された昆虫目線(19)で塹壕戦を描いた。だが壮大で読み応えのある兵卒フランク・リチャーズ(20)の作品と並べると、虚勢が色濃い作品の卑しさがあった。例えるなら、グラウンドに飛び出して審判を殴りつけるブルックリン・ドジャースのファンとドジャースの三塁手アーキー・ヴォーンの美しくも厳格なプロフェッショナリズムを比べるようなものである。フランク・リチャーズを読むとよい。彼はこれまで軽視されてきた傑作『老兵サーヒブ(21)』の著者でもあり、そこには一兵卒として兵役に服した職業軍人による最高の記述がある。

われわれの講義室の片隅に未だにくすぶり、書斎の棚を甘く覆っている兵卒ピート(22)の臭いを一掃するために、本書は『我ら運命の女神の二等兵(23)』の一部を収載している。もともと『運命のさなか、もしくはわれわれ兵卒』[24]という無修正版としてイギリスで出版されていたものだ。これは私がこれまで読んだなかで、戦う男たちについて書かれた最良にしてもっとも高貴な本である。私は年に一度はこの本を通読して戦地の実情を忘れないようにしている。そうすることで自分にも他人にも戦争のことで嘘をつかないようにしているのだ。

自分が参加した戦争からどんどん遠ざかるにつれ、人はおしなべて当時の実情を都合よく歪めてしまう傾向がある。だから私は、自分がひどく負傷した月である七月になると毎年『運命のさなか、もしくはわれわれ兵卒』を読み、すべてを再び思い出すことにしている。すると、昨日やそれ以前のことのようにどころか、今朝、日の出前まで戦地にいて、カラカラになった口で日の出を待っているかのように思い出されるのだ。

先の大戦時に出版された唯一のよい本はアンリ・バルビュスの『砲火』[25]である。高校や大学への通学の歩みを戦争に向けたばかりの少年であったわれわれにとって彼は、一九一五年から一九一七年における連合軍の行状に顕著な、途方もない数の無用の殺戮と基本的知性すら欠如した指揮能力に対して、詩以外の形式でも抗議できることを教えてくれた最初の作家である。彼の本は抗議と姿勢そのものであった。その姿勢は戦争を憎む姿勢であった。しかし、何らかの永続的で象徴的なものを求めて読み返してみると、物足りなかった。

そのもっとも偉大な点はまだ戦時下でそれを書いた勇気にあった。しかしその後、より優れ、より真実を書く作家が現れた。彼らは絶叫がなくとも真実を伝えられるようになっていた。絶叫、それは当時なら注目を集めるために必要だったかもしれないが、後年には読むに堪えなくなる。

ジョン・ドス・パソスの『三人の兵卒』[26]から一部を収載しようとも考えた。バルビュスの影響で書かれたこの本は、アメリカ人が大戦について書いた最初の試みであった。しかしながら、バルビュスと同様、先駆けというその最たる利点にもかかわらず、再読してみると物足りなかった。読んでみるとその意味がわかるであろう。会話は嘘っぽいし、実戦のようすはまったく説得力がない。そういう本はあるものだ。出版当時は素晴らしい新作の芝居のように面白かったものが、後年に読み返してみると、貯蔵庫でたまたま目にした同じ芝居の舞台背景のように死んでしまっている本である。

こんな風にある作品が古臭くなり、劣化していく理由を知るのはむずかしい。おそらくは何よりも、聞き間違いをしているせいで、スラングを不適切に使っているせいであろう。言葉には永続的だが普通は出版に堪えない語彙というものがある。それらは数百年の淘汰のなか、人びとが実際に使ってきたものである。しかし、そうした言葉をスラングで代用すると、少なくとも三年ごとに死語と化すスラングの定めによって、その作品も同じ速さで死を迎える欠陥を背負いこむことになる。「トウェンティ＝スリー・スキードゥー」[27]（Twenty-Three Skidoo）や「イシュ・カ・ビブル」[28]（Ish ka bibble）などを作品に取り入れているアメリカ文学の一派がそれである。内容の劣化と戦闘場面の不明確さがドス・パソスの本を今日では読むに堪えないものにしているのだ。とはいえ彼の作品も、偉業とまではいかないルイス・クラーク探検隊の太平洋北西部遠征と同程度にはアメリカ文学上の先駆的価値はあった[29]。

我が国の南北戦争に関しては、すでに忘れ去られてしまったJ・W・ド・フォレストの『ミス・ラベネルの脱退から忠誠への転換』[30]以外には本物の文学はなかったが、その後スティーブン・クレインが『赤い武功章』[31]を書いた。本書はこの作品を完全版で収載している。クレインがこれを書いたとき彼はまだ戦争を直に見たことがなかった。だがクレインは南北戦争に関する同時代の記述を読んでいたし、まだそこまで老いちゃいなかった老兵たちが話すのを耳にしていたし、とりわけマシュー・ブレイディ[32]の素晴らしい写真を見ていた。こうした素材から自身の物語を創作しながら、クレインは戦争に対して少年が抱くあの名高い夢想を書いたのだが、それは戦争について書いたクレイン自身が実際に目にしたどんな戦争よりもよっぽど真に迫っていた。これはわれわれの文学におけるもっとも素晴らしい本のひとつであり、一部を取っても一編の偉大な詩と同等の価値があるので丸ごと掲載した。

ある作品の一部分の完成度を知りたければ、その部分を切り出して選集に加えてみるとよい。私はその部分の良し悪しのことをいっているのではない。戦争文学でトルストイに勝るものはないが、彼の作品は壮大で圧倒的であるがゆえに、そこから戦闘の場面のどこを切り出しても、その真実と活力は損なわれることはなく、また切り出した罪悪感に悩む必要もない。実際、『戦争と平和』は削除によって大幅に修正された。しかも出来事の部分を削除したのではなく、考えた結論に寄せようとトルストイ自身が真実を歪めて書いたいくつかの個所を削除したのだ。とはいえ、クレインの作品は一部を切り出すということはできなかった。クレインは詩の創作と同等の削除を自身で施したと私は確信している。

トルストイは、良識ある兵卒がほとんどの指揮官に抱く軽蔑の念を長編に発展させ、真の不条理を描いた。彼が思うようにほとんどの指揮官はひどいものだが、トルストイは世界中で真に偉大とされる将軍のひとりを扱っている。神秘主義的愛国心に刺激されたトルストイがこのとき描こうとしたのは、この将軍、すなわちナポレオンは、一連の戦闘の指揮には実は介入しておらず、自身の支配がまったく及ばない慈悲の力に翻弄された傀儡に過ぎなかったということだ。しかしながら、ロシア軍について書いているときのトルストイは、最高の手腕と真実味でもって軍事作戦の遂行過程を描いた。戦う人間を描いたこの偉大な本の唯一の欠点はナポレオンに対する彼の憎悪と軽蔑だけである。

昨年『戦争と平和の』の改訂版を手掛ける出版社から序論の執筆を依頼され、ヒトラーのロシア侵攻とナポレオンの場合との類似性を書いてほしいと求められた。この二つの出来事がちょうど似通っているという前提に私は多くの矛盾を見出していたし、この前提から導き出される結論にも承服しかねていた。私は『戦争と平和』が好きである。でもそれは、あの素晴らしく、洞察が効いた、戦争と人に関する本当の記述ゆえであって、この名高い伯爵の思想を信奉したことなどない。どこかの権威者がこっそりとトルストイからあの重苦しい最悪の思想を取り除き、純粋に真実を書くことに専念させていればと思う。そうすれば彼は、これまでの誰よりも優れた洞察力で誰よりも多くの作品を世に出していただろう。しかし、彼の退屈で救世主的な思想は伝導に熱心な歴史の教授と何ら変わりがなく、彼から学んだことといえば、大文字のTではじまる自身の「思想」[33]（"Thinking"）を疑い、書くときはできる限り真実に沿って、直截に、客観的に、そして謙虚に努めるということである。

本書に収載されているバグラチオンの後衛戦[34]の記述は、私の知る限りこうした戦闘について書かれたもっとも素晴らしくわかりやすい物語である。完璧な理解に足るほどの小さい規模で物事を描くことで、これまで誰も成しえなかったくらいに戦闘の何たるかを教えてくれる。

ボロジノの戦いの記述[35]も素晴らしいが、私はこちらの方が好きだ。またトルストイからは、若きペーチャの初陣と戦死に関する素晴らしい記述も収載したが、「人民の戦争」とはひどいタイトルを付けたものだ[36]。というのも、これにはそれ以上のことが描かれているし、貴族の視点が用いられているからだ。そこにははじめて戦争という仕事に遭遇した少年の幸福、はつらつさ、高潔さがすべてそろっていて、『赤い武功章』と同等の真実味がある。このふたりの青年にはほとんど共通点はないが、ともに若くして、実際に体験したものにしかわからない事態にはじめて直面することになるのだ。

この両者には、描かれているものが、はじめての騎兵戦か、はじめての歩兵戦かという違いもある。馬を持つものは歩兵ほど孤立することはない。人の足では行かせられない場所でも馬が連れて行ってくれるからだ。それはちょうど機甲化された軍隊が、装甲の力というよりは、機械的に動いてくれるという事実によって進軍できるのと同じである。人や動物を配置することも、突撃して拠点を取ることも、その拠点を守ることもできないような状況でも進軍できるのである。

機甲化した軍隊が十分な経験を積み、移動に伴う危険度を正確に理解するようになると、その行動の限界は似通ってくるという。ドイツ軍が北アフリカの戦車戦において享受できた大きな利点のひとつもこの機甲軍隊であった。ただ戦車のおかげで、ドイツ軍の最高司令官(37)は戦車と行動をともにすることで、命令が実行されているかを想定するよりも、その遂行を自身の目で確認していた。つまりその最高司令官は、その場その場で決定を下したり、遂行不可能な命令を変更したりすることができた。命令の遂行を現場で直に確認していたのである。

スペイン内戦では、一九三七年初期の段階で両軍の戦車はロシア軍の効果的な対戦車砲や、より優れたドイツ製の対戦車兵器の前にまったく脆弱であった。のちに前者を共和国軍側が導入し、後者はフランコ軍によってはじめて実戦に使われることになるのだが、対戦車砲の力量を試せるほどの戦車がなかったので、その将来性は常に推測の域を出ず、証明するまでには至らなかった。現地でわれわれは、軍の士気にとって起こりうる最悪の状況下でも機能する装甲車に乗った兵士の心理について多くを学んだ。

私はかつて、早朝五時の攻撃招集に立てないくらい泥酔して現れたフランス軍中隊長を見たことがある。彼はその攻撃への出陣に際し、ブランディーをあおって自らを奮い立たせようとしていた。前日の入念な戦場の下調べで、今回の攻撃で自分の隊が絶望的な憂き目に会うと彼は確信していたのだ。その日の午後、彼は自軍の戦車を戦列に配置することもなく、相当被弾してしまったのだが、それは従軍義務が解かれる一週間前のことだった。当初、彼はよい将校だった。しかし、不十分な武力での任務遂行の義務と継続的な改良が繰り返されていたドイツ軍の対戦車砲、加えて従軍期間の満了が間近だったことが、彼を役立たずで、危険な存在へと変えてしまったのだ。

のちにわかったことだが、この攻撃作戦は完全な奇襲だった。そこに配置されているはずだった対戦車砲は、攻撃が予想される戦線の他の場所へと移されていたので、あのフランス軍将校は勝利の戦闘で従軍の花道を飾れたかもしれない。しかしながら、彼が撃たれたことはみんなにとって救済となった。なぜなら、彼がその身に帯びていた恐怖は、危険で、醜悪で、不愉快極まりないほどだったからだ。翌週実施された次の作戦で、その戦車隊が投入されたのだが、その不名誉な戦車隊の背後には、対戦車手投げ弾を持たせたまともな兵士たちがぴったりと張り付き、命令に従わないようなら戦車ごと爆破するよう指示されていたという。

この余談の教訓は、上述したように、最初の戦闘では馬が人の両足ではたどり着けないところまで運び、装甲車は馬よりもさらに遠くへ人を運んでくれるが、結局、どんな装甲車もそれらを操る人の心次第だということだ。だから、本書を通して、戦場における人の心情や精神について学んでほしい。

世界を揺るがす出来事に直面した時の人間の実際の行動につ

いて書かれた最高の記述は、スタンダールの描いたワーテルローの戦いにおける若きファブリスである[38]。その記述は、他の作品と比して、戦争をよりちゃんと描き、無意味な部分は一層少ない。一度でも読めば、ワーテルローの戦いに参加していた感覚になり、その経験は消えることはない。同じ戦闘を描いたヴィクトル・ユーゴーの記述も読んだ方がいい[39]。これはこの悲劇全体を描いた美しく、際立った、壮大な絵画であり、スタンダールの作品が馬上の少年の視点に終始していることがわかる。とはいえ、全体の理解はさておき、読者はワーテルローの戦場を実際に目撃したことになるだろう。他のどんな作家の作品にも引けを取らないぐらいスタンダールを通して戦争の断片を間近にかつ鮮明に目撃しているのだから。これは路軍を描いた一流の記述であるが、その横に『壊滅』[40]に描かれたゾラの記述は金属の彫刻のように生気がなく説得力に欠ける。ナポレオンに仕えていたスタンダールは世界の名だたる戦闘のいくつかを目撃していた。しかし、戦争について書いたのは『パルムの僧院』のなかの一片の長い記述だけであり、その部分は丸ごと本書に収載した。

降伏を迫られたカンブロンヌ将軍[41]が「近衛隊は死すとも降伏せず」と言ったとされているのがワーテルローの戦いであった。カンブロンヌが実際に言ったのは、フランス語の「くそったれ」(“Merde!”)とも言われ、今でも直接言えないときに、「カンブロンヌの言葉」のようにして使われている。これは糞尿を意味する四文字の英単語[42]と同じである。戦争の記述が高尚か低俗かの違いは、これら二つの引用の違いにすべて凝縮されている。実戦において人間がどのように言葉を発するのかについての本質のすべてはスタンダールに書かれている。

本書には海戦を描いた優れた記述も収載されている。トラファルガー[43]からモニターとメリマック[44]、マニラ湾のデューイ[45]、そして東郷提督率いる海軍がロシア艦隊を壊滅させる素晴らしい記述が含まれている[46]。この記述は私の知る限り海戦に戦闘機が導入される以前の軍艦同士の戦いで最高のものであり、この記述を読めば、ほとんどのアメリカ人が完全に忘れていた戦闘で、人間がその不屈の精神によって何を経験できたのかがわかるだろう。

この戦争以前のわれわれの二度の海戦、すなわち、サンティアーゴ・デ・クーバ港沖でのスペイン艦隊撃破[47]とマニラ湾でのデューイの戦闘は楽勝であった。今度の戦いに楽勝はない。もっと多くの人が「ツシマ」を読んでいたら、真珠湾攻撃前の米海軍に浸透していたあの楽勝ムードはなかっただろう。一九四一年に太平洋から極東のあらゆるところを巡ったとき[48]、私は「あのリトル・モンキーたち」の多岐にわたる無能ぶりを聞かされた。素晴らしい楽勝の日が訪れた晩にはあのリトル・モンキーたちをどうしてくれようか、などとあらゆる場所で耳にした。巡洋艦隊と数隻の航空母艦もあれば東京を壊滅できるし、横浜も同じ目にあわせてやるとか。こうしている間にそのリトル・モンキーたちが何をしようとしているかについてはっきり言えた者はひとりもいなかった。言えたところで、正確な飛行のために眼科医に診てもらってかの有名な目の悪さを治そうとしているだとか、横波で転覆しないように戦艦や巡洋艦に手を加えようとしているとか、その程度だっただろう。よし、あのリトル・モンキーへのお仕置きがはじまったら、どうなるだろうか。焼夷弾を落としたら紙製のあの家々はみんな燃えだすだろう。さあ、あのリトル・モンキーたちとやってやろうじゃないか。さっさと片づけてしまおう。他にやることもあるし。どうせ、はじまるんだし。今こそあのリトル・モンキーたちをとっつかまえて、ちゃちゃっと片づけてしまおうじゃないか、とまあこんな具合だったのだ。

　なるほど、そのリトル・モンキーたちはわれわれを白々しく偽り、準備に準備を重ね、石油とゴムを求めてじりじり南進を続けていたのだ。彼らの石油のすべては、われわれ［アメリカ］とオランダ、イギリスから買ったものと北上してサハリン半島の石油をロシアと分け合ったものだ。一等国になるには石油が必要だった。だから彼らは石油を求めて南進したのだ。ついにわれわれは石油を求めてこれ以上の侵攻は許されないと彼らに伝えた。この瞬間から彼らと戦わざるをえないことが完全に明確になった。

　いざとなれば、バーでのケンカだろうが戦争だろうが、まずはこちらから相手を力一杯ぶん殴らなければいけないところだ。しかしわれわれは気高き強国であり、向こうもそれを当てにして、われわれとの対話を続けながら攻撃の準備をしていたのだ。彼らは以前にもロシア相手に不意打ちをくらわしたことがあった。ワシントン［DC］はそのことを忘れていたようだ。われわれは対話を続けていたのだ。実際、それが起きた瞬間はまだ対話は続いていたと私は思う。こうして、真珠湾が起きたのだ。

　真珠湾の原因についての更なる検証は本書における私の範疇ではない。直接の原因については委員会が報告書を出し、責任の一部はその所在が判明している。戦後になれば、所在を突き止めるべき責任はさらに増えるだろう。でも今は、戦争は起きてしまっている。起きてしまったことについては本書にできることは何もない。しかしこの本を読めば、われわれの敵が一筋縄ではいかないことがわかるだろう。「ツシマ」は面白い。このなかにモンキーの話は一切出てこない。

　海戦というものは、二つの事件によって完全にかつ根本的に変わってしまった。すなわち、装甲艦の導入を促したメリマックによる木造船の撃沈[49]、そしてプリンス・オブ・ウェールズとレパルス[50]の撃沈である。ターラント湾[51]でのイギリス軍の雷撃戦闘機によるイタリア戦艦への攻撃はプリンス・オブ・ウェールズとレパルス撃沈の前兆だったのだが、海軍当局はプリンス・オブ・ウェールズが戦闘機では沈まないという考えを崩さなかったので、後者の事件が本当の転換期となった。この撃沈については、セシル・ブラウンが克明で堂々たる記述をアメリカに伝えてくれているが、この秋に本として出版されるので本書には収載しなかった[52]。どこから出版されるかわからないが、読むといい。

これ以降としては、珊瑚海海戦[53]とミッドウェー海戦[54]の二つの記述がある。これらはそれぞれ海戦における進化の第三段階と第四段階に位置付けられる。前者は航空母艦の進化にして究極的な利用法であり、敵対する二つの艦隊が接触せぬまま、繰り出した戦闘機のみで戦闘を繰り広げる。したがって、長引けば最終的に両軍とも戦闘機と母艦を全滅させる恐れがある。後者は基地航空機でも航空母艦の一大艦隊を撃退、壊滅できることを証明した。

この二つの戦闘がもたらした影響については本書の序論で論ずるには余りある。

本書にはコマンド部隊[55]に関する記述はない。しかしながら、フランス陥落以降、大陸への侵攻がはじまるまで西部戦線では戦闘がないため、この部隊についてはこれまで散々報じられてきたので、本書では代わりにコマンド部隊の前身として、なかでも一番名高いゼーブルッヘへの封鎖[56]を収載した。イギリス軍の勇敢さを鼻で笑う者がいたらこの記述を読ませるとよい。

この度の戦争におけるイギリス軍の指揮に関してはもっともな批判が多く寄せられている。彼らとわれわれが生き残るためにもイギリス軍の指揮能力に対する批判は記録しておかなければならない。われわれや連合国軍のやることを頭から批判する人たちはみんな枢軸国[57]の嘘に加担しているのだと指摘する人もいる。だが、ナルビク[58]、フランス、ギリシャ、クレタ島、真珠湾、香港、マレー半島、シンガポール、ジャワ島、バターン[59]、コレヒドール[60]、ビルマ、リビア、コーカサス[61]での軍事指揮が、これまで通り変わらないことこそ枢軸国の望みなのである。自国軍、連合国軍のどちらに対してにせよ、われわれが一切の批判を加えず、その申し分のない勇敢さがどんな結果になろうと、ただただ自軍の兵士の勇敢さを讃えることは、枢軸国の思うつぼである。

例えば、バターンでの降伏後に聞いた話では、兵士たちはキニーネ不足で患ったマラリアで弱りはて[62]、抗戦できなくなったという。それはどうしようもないこととして受け入れられた。

バターンでなぜキニーネ不足が起こったのかを尋ねた者はいるのだろうか。事前に何年もかけて、細部の配置もはるか先まで見越して防衛体制が整えられたのにだ。キニーネが弾丸や食料同様に重要な局面で、なぜ見合う量のキニーネが供給されなかったのだろうか。以降、キニーネはマラリア地帯で任務に当たっているすべての軍隊に常に提供されるようになっているのだろうか。何か新たに使える代替品はあるのだろうか。必要な分は生産されているのだろうか。これこそ枢軸国がわれわれにしてほしくない批判なのだ。こうした批判をわれわれがマッカーサー元帥への悪態と同レベルに扱うのを枢軸国は見たいのだ。

われわれ連合国のイギリス軍が戦った香港とマレー半島での防衛戦は、もっとも厳しくかつ徹底的に批判されるべきである。しかし、ゼーブルッヘをよく知らない者にそうした批判をする権利はない。他にも、モンスからの撤退およびその撤退のためにル・カトーの戦いでスミス＝ドリエンが果たした役割、エイヌの防衛、一九一四年から一九一五年にかけてのあの冬、一九一五年のイープル、ダマスカス奪取で最高潮を迎えた近東でのアレンビーの戦闘指揮、フランスとフランダースにおける一九一八年、またその年の七月から続いた両地での戦い、半島戦争のウェリントンを知らない者もそうだ。(63)(64)(65)(66)(67)(68)(69)(70)

この大戦における戦闘での失態を理由にフランス軍を安易に否定したり、攻撃の失敗を理由にイギリス軍を非難したりしているのを耳にしたら、思い出してほしい。先の大戦でドイツ軍と対戦したフランス軍は一三五万七〇〇〇人が戦死し、四二六万六〇〇〇人が戦傷を負い、イギリス軍は九〇万八三七一人が戦死し、一八万二六七四人が戦傷したことを。

この大戦は先の大戦の続きにすぎない。フランスが敗れたのは一九四〇年ではない。一九一七年に敗れていたのだ。シンガポールが本当に敗れたのは一九四二年ではない。ガリポリやソンム、そしてパシェンデールの泥の中で敗れていたのだ。オーストリアが破壊されたのは一九三八年ではない。一九一八年一〇月の終わりにヴィットリオ・ヴェネトの戦いで破壊されていた。本当に敗れたのは、一九一八年の六月一五日のオーストリアの名高い勝利に終わったカポレットのあと、イタリア軍を仕留め損ねたときだった。(71)(72)(73)

歴史とは全体でひとつの塊であり、その一部であるわれわれは、一九一七年と一九一八年には戦死者数を最低にとどめたが、今回はドイツを倒すために最悪の戦死者を覚悟しなければならない。海外の戦争にひとたび首を突っ込んだら、その国家は引き下がることはできない。こちらから行かなくても向こうから来るからだ。われわれが孤立政策を解いたのは一九一七年四月であって、真珠湾によってではない。けれども、この戦争に勝ったら、向こう一〇〇年はドイツと戦わなくてもいいように、効果的に破壊しなければならない。うまくいけば永遠に戦わなくて済むかもしれない。

おそらくそれは断種法(74)（“sterilization”）をもってしか成し

えないだろう。この行為は予防接種より少し痛みを伴うが、予防接種と同程度の強制力をもって実施可能である。束の間ではなく、長い平和を望むなら、ナチス党員はみな手術を受けさせるべきだ。われわれがどのように勝利しようと、またどのような平和を押し付けられようと、それをしなければ、倒されたナチスがまた戦争の準備をはじめるからだ。われわれ征服者がいくら法令遵守に努めても、ドイツ軍はおかまいなしなので、ナチスは常に戦争の準備をはじめられるのだ。政府としても連合国政策としても、断種法を直ちに提唱するのは得策ではない。抵抗を強めるだけだ。したがって私も断種法を提唱しない。断固反対の立場をとる。しかし、究極的解決策はそれしかない。

　ヒトラーや地政学[75]以前、クレマンソー[76]がドイツ人は素晴らしい国民だと発言していた当時、唯一の問題は四千万人という多すぎる人口だった。この二年でロシア軍がドイツ人の数を大幅に減らした。仮に今後の二年間予定通りに事が運べば、この人口減少はわれわれの手で大幅に加速できることだろう。しかしながら、ある国の戦争による人口減少は一本の木を剪定するようなものだ。ヨーロッパの恒久的平和を望むなら、根も種も葬り去らねばならないように思われる。ドイツ人が優れた人種で、他の民族は奴隷がふさわしいというナチスの主張に返答するなら、こういうことだ、「われわれが貴様ら人種に絞って、一掃してくれる」。

　しかしながら、永遠に続く平和などはないし、平等な平和の可能性もありはしない。そのためには、どんな政府であれ、国民の意に反して彼らを支配し、搾取し、統治している、すべての[77]陸地に自由が与えられなければならない。これを前提に、議論を深めるゆとりはこの序論にはない。

　本書に収載された作品のひとつひとつに言及する紙幅はない。チャールズ・オーマン卿[78]の魅力や洞察力については自身で見つけてほしい。彼は中世の戦争芸術に関して名高き評者にして歴史家である。彼の作品から二編収載したが、できるなら五〇編は掲載したかった。ご覧の通り、「ヘースティングズの戦い[79]」には、かつてヨーロッパを席巻したゲルマンの歩兵戦略を駆使して封建的騎馬隊の台頭に抗う最後の名高き戦いの記述がある。以後二〇〇年間は騎馬隊が主戦力の時代が続き、それもクレシー[80]ではイングランド軍の長弓に屈することになる。「アルスフの戦い[81]」では、厄介な敵を接近戦へと誘い込む際に兵士に必要とされる我慢や忍耐の典型例を読者は目にすることになり、イングランド王リチャードの指揮能力を率直に称賛できるだろう。サラセン族とフランク族のこの出逢いに際し[82]、戦争は、ヘースティングズの戦いと同様、人種の交流という様相を帯びた。それは、コルテスとモンテスマの従者たちとの名高き戦い[83]を含む、本書の最初の節でまとめたすべての出逢いの記述にも共通している。

戦争というものが本書の作品を分類する際に用いたすべての要素からなり、すべての作品が戦争を扱っているので、その多くが複数の節タイトルに同時に当てはまることだろう。[84] とくに戦争とは偶然の領域でもあるので、他の多くの作品が第五節にも分類できるかもしれない。

われわれの歴史において、偶然というものが果たした役割に関する素晴らしい物語としては、マークイス・ジェームス[85]の「誤った道」を読めば、アンドレ少佐[86]の運命について本当の理解が得られるし、わくわくしたければ同じ著者による「盗まれた列車」を読むとよい。連合国イギリス軍の正しい理解に大きく貢献する面白くかつ名高い物語としては、ウィリアム・フォークナーの「急旋回ボート」を読むとよい。

カンナエの戦い[87]がいわゆる奇襲攻撃と異なるのと同様、チャールズ・ノードホフとジェームズ・ノーマン・ホール[88]による終日におよぶ空中戦の記述も現代の空中戦とは異なるものだが、偶然という要素の正しい理解には役立つ。フランス軍のスパッド軍用機パイロット[89]が運よく現れなければ、『戦艦バウンティ号の叛乱』三部作[90]を目にすることはなかった。本当の話だとすればだが。そうでなくても、とにかく読むとよい。

戦争は衝突の領域であり、戦争ではあらゆることがとても単純だが、そのもっとも単純なことがむずかしい。[91] このことを証明している一番の好例がJ・F・C・フラー少将によるガリポリの記述[92]である。ガリポリについてはメイスフィールドの記述もあり、[93] 詩人による英雄的勇気と苦難の記録となっている。しかし、あの戦場で死んだ者たちならフラーの記述を載せてほしいと思うに違いない。私はフラー将軍の政策については容認できないし、彼が書いた多くの内容にまったく反対の立場をとっている。しかし、彼のガリポリの記述は今でもわれわれが学ぶところが多く、この序論で先述した、必要な批判の類が含まれている。

ゲティスバーグの衝突[94]についての批評は、ジョン・W・トーマソン中佐による「わが惑星、そは汝のもの」[95]で示されている。この記述にはそれ以外にもたくさんのことが示されていて、本書に収載の彼のその他すべての記述[96]と同様に素晴らしい。それらの記述に彼の描画を挿せなかったのは大きな痛手である。彼の描画は実に素晴らしく、彼が編集したマルボー将軍の回想録[97]にはふんだんに盛り込まれていた。

本書にはマルボー[98]の作品がごくわずかしか含まれていないので、お望みなら是非ともすべて読むべきだ。フランス語を学んででも彼の回想録全三巻は読むに値する。ナポレオンに仕えた若い四人の名立たる騎兵隊隊長らは誰ひとり回想録を残さなかった。コルバートはスペインで狙撃されて戦死し、セントクロアは同じ半島戦争での作戦でイギリス軍の小砲艦からの砲弾に倒れ、ラサールは戦闘の終わり掛けにヴァグラム[99]で戦死し、モンブランはボロジノ[100]で戦死してしまった。だがマルボーを読むことで、彼らが送っていた生活、関わった戦闘のことがわかるのだ。彼が生き延びて本を書いたのが奇跡である。

戦う兵士たちの回想録を読むと、必ずルフェーヴル元帥[101]の物語を思い出す。元帥で侯爵の彼がパリにかまえた手の込んだ邸宅で嫉妬をにじませる旧友をもてなしていた時のことだ。「どうだ、羨ましいだろ」そう言って元帥は彼を見た。「まあ、庭に出ようか。三〇歩離れたところから君を狙って二〇発撃つとしよう。もしぼくが外したら、この庭も含めてすべて君にあげようじゃないか。ぼくはそのくらいの距離から一〇〇〇発は狙われた末にこの家を手に入れたんだ」。

本書で必ず読んでほしい物語のなかに、アグネス・スメドレーの「最終的勝利のあとで[102]」がある。そのなかで彼女は勝利への絶対的な決意を持ち、敗北は考えない。どんなに分が悪かろうと、またそれがどれほど長く続こうとだ。これこそ中国人の持ち味である。西洋人には想像もできない環境下で、彼らは五年間戦い続けてきた。最後はわれわれが参戦して日本を瞬時に破壊してくれるというのが彼らの大いなる幻想であった。われわれが中立を保っていたころは、ほとんどすべての強みを失っていた彼らが、今やわれわれにとって日本に対する第二の戦線となっている。この第二の戦線には約束した以上の支援と少量の航空機系の援助が不可欠である[103]。

ロシアによる抵抗と同様、これまで、中国の抵抗運動も至極当然のことのように受け止められてきた。これに対して、賞賛や美辞麗句、単なる資金援助、または操縦士がどんなに優秀でも、わずかばかりの飛行機だけで済ますことはできまい。連合国の戦いが直面する最大の危機は、中国やロシアの国民が連合国に対して幻滅してしまうことだ。中国にはより大規模な支援をしなければならない。他の戦地で直近に起こりそうな華々しい成功に目を奪われたとしても、中国に対する長期的支援の必要性は、どんな犠牲を伴っても、変えるべきではない。ワシントン滞在の有能な中国の代理人である宋子文[104]は、中国が必要としていること、さらにその輸送方法について正確に理解している。今彼らが切望しているのは約束や言葉ではない。

この種の論点が戦場で戦う者たちに関する物語集の序論に割り込んでいたとしても、忘れてはならない。われわれは今戦争をしているのであり、客観的で、公平で、純粋に私情を排除した序論などは文学的珍事にすぎないということを。この序論を書いたのはひとりの人であるが、彼には三人の息子がいて、この混乱を極めた世界に彼らを誕生させた幾分かの責任があるので、われわれが生きている現在の混沌全体について公平で客観的に意見を述べることなどできない。ゆえに、この序論が客観的というよりむしろ完全に個人的な記述と受け止められても一向にかまわない[105]。

本書が編纂された理由は、この三人の息子たちが成長し、本書を正しく理解、活用でき、必要になるころに、手にできるようにするためである。本書には可能な限り戦争の真実が収められており、それは私がもっとも必要だったときにはなかったものだ。経験に取って代わるものではないが、経験に備え、経験を補うことはできる。経験後の修正として役立つのだ。

今年になって、一八歳になる長男の母親[106]から、息子と戦争についてて話してほしいと頼まれた。万一にも戦争のことで息子が悩んでいた場合に備えてということだ。そこで、大学の夏期講義がはじまる前の数日の休暇を一緒に過ごそうと空港に到着した息子を車に乗せ、自宅に戻る車内のなかでこう切り出した。

「お前が戦争や出征のことで少し悩んでいるかもしれないって母さんが心配してたぞ」

「違うんだ、父さん」彼は言った。「そのことなら心配しないで。ぼくは全然悩んでなんかいないから」

「父さんからひとつ言えるのは、」私は言った。「悩んでもひとつもいいことないってこと」

「心配しないでよ」彼は言った。「ぼくは悩んでないから」

この会話はそれっきりだった。そうだ。悩むのは良くない。子どもと親の両方にとってだ。優れた兵士は悩まないものだ。実際なるようにしかならない、それまでは人生を楽しむべきだということがわかっているのだ。危険とはその瞬間にのみ存在する。したがって事の良し悪しはそのとき次第ということだ。悪いのはその前でも後でもないのだ。臆病風とは、パニックと異なり、ほとんどすべての場合、想像する機能を自身で停止できないだけのことである。想像を停止し、前でも後でもなく目の前の一分一秒を完璧に生きられるようになることが、兵士が身に着けられる最高の才能である。当然のことだが、それは作家が持つべきあらゆる才能と反対にある。だからこそ優れた兵士による優れた作品がきわめて稀で、われわれにそれがあると高く評価されるのだ。

戦争に対して人びとがどのように反応するのかはなかなかわからないものだ。自己損傷[107]を取り上げてみよう。グアダラハラの戦い[108]で大変勇敢で見事な戦闘を行い、八日間の戦いという歴史まで作ったある有名な国際旅団があったが、戦闘があった初日の午後に自己損傷を三七件出した。それはパニックだった。自己損傷にも根治法がある。違反が明らかになった際、先の大戦では軍法会議や処刑が実施されたが、それよりもよっぽど効力がある。

その根治法が発見されたのは、ブリウエガ[109]北部に位置する高原の雪と泥のなかであった。三月の風が吹くなか、自動小銃の発砲音が断続的に響き渡っている。一方で自己損傷者たちのトラックへの積み込みも行われていた。彼らのコートと毛布は取り上げられ、戦闘中の同士たちがより多く暖をとれるように戦線に残された。それからグアダラハラの町に彼らを運び、そこですべての傷に手当てが施された。その後、包帯を巻かれた兵士たちは再び自分の持ち場に戻された。

こうした治療後、頭部損傷以外、自己損傷は二度と起きなかった。敵から同じ目に会うくらいなら自分で頭を打ちぬいてしまおうと思う兵士は、いずれも救いがたい腰抜けとして「死因―負傷及びその他」というリストに自分の名を連ねることになるからだ。

先の大戦中、イタリアでは自己損傷で多くの問題が起こった。兵士たちの自己損傷が巧みになったのだ。彼らはしばしばグルになって互いを撃ち合った。しかも大抵の場合、ライフルを近距離で発砲した証拠を残さないように、腕や足に砂袋を当てその上から撃った。両脇に銅貨を挟んで顔色を黄色く見せ、黄疸を装う兵士もいた。戦線から離れたくてわざと性病にかかる者もいた。ミラノには、依頼者の膝頭の下部にパラフィンを注射し、跛行[110]の誘発を請け負って繁盛している医者たちもいた。ムッソリーニ自身も迫撃砲の暴発で戦争初期に両足と臀部に軽傷を負い、そのまま戦線に戻らなかった。私はよく思うのだが、ムッソリーニの好戦的豪語や軍隊の栄光などはすべて防御的心理なのであって、先の大戦で自分が経験したとてつもない恐怖心とその恐怖心から初陣でさらしてしまった失態に対する自覚ゆえに形成されたのではないだろうか。

自己損傷を誘発するこうした臆病風、あるいはより頻度の高いパニックや愚行に対し、私がいつも思い出す素晴らしい話がひとつある。それは真に勇敢な兵士がそうした行為に対して感じる反感についての話だ。もっとも古い友人のひとりで、素晴らしい詩人かつ優れた散文作家でもあるエヴァン・シップマン[111]がスペイン内戦で王党派側[112]の救急車ドライバーになるべく、フランスに行ってしまったときのことだ。我が国の国務省がスペイン行きのパスポートの認可を拒否したので、彼は国際旅団の新兵たちと一緒にフランス・スペイン間のピレネー国境を越える密輸入者たちが使うルートで入国しようとしたのである。彼らはフランスの国家憲兵につかまり、トゥールーズ[113]で懲役刑を言い渡された。投獄されてあまりに憤慨した彼は、救急車ドライバーではなく、旅団の歩兵に入隊しようと決心した。出所後に別ルートでうまくスペインに入国した彼は、すぐに戦線に赴き、この戦争の最激戦ブルネテの戦い[114]に身を投じた。彼は模範的な勇敢さでこの戦闘を最後まで戦った。配属されたフランス・ベルギー大隊にとどまり、通訳や伝令係をし、命令に逆らって素晴らしい抵抗戦をしたおかげで最悪な状況での敗走は避けられたが、最後の日に重傷を負った。

数か月後に見た彼は、顔色が悪く、みすぼらしく、片足を引きずっていたが、ひどく陽気だった。

「負傷した時の話を聞かせてくれよ」と私は、自分たちが落ち着いて飲みはじめる前に言った。

「えーとね、ヘム、[115]まったく何てことはかったな。まったく。何にも感じなかったな」

「どういう意味だい、何にも感じなかったというのは」

「あのね、本当に何でもなかったんだよ。ほら、あのときは気絶していたんだから」

「そうなのかい」

「ほら、敵機が戸外でぼくらを発見して爆弾を投下して、あのときぼくは気絶していたんだ。だからやつらが降下して機関銃を浴びせてもぼくは何にも感じなかったのさ。本当にね、ヘム、皆無だよ。負傷したなんてほとんど思いもしなかったよ。前もって麻酔でも投与されていたような感じだったな」

　彼は飲み物を手で回しながら言った。「ヘム、感謝してもしきれないよ、こんなところに連れてきてくれてさ。まいったな、君に心配をかけていたかもしれないとは。わかってほしいんだけど、スペインでの時間はぼくにとって人生で最高に幸せだったんだ。本当だよ、ヘム。マジで信じてくれよな」

　この話は自己損傷のすべての例の対極に置くことができる。『赤い武功章』の本書への収載に私が最後までこだわったのは、エヴァンのためだ。現在エヴァン・シップマンはアメリカ陸軍の装甲部隊の一兵卒である。彼は身体検査医にさんざん断られたにもかかわらず、最後には十分な体重を蓄えて検査をパスしたのだ。彼は現在の駐屯地から私に次のような手紙を送ってよこした。「『赤い武功章』がここの図書館にあったので読んでみたんだが、はじめて読んだ時よりよっぽど面白く感じたよ」。だから私も再度読んでみてすぐに思ったのだ。これは掲載するべきだと、しかも丸ごと。

　紙幅の関係で、本書でぜひとも読んでいただきたいその他すべての作品について説明することはできない。すべての作品が優れているわけではないと私が考えているとしたら、それらは初めから本書に収載していない。出版社との友好的な話し合いや議論は最後の最後まで続いたが、私が省いてほしいが読者が読むかもしれない作品が第八節に三編ある。最後のすったもんだののちに外されるかもしれないので、ここでは触れないでおく＊。仮にそのまま収載されたとして、感傷的な駄作に行き当たったら飛ばし読みしてほしい[116]。一方で、そうした作品が読者には駄作とは感じないかもしれない。その可能性についても出版社と再三議論を重ねた。最終的には私の言い分が通ったと電報があったので、おそらくこの段落は無視してもらうことになるだろう。

　複数の物語、記述、説話からなるこの選集は、戦う人間の真の姿を届ける試みである。本書はプロパガンダを意図した本ではない。人の意見に影響を与えることよりも、報告や情報の提供に努めている。収載作品の唯一にして絶対的基準は、その資

＊これらは外された

料の健全性と真実性である。本書編集の際にアメリカが戦時でなかったら収載されていたはずの作品が二編、本書より割愛された。

そのひとつがアンドレ・マルローの『人間の条件』[117]のなかの記述で、蒋介石による共産主義暴動の鎮圧の果てに、主人公が二〇〇人もの同胞とともに生きたまま火刑に処される場面である。これは本当に素晴らしい記述で、我が国が戦時でなく、蒋介石大元帥も連合国に属していなければ、本書に収載されていたはずだ。そうでなくても文学的価値だけで見ればそれだけで収載していたかもしれない。スペインでのマルローを知っていたので、正直彼の正確さに疑念があった。[118]どんなに良く描けていても、戦時である以上、出来事の真実性にわずかでも疑念があれば、出版すべきではないと慮ったわけである。実際、驚くほど良く描けている作品だった。

戦時中ゆえに割愛しなければならなかったもうひとつの作品[119]が、通称「九人の捕虜」と呼ばれているウィリアム・マーチの素晴らしい物語である。これは軍の命令で多くの捕虜を射殺するために招集された部隊の隊員たちを待ち受ける社会生活の末路を描いたものだ。この物語でも克明に描かれているように、軍事上のトラブルは本大戦でも間違いなく多発するであろうから、戦時である以上、本書から割愛すべきだと考えた。戦後に再版されることになったら、本書への収載を強く推薦するつもりだ。[120]

本書のその他の作品はすべて、戦時であるなしに関わらず、計画通りに収められた。私は人生で多くの戦争を見てきたし、心から戦争を憎んでいる。しかし、戦争以上に悪いこともいくつかある。そして、それらはすべて敗北によってもたらされるのだ。戦争を憎めば憎むほど、よくわかってくる。いざ戦争を避けられないのならば、いかなる理由があろうと、絶対に勝たなければならないということが。戦争には勝たなければならない、そして引き起こした者を排除し、われわれの身に二度と起こらないようにしなければならない。戦争というものを終わらせるためにわれわれは先の大戦に参加したのだが、今度こそ愚かな二の舞は踏むまい。今大戦はその目的が達成されるまで続くことだろう。必要なら、たとえ一〇〇年続こうと、最終的にその目的が達成されるためなら、どんな相手と戦うことになろうともだ。

われわれはまた、独立宣言や米国憲法、さらに権利の章典がわれわれに保証している権利や特権を享受するために戦うのであり、いかなる口実や理由があろうと、われわれからこうした権利や特権を奪おうとする者たちは誰であれ災いなのだ。

戦時では、間違いや不手際、犯罪といっていいくらいの誤審や怠慢などが検閲によって隠蔽されるものだ。こうしたことはあらゆる戦争につきものである。しかし、戦争が終われば、これらの行為はすべてそのつけを払わされることになる。国民は戦争を戦い、実際何が起きたのかを最後には知ることになる。どんなに検閲を課されようと、最後は国民にも知れ渡るものだ。なぜならそれなりの数の国民が戦争へ行くことになるのだから。

戦争の開始時というのは、国民を欺くことも、秘密裏に実行することも実にたやすい。しかし、戦傷者が帰還しはじめると、実際のニュースが広まるようになる。それからようやくして勝利を勝ち取り、戦場で戦った兵士たちが帰還する。今回も何百万人もの兵士たちが実情を知って帰還することであろう。政府というものは、戦後もしくは戦争終盤において国民の信頼をつなぎとめておきたいのであり、ならば、敵に利することがない限りは、国民に対して胸襟を開き、内容の良し悪しに関わらず、知っていることをすべて国民に伝えるべきである。誰かをかばうためにその人が犯した過ちを隠すことは、信頼の失墜にしかならず、それこそが国家が直面する最大の危機のひとつになり得るのである。

私は確信している。戦争が進むにつれ、われわれの政府が、敵に利することのないあらゆる点において、真実を、そのままの真実を、真実だけを国民に伝えることの必要性を悟ることを。なぜなら、もしこの国が踏ん張らなくてはいけなくなったら、全市民からの完全で絶対的な信頼が政府に必要となる時が、この大戦中に幾度となく訪れるであろうから。(121)

【訳註】

(1) 拙訳。*Men at War: The Best War Stories of All Time*. Ed. Ernest Hemingway. New York: Crown, 1942. xi-xxxi. を使用。傍線部で示した削除部分の特定には、一九五五年版の序論を参照した。この削除に対し、リチャード・K・サンダーソンは、「この記述はアメリカが広島・長崎に対して使用した原爆や東京大空襲など、一九四二年時点(の序論)でヘミングウェイがおどけて書いた予言や態度をそのまま立証したかのような一連の出来事を読者に想起させたのかもしれない」(Sanderson 55)と述べ、日米関係の強化を図っていた冷戦時代の影響を読み取っている。

(2) ヘミングウェイの訪中記事が連載されたニューヨーク市発行の日刊紙。

(3) アメリカ南北戦争中の二番目に大きな戦い(一八六二)。

(4) ともに第一次世界大戦の西部戦線における主要な戦い。パッシェンデールの戦いは連合国軍対ドイツ軍の間で戦われた。ガリポリの戦いは連合軍がガリポリ半島(現・トルコ領ゲリボル半島)に対して行った上陸作戦。

(5) エーリヒ・ルーデンドルフ。第一次世界大戦中のドイツの軍人、政治家。

（6）散弾銃の装弾のなかでもっとも細く、内部の散弾数も少ない。
（7）当時のフランス首相エドゥアール・ダラディエとイギリス首相ネビル・チェンバレン。
（8）オーストリア＝ハンガリー時代からあるチェコスロバキアの自動車メーカー。
（9）一九三八年九月のミュンヘン会談で、チェンバレンが演説の際にドイツとの宥和を込めて用いたことば "Peace for Our Time" を指している。しかしながら、チェコスロバキアの領土帰属問題に関してドイツのアドルフ・ヒトラーの要求を認めたこの会談は、第二次世界大戦の引き金となったドイツのポーランド侵攻を助長した宥和政策として批判されることが多い。
（10）一九四〇年一二月にはじまったイギリス軍による北アフリカ方面での反攻作戦、いわゆるコンパス作戦を指す。
（11）第一次世界大戦から敗北し続けているフランス軍を指しているものと思われる。
（12）第一次世界大戦下のミラノで知り合った英国軍人チンク・ドーマン＝スミスのこと（Baker, *Life* 377）。
（13）ウィリアム・シェイクスピアの戯曲『ヘンリー四世 全二部』第三幕第二場、集められた新兵候補者のなか、婦人服の仕立屋ながら武勇を示すフィーブルの台詞。引用部原文イタリック、中略も原文のまま。なおこの部分の訳出については、手紙に書かれた引用であることを考慮し、本来なら訳出されるべき仕立て屋の庶民性をあえて抑えた。
（14）『戦う男たち』に収載された聖書からの引用「ダビデはどうやってゴリアテを倒したか」を指している。
（15）自沈作業の前に空母レキシントンから船員を下船させる場面だと思われる。珊瑚海海戦（一九四二年五月）において、日本軍の攻撃により航行が不可能となったアメリカの空母レキシントンは、敵国の手に渡るのを阻止するために味方の攻撃によって意図的に沈められた。しかしながら、『戦う男たち』のなかには、この場面に該当する記述はなく、おそらくは編集段階で削除されたことをヘミングウェイが失念していた可能性がある。
（16）この序論執筆の一年前に実現した三か月におよぶ訪中取材のことを指す。
（17）第一次世界大戦の従軍経験をもつアメリカの作家、俳優、映像作家。
（18）（*Over the Top*, 1917）。このタイトルは、思い切って塹壕から飛び出し、攻撃するさまを意味する。
（19）ヘミングウェイは "mug's eye view" と記述しているが、おそらく "bug's eye view"「昆虫目線の」を意味していると思われる（xv）。
（20）第一次世界大戦の従軍経験をもつアメリカの作家で、『老兵は死なず』（*Old Soldiers Never Die*, 1933）の著者。『戦う男たち』には同書の一部が「イーペルの戦い」と題して収載されている。
（21）（*Old Solder Sahib*, 1936）
（22）ハロルド・R・ピートの『兵卒ピート』（*Private Pete*, 1918）、およびそれを原作にした同名のドラマフィルムを指しているものと思われる。ピート自身が主演を務めるこの伝記的作品は愛国心とプロパガンダ色が濃く、ヘミングウェイの反感を招いたものと思われる。

（23）第一次世界大戦の従軍経験をもつオーストラリアの小説家、詩人フレデリック・マニングの著書（*Her Privates We*, 1930）。

（24）同じくマニングの著書（*The Middle Parts of Fortune*, 1929）。この本の猥雑な会話部を修正して匿名で翌年再出版したのが『我ら運命の女神の二等兵』。

（25）アンリ・バルビュスは第一次世界大戦の従軍経験をもつフランスの小説家。『砲火』（*Under Fire*, 1916）はその戦場体験に基づいた反戦小説。ゴンクール賞受賞。戦場体験にもとづいた反戦運動「クラルテ運動」を展開し、小牧近江、「種蒔く人」の人びと、小林多喜二ら日本の作家、芸術家にも影響を与えたとされる。（https://ja.wikipedia.org/wiki/Henri_Barbusse）

（26）ドス・パソスは第一次世界大戦の従軍経験をもつアメリカの作家。『三人の兵卒』（*Three Solders*, 1921）はそのときの経験をもとに書かれた反戦小説。スペイン内戦の際にはヘミングウェイとスペインに赴いている。

（27）アメリカで一九〇〇年代から一九一〇年代にかけて流行した「急いで立ち去る」という意味のスラング。ニューヨーク二三番街に吹く突風に舞い上がる女子のスカート目当てに集まってくる輩を警官が「急いで立ち去れ」（skedaddle）と促したのがはじまりなど諸説ある。（https://en.wikipedia.org/wiki/23_skidoo_（phrase））

（28）「心配いらない」や「自分にとって重要ではない」という意味のスラング。その由来はイディッシュ語で “it doesn't matter to me” を意味する “nisht gefdlt,” から来ているなど諸説ある。（https://en.wikipedia.org/wiki/ish_Kabibble）

（29）アメリカ陸軍大尉メリウェザー・ルイスと少尉ウィリアム・クラークによって率いられ、太平洋へ陸路での探検をして帰還した白人アメリカ人で最初の探検隊。一八〇四年に出発した探検隊は一八〇五年一一月にアメリカ西海岸に到達し、一八〇六年に帰還している。（https://en.wikipedia.org/wiki/Lewis_and_Clark_Expedition）

（30）J・W・ド・フォレストは、南北戦争で北軍を指揮した経験を持つアメリカ人作家。『ミス・ラベネルの脱退から忠誠への転換』（*Miss Ravenel's Conversion from Secession to Loyalty*, 1867）では南北戦争勝利の栄光ではなく残酷な面を描き、先輩米作家ウィリアム・ディーン・ハウエルズに称賛されている。（https://en.wikipedia.org/wiki/Miss_Revenel%27s_Conversion_from_Secession_to_Loyalty）

（31）スティーブン・クレインは一九世紀アメリカの自然主義作家。『赤い武功章』（*The Red Badge of Courage*, 1895）は生前に起った南北戦争を舞台にクレインが創作した小説だが、その現実主義的筆致によって彼の出世作となった。

（32）一九世紀アメリカの写真家。南北戦争に従軍しながら写真を撮影していたとして知られる。

(33) トルストイの作品に顕著な社会主義イデオロギーをヘミングウェイは"thinking"という言葉で婉曲的に表現しているので、ここでは「思想」と意訳した。つまり、"Thinking with a capital T"という表現によってヘミングウェイはトルストイの「思想」を強調している。

(34)『戦う男たち』に収載されたトルストイの作品「バグラチオンの後衛戦」を指し、ナポレオン戦争における戦闘のひとつ。

(35)『戦う男たち』に収載されたトルストイの作品「ボロジン」を指し、ナポレオン戦争における戦闘のひとつ。

(36)『戦う男たち』に"The People's War"と題して収載された『戦争と平和』の第四部第三篇一〜一一頁までの抜粋。ヘミングウェイが言及しているペーチャは、ロシア貴族ロストフ伯爵家の末弟ペーチャ・ロストフを指し、収載部には一六歳の若き士官ペーチャが経験不足から意気揚々と敵地に突撃し、頭を撃ち抜かれて戦死する場面が含まれている。

(37) 北アフリカ戦線（一九四〇年九月）を指揮したドイツ軍人エルヴィン・ロンメルを指しているものと思われる。ロンメルに対するヘミングウェイの高評価は『河を渡って』など文学作品にも認められる。本書の第5章5節を参照。

(38) フランスの小説家スタンダールの小説『パルムの僧院』の主人公の若きイタリア人貴族ファブリスを指す。『戦う男たち』には"A Personal View of Waterloo"と題して収載。

(39)『戦う男たち』に"Waterloo"と題して収載されている『レ・ミゼラブル』からの抜粋。

(40) フランスの小説家エミール・ゾラの小説『壊滅』。普仏戦争や第二帝政崩壊を背景にした小説。

(41) ナポレオン戦争期の軍人ピエール・カンブロンヌを指す。

(42) 英語の"shit"を指していると思われる。

(43) トラファルガーの海戦（一八〇五）を指す。英仏間で行われたナポレオン戦争最大の海戦。

(44) モニターとメリマックの戦い［別名、ハンプトン・ローズ海戦］（一八六二）を指す。南北戦争中に起きたこの海戦は、鉄板で装甲された動力軍艦（すなわち装甲艦）同士の歴史上最初の戦いとして有名であり、北軍のアメリカ海軍の革新的な設計の装甲艦「モニター」と南軍のアメリカ連合国海軍の装甲艦「バージニア」（これは北軍が拠点撤退の際、やむを得ず焼失を試みたメリマック号の焼け残りを改造したものである）が交戦した。（https://en.wikipedia.org/wiki/Battle_of_Hampton_Roads）

(45) 米西戦争（一八九八）中にフィリピン沖で起きたマニラ湾海戦を指す。デューイはこの海戦の勝利で英雄になったアメリカ海軍史上唯一の大元帥とされるジョージ・デューイを指す。

(46) 日露戦争（一九〇四年〜一九〇五）中に起きた日本海海戦（一九〇五）を指す。ロシアのバルチック艦隊を破り、戦争勝利に大きく貢献した。東郷平八郎は当時の連合艦隊総司令官。

(47) 米西戦争中にキューバ沖で起きたサンティアーゴ・デ・クーバ海戦を指す。

（48）一九四一年二月から五月までの三か月間におよぶ訪中旅行を指す（本書の第4章、および付録「ヘミングウェイ　中国旅行一〇六日間の移動記録」を参照）。

（49）先述したように、この「メリマック」は北軍所有のときの名称であり、実際はバージニア。北軍の装甲艦モニター号の到着が遅れている間、この南軍の装甲艦バージニアが北軍の木造船を次々に撃沈させた史実についてヘミングウェイは述べている。

（50）ともにイギリス海軍の戦艦。真珠湾攻撃より二日後の一九四一年一二月一〇日にマレー半島東方沖で日本海軍の陸上攻撃機によって撃沈された。このマレー沖海戦によって航行中の戦艦が航空機だけで撃沈され得ることが明らかとなった。

（51）イタリア最南端の湾岸都市。

（52）セシル・ブラウンはアメリカ人ジャーナリスト。ヘミングウェイが示唆しているブラウンの近刊書とは『スエズからシンガポールまで』（*Suez to Singapore*, 1942）だと推察される。

（53）珊瑚海海戦は、一九四二年五月上旬にオーストラリア沖東部の珊瑚海で日本海軍と連合国軍（アメリカ・オーストラリア）との間で起きた戦闘。この海戦は対抗する両艦隊が互いに相手の艦を視界内に入れずに行われた、歴史上最初の海戦となった。（https://en.wikipedia.org/wiki/Battle_of_the_Coral_Sea）

（54）『戦う男たち』に収載されているウォルター・B・クローゼンの「ミッドウェー」を指す。描かれているミッドウェー海戦（一九四二年六月）は、ミッドウェー島攻略をめざす日本海軍をアメリカ海軍とミッドウェー島の基地航空部隊が迎え撃つ形で発生した。米軍基地保有の航空機の戦力差から、日本海軍は空母四隻と搭載機約二九〇機のすべてを喪失する大敗を喫した。（https://en.wikipedia.org/wiki/Battle_of_Midway）

（55）一九四〇年六月に創設されたイギリスのゲリラ部隊を指す。フランス陥落は一九四〇年五月。

（56）『戦う男たち』には「ゼーブルッへの閉塞」と題したアーチボールド・ハードの記述が収載。第一次世界大戦中の一九一八年四月にイギリス海軍がベルギーの主要港ゼーブルッヘ港を奇襲攻撃したゼーブルッヘ襲撃を指す。この都市は当時Uボートの基地としてドイツにより強固に要塞化されていたので、襲撃が計画された。（https://en.wikipedia.org/wiki/Zeebrugge_Raid）

（57）これ以降の枢軸国が日本を指していることは明白である。

（58）ノルウェーの港湾都市で第二次世界大戦初期、北欧侵攻において、ドイツ軍の戦略的に重要な拠点となった。

（59）フィリピン、ルソン島中西部にある半島。投降したアメリカ軍・アメリカ領フィリピン軍の捕虜を日本軍が捕虜収容所までの約一〇〇キロの距離を歩かせ、多数死亡したとされる行進が行われた場所で知られる（バターン死の行進）。

（60）フィリピン、ルソン島マニラ湾の入り口に浮かぶ小島。第二次世界大戦中、ダグラス・マッカーサー率いるアメリカ極東陸軍が司令部を置き、日本軍を相手に防御戦争を指揮したことで知られる。

(61) 黒海とカスピ海に挟まれたコーカサス山脈と、それを取り囲む低地からなる地域。
(62) マラリア原虫に特異的に毒性を示すマラリアの特効薬。帝国主義時代から第二次世界大戦を経てベトナム戦争まで戦地での必需品であった。
(63) モンスの戦い（一九一四年八月二三日）からの撤退を指す。第一次世界大戦のイギリスの遠征軍の最初の主要な作戦であったが、撤退を余儀なくされた。
(64) イギリス軍人ホレス・スミス＝ドリエンを指す。スミス＝ドリエンはル・カトーの戦い（一九一四年八月二六日）を指揮して、モンスからのイギリス軍の撤退に貢献した。
(65) フランスで起きた第三次エイヌの戦い（一九一八）の際に、フランス軍と共に防衛戦を戦ったアレクサンダー・ハミルトン＝ゴードン率いるイギリス第四部隊の武勇を指していると思われる。
(66) 一九一四年一〇月から一一月にかけて行われた第一次イーペルの戦いを指していると思われる。この戦いでイギリス軍は戦闘力の質の高さを証明したとされる。
(67) ベルギー西部で起きた第二次イーペルの戦い（一九一五）を指すものと思われる。この戦いではドイツによる大規模な毒ガス攻撃によりイギリスを含む連合軍は撤退を余儀なくされた。
(68) 第一次世界大戦のメギッドの戦い（一九一八）を指す。エドモンド・アレンビー将軍率いるイギリス軍がオスマン帝国と戦いダマスカスを陥落させた。
(69) 一九一八年七月からフランダース地方で繰り広げられたドイツに対する反転攻勢におけるイギリス軍の戦果（八月八日のアミアンの戦でドイツに奇襲攻撃をかけ、イギリス軍はドイツ軍二万一〇〇〇人を捕虜にする戦果を挙げた）と、フランス領土にドイツ軍が築いていた要塞群「ヒンデンブルク・ライン」（ドイツ側では「ジークフリート」）をイギリス軍が九月に突破した戦果を指していると思われる。
(70) 一八〇八年から一八一四年にナポレオン戦争中のイベリア半島で起きたスペイン、ポルトガルおよびイギリスの連合軍とフランス帝国との戦争。ウェリントンはそのときのイギリスの軍人、アーサー・ウェレズリーを指すものと思われる。
(71) ソンムの戦い（一九一六）は第一次世界大戦の西部戦線における主要な戦いのひとつ。
(72) 第一次世界大戦中の一九一八年に、イタリア軍とオーストリア＝ハンガリー帝国軍の間で行われた大規模な戦闘。オーストリア軍はこの戦いでイタリア軍に大敗した。
(73) カポレットの戦い（一九一七）を指す。第一次世界大戦中のイタリア戦線で不利だったオーストリア＝ハンガリー帝国軍はドイツの援軍を得て優勢に転じ、イタリア軍は撤退を余儀なくされた。この撤退は『武器よさらば』に描かれている。
(74) いわゆるパイプカットのことを指している。本序論で展開されるこうしたヘミングウェイのナチス批判は、ホロコーストに対する報復律とはいえ、優生学（eugenics）やジェノサイドを想起させる発言が散見され、おそらくヘミングウェイの戦争論においてもっとも過激なものとなっている。しかしながら、一方で散見されるドイツ軍人ロンメルへの称賛を考慮すると、われわれが陥りがちなナチス政権とドイツ軍の安易な同一視を避け、ヘミングウェイは両者を正しく区別していたと推察される。ヘミングウェイと優生学の関係については、中村嘉雄が『日はまた昇る』のユダヤ人表象に焦点を当てて詳述している。

(75) 第二次世界大戦期を通じて連合国の間では、地政学の創始者のひとりでドイツ人のカール・ハウスホーファーがヒトラーの侵略政策に大きな影響を与えたという見方が広まっていた当時の状況を反映した記述と思われる。(https://en.wikipedia.org/wiki/Karl_Haushofer)

(76) フランスの政治家、ジョルジュ・クレマンソーを指す。第一次世界大戦末期に首相として戦争継続を指導。戦後はドイツへの厳しい制裁を主張した。乃木希典や西園寺公望など日本の要人との友好関係をはじめ、日本の調度品コレクターなど新日家としても知られている。

(77) 強調原文。

(78) イギリスの軍事史研究家。

(79) 『戦う男たち』に収載されたオーマンの作品。一〇六六年にイングランドのヘースティングズからほど近いバトルの丘でノルマンディー公ギヨーム二世とイングランド王ハロルド二世との間で戦われた会戦。

(80) クレシーの戦い(一三四六)を指す。百年戦争の一環としてフランス北部、港町カレーの南にあるクレシー＝アン＝ポンティユー近郊で行われた戦い。

(81) 『戦う男たち』に収載されたオーマンの作品。一一九一年に起きたアルスフの戦いは、第三回十字軍の期間中、イングランド王リチャード一世がアルスフの地でイスラム勢を破った戦い。

(82) アルスフの戦いにおける、イスラム勢のアラビア人とキリスト教を宗教基盤にしたゲルマン人を指す。ヘミングウェイはここで、異人種間の対立に言い換えている。

(83) スペイン探検家エルナン・コルテスによる一五二一年のアステカ王国侵略を指す。モンテスマは当時のアステカ王、モンテスマ(モクステマ)二世を指す。『戦う男たち』にはウィリアム・ヒックリング・プレスコットによる記述が「モンテスマの死」と題して収載されている。

(84) 『戦う男たち』に収載された作品は下記八つの節に分類されている。第一節「戦争とは人種交流の一部である」、第二節「戦争とは危険の領域、ゆえに、とりわけ勇気が兵士にとって一番の特質である」、第三節「戦争とは身体的な活動および苦難である」第四節「戦争とは不確実の領域である」、第五節「戦争とは偶然の領域である」、第六節「戦争とは衝突の領域である」第七節「戦争とは解決、安定、集義を求める」第八章「戦争は人同士が戦うものである」。英題は『戦う男たち』の目次を参照。

(85) 二〇世紀に活躍したアメリカのジャーナリスト、作家。アンドリュー・ジャクソンの伝記などでピューリッツァー賞を受賞している。

(86) アメリカ独立戦争時のイギリス陸軍将校。アメリカ陸軍に捕まり、スパイとして処刑された。

(87) 紀元前二一六年にアプリア地方のカンナエ（カンネー）で起こったローマ軍とカルタゴ軍の戦い。ハンニバル率いるカルタゴ軍が、ローマの大軍を包囲殲滅した戦いとして戦史上名高い。一〇一八年にも同名の戦争が東ローマとノルマン人の間で行われているが、戦争形態の変化を強調するこの文脈において、ヘミングウェイは歴史的に名高い前者を意味して用いていると思われる。

(88) ともに二〇世紀世紀前半に活躍したアメリカの小説家。『戦う男たち』に収載された「空中戦」の作者。第一次世界大戦時のフランス軍による航空戦を描いている。

(89) 第一次世界大戦中の一九一五年にフランスで製作された軍用機スパッドA2を指す。

(90) チャールズ・ノードホフとジェームズ・ノーマン・ホールにより一九三二年に出版されたベストセラー小説。続編の二作と併せて「バウンティ三部作」と呼ばれる。

(90) 強調部原文ボールド。

(92) 『戦う男たち』に収載されているジョン・フレデリック・チャールズ・フラー少将による「ガリポリ」を指す。ガリポリの戦いについては訳註4を参照。

(93) イギリスの詩人ジョン・メイスフィールドとその作品『ガリポリ』（一九一六）を指す。

(94) 南北戦争において事実上の決戦となった戦い。

(95) 同名の作品がアメリカのＳＦ小説家アイザック・アシモフの一九七一年の小説にもあるが、今のところ両者の関連は不明。

(96) 『戦う男たち』の目次を参照。

(97) トーマソンの著書『マルボー将軍の単独冒険』（一九三五）を指していると思われる。

(98) ナポレオン戦争期のフランスの将軍マーセリン・マルボーを指す。『戦う男たち』には彼の作品が二編収載されている。目次を参照。

(99) ヴァグラムの戦い（一八〇九）を指す。ウィーン北東にあるドナウ川北岸の町ヴァグラムの周辺地域で起きた戦闘。

(100) ボロジノの戦い（一八一二）を指す。ナポレオン戦争の一部であるロシア戦役における戦闘のひとつ。

(101) ナポレオン戦争で活躍したフランスの軍人、帝国元帥。

(102) アメリカの女性ジャーナリスト。中国大陸の近代事情、とくに中国共産党に関する著作で知られる。収載された「最終的勝利のあとで」の出典については "From: *Asia Magazine* by permission of the author."（*MAW* 768）とある。

(103) アメリカの中国支援における航空機関連の援助の必要性については、ヘミングウェイが『ＰＭ』紙に寄稿した記事にも認められる（*BL* 332）。

(104) 宋子文については本書第4章の註25でも触れている。

(105) ヘミングウェイはここで自身の序論の客観性を否定している

が、収載された「ツシマ」とそこに描かれている日本海軍への称賛、およびドイツ軍人ロンメルへの賛辞だけをとっても、友軍敵軍を分け隔てなく評価するヘミングウェイの客観性は、この序論でも十分に担保されているといってよい。

(106) 一九二一年にヘミングウェイが結婚した最初の妻ハドリー・リチャードソンおよび彼女との間に生まれた長男ジョンを指す。

(107) 戦役から逃れるために、自分で意図的に負傷する行為。

(108) 一九三七年におきたスペイン内戦の戦闘のひとつ。

(109) スペインのグアダラハラ県にある町。スペイン継承戦争中に起きたブリウエガの戦い（一七一〇）のことではない。

(110) 正常な直進歩行ができない身体障害。

(111) アメリカの詩人。ヘミングウェイとは一九二四年にパリで出逢って以来の親友で、競馬仲間。

(112) スペイン内戦下の王党派はフランコ率いる新ファランヘ党の一部であった。

(113) フランスの南西部に位置する都市。

(114) 一九三七年七月にマドリードから二四キロ西で起きた戦闘。

(115) ヘミングウェイの愛称。

(116) 『戦う男たち』の編纂における出版社との関係については、本書の6章5節を参照されたい。

(117) フランスの作家、冒険家、政治家。『人間の条件』は一九三三年に出版された代表作で、国共内乱期の中国を舞台にしたロシア共産主義グループの革命運動を描いた作品でヘミングウェイの蔵書リストにはこの原書（フランス語版）の記載がある（Brasch 239）。

(118) スペイン内戦でヘミングウェイはマルローと交流があったが、マルローが交戦状態のスペインを離れ、スペイン内戦を描いた『希望』を一九三七年に出版したことに反感を抱いていた（Baker, *Life* 335）。

(119) 第一次世界大戦での従軍経験をもつアメリカの心理作家。ヘミングウェイが触れている「九人の捕虜」は第一次世界大戦を背景にした彼の代表作『カンパニー・K』（一九三三）からの抜粋である。

(120) 『戦う男たち』は、実際一九五五年に再版されるが、マーチの作品は収載されていない。

(121) 序論の次頁には「本書の最初の七つの節の冒頭を飾る副題と引用は、カール・フォン・クラウゼヴィッツの『戦争論』に依る」という付記がある（xxxii）。

『戦う男たち』の目次

Men at War: The Best Stories of All Times **(1942)** の vii–ix 頁より作成

Table of Contents

The Lost Battalion ……… Thomas Johnson and Fletcher Pratt

War demands resolution, firmness, and staunchness

Bagration's Rearguard Action ……… Leo Tolstoy
After the Final Victory ……… Agnes Smedley
Her Privates We ……… Private 19022
Borodino ……… Leo Tolstoy
Trafalgar ……… Robert Southey
The Battle of Atlanta ……… Lloyd Lewis
The Cavalry Charge at Omdurman ……… Winston Churchill
The Sun of Austerlitz ……… General Marbot
Oriskany: 1777 ……… Walter Edmonds
The Marines at Soissons ……… John Thomason, Jr.
The Battle of Ypres ……… Frankk Richards

War is fought by human beings

An Occurrence at Owl Creek Bridge ……… Ambrose Bierce
Joshua's Conquest of Jericho ……… The Bible
The Taking of Lungtungpen ……… Rudyard Kipling
Ball-of-fat ……… Guy de Maupassant
Hands across the Sea ……… Alexander Woollcott
I Bombed the Barges ……… Captain of the Blenheim Bomber
The Italian Debacle at Guadalajara ……… F.G. Tinker, Jr.
Buchmendel ……… Stefan Zweig
I Take Vladivostok ……… Frazier Hunt
Up Periscope! ……… Office of H.M. Submarine Sturgeon
Father Duffy ……… Alexander Woollcott
The War Years ……… James Hilton
Soldiers of the Republic ……… Dorothy Parker
The Chauffeurs of Madred ……… Ernest Hemingway
A man's Bound to Fight ……… John Thomason, Jr.
Squadron Scramble! ……… Byron Kennerly
A name and A Flag ……… John Thomason, Jr.
A Pesonal View of Waterloo ……… Stendhal
Falling through Space ……… Richard Hillary
Pearl Harbor ……… Black Clark
Three Men on a Raft ……… Harold Dixon
Midway ……… Walter Clause

2.『自由な世界のための作品集』序文(1)完訳

アーネスト・ヘミングウェイ

今や数々の戦争も終わり、死ぬ者は死に、手に入れたものが何にせよそれを勝ち取ったのだから、こうした本を出版するのもよかろう。

服従、自制の受容、知性の伴う勇気、そして決断がもっとも重要であった時代は明け、単に世界のために戦うことよりもむしろむずかしい、世界を理解するということが人間にとっての義務となる時代にわれわれは入った。

理解するためには、研究しなければならない。われわれが信じたいと願うことだけを研究すればいいというわけではない。そういうものはえてしてわれわれに対して巧妙に公表されるだろう。われわれは外科医のごとき公平無私の姿勢で、この世界を診察しなければならないのだ。これは大変な仕事で、受け入れがたい多くのものを目にすることになるだろう。だが、これこそが人間に課せられた最初の義務のひとつである。

根拠の確かな情報が十分に得られたら、われわれは義務として、不服を訴え、反抗し、反乱や暴動すらし、それでも、すべての人間がこの地上で共に暮らせる道を常に模索するであろう。

戦う必要があった。殺す必要が、重傷を負わせる必要が、焼き払う必要が、破壊する必要があった。もちろん、大陸に爆撃を受けなかった国として、われわれは自分たちに割り当てられた分の爆撃は行った。おそらく、われわれの敵が行った遺憾極まりない名立たる虐殺すべてにおいて彼らが奪ったよりも多くの市民の命を、われわれは他国で奪ったのだろう。性別に関わらず、焼き殺されようが、壁際に立たされて銃殺されようが、有利不利の違いはないに等しい。

われわれはこれまでの戦争史でもっとも残忍で、冷酷に戦争をした。われわれの戦争相手もまた残忍で冷酷な敵であり、破壊する必要があった。今やわれわれは敵のひとつを破壊し、もうひとつの敵に降伏を迫った(2)。目下、われわれは世界最強である。大変重要なのが、もっとも嫌われる国にならないことである。

世界を理解し、他のすべての国々と人びとの権利や特権、義務を正しく認識するようにしないと、この力ゆえに、われわれは容易にファシズムと同様、世界的脅威の象徴となってしまうだろう。

われわれは、自分たち自身も含め、あらゆる巨人を殺せる投石器を作ってしまった。ソビエト連邦が同じ兵器を所有することも完成させることもないと思うのは愚の骨頂である。どんな国もガキ大将と同じ性格を帯びている場合ではない。また、憎まれている場合でもない。肩で風を切って歩いている場合でもない。もちろん、しのぎを削っている場合でもない。どの国も今こそ公正に努めるべきときなのだ。

この新たな世界で、すべての国々が手放すことになるだろう。戦うことと同様、手放すこともまた必要なのだ。恒久的平和が見込めれば、正当な権利もなく土地や人を所有支配しているどんな国も、それを続けることはできない。これがもたらす問題については、この序論では検証することができない。しかしわれわれは、いかなるものにも目を背けることなく、知的に辛抱強く、繰り返し検証を重ねなければならないのだ。

本書にはひとつの利点がある。これらのさまざまな論文には、[3]原子力が実際に使用されたあとの知見があまり含まれていないのだ。われわれはヒロシマ以前の世界の諸問題について研究と理解とをする必要があるのだ。そうすることで、今や新兵器が一国の財産になったことによって、それら諸問題の一部がどのように変わったのか、そしてそれらをどのように解決できるかについて知的に発見を重ねていくことができるのである。われわれはこれまで以上に注意深くそれらを研究しなければならないし、また、どんな兵器をもってしてもこれまでに道徳的問題を解決できたためしはないということを肝に銘じておかなければならない。兵器も解決策のひとつとして行使できなくもないが、唯一の解決策であるという保証はない。敵を一掃することはできる。だが、それを不当に行えば、自分たち自身も一掃される対象となるのだ。

ドイツでは、われらの軍事裁判所がある六〇歳のドイツ人老女に絞首刑の判決を下したという。彼女は暴徒のひとりとして、ドイツ領土にパラシュート降下してきたアメリカ軍飛行士を惨殺したのだ。どうして彼女が絞首刑なのか。殉教者にしたいなら、火刑にでもしたらよいではないか。

というのも、ドイツ人たちにはわかっているのだ。任務から帰還する途中の戦闘機パイロットたちがドイツの村々を低空飛行して機銃掃射を加え、六〇歳のドイツ人老女たちをこれまでに殺してきたのかどうかを。私の知る限り、低空飛行で多少の機銃掃射をしたからといって、われわれがそのパイロットを絞首刑にしたことはない。ドイツ国内で機銃掃射を受けたドイツ市民が強烈に抱いる感情は、スペイン国内でスペイン市民がドイツ人によって機銃掃射を受けたときの感情と同じであり、仮にドイツ軍にアメリカ市民が機銃掃射されていたとしたら、彼らが抱くであろう感情と同じなのである。

例えば、低空飛行で機銃掃射をしたことがあるとしよう。ときどき喜劇的なことが起こった。空から見ると、それらはしばしば喜劇に見えた。救急車が一番激しく爆発したりして[4]（これは、ドイツ軍が救急車のなかに弾薬を入れて運んでいたということだ）。空の任務についていると、喜劇的実例に困らない。喜劇的といっても自分にとってだが。私自身、あたりかまわず撃ちまくって決着をつけるのもありだと思う。（これは言うべきではないか。戦争の現実を書きすぎた。）しかし、自分が彼らの手のなかに落ちたとしたら、彼らに興奮しないように期待するのは無理というものだ。

空軍中将のハリス(5)は、ドイツ人にしてやりたいと言っていたことが記録に残っている。われわれはドイツ軍だけでなくドイツ国民とも戦っていた。ドイツ軍はイギリス軍だけでなくイギリス国民とも戦った。ドイツ軍はロシア国民とも戦い、ロシア国民もそれに応じた。それが戦争というものであり、それ以外は人形遊びなのである。

しかしながら、将来の平和にとっての秘訣は、カッとなってパイロットを殺した六〇歳の老女たちを絞首刑することではない。絞首刑や銃殺刑にするのは、冷血に人びとを餓死させ、痛めつけ、拷問した者たちだ。この戦争を企て、更なる戦争を企てようとしている者たちだ。落ち着き払った戦争犯罪人たちこそ絞首刑や銃殺刑にすべきなのだ。親衛隊(6)や党員志願者たちも然るべく扱えばよい。しかし、抗いがたい怒りから殺害してしまった六〇歳の老女らを殉教者にしてはならない。彼女たちの怒りはすさまじく、もはや良心も邪悪な行為に及んでいる実感もなかったのだから。

戦争に勝つためには、平時では思いもよらないこと、やる側も嫌悪することをしなければならない。つまり、それによる嫌悪はしばらく続く。その後、それに慣れてしまう者もいる。なかには好んでするようになる者もいる。戦争を終わらせるためなら、誰であれ、あらゆることを、何でもしてやろうと思うものだ。戦争に関わったからには、何があっても勝たなければならないのだから。

軍隊だって、自分らの地位を保つため、あるいはその後の地位が保証されるように、規則にのっとって戦争を戦おうと思ってはいたのだ。空軍はこうした規則を突破し、現実的な戦争を発展させ、軍隊と軍隊の戦いが国家と国家の戦いへと変わってしまったのだ。

侵略戦争は、世界のあらゆる善に対する重大犯罪である。防衛戦争は、最初期の段階で必ず攻撃に転じなければならず、重大犯罪への必然的防衛である。しかし、どれほど必然であろうと、どれほど正当化されようと、戦争が犯罪ではないと思ってはならない。歩兵や死者たちに聞いてみるといい。

われわれはこの戦争を戦い、これに勝利した。もう殊勝ぶるのも偽善ぶるのもやめよう。復讐心を燃やしたり、愚行に及んだりするのもだ。われわれの敵が再び戦争することができないようにし、彼らを再教育しよう。そして、平和で公正に、世界のすべての国々とすべての人びとがともに暮らしていけるようになろうではないか。そのためには、われわれは教育を、再教育をしなければならない。しかし、まず教育すべきはわれわれ自身なのである。

アーネスト・ヘミングウェイ

サンフランシスコ・デ・パウラ(7)
一九四五年九月

【訳註】

（1）拙訳。*Treasury for the Free World.* Ed. Ben Raeburn. New York: Arco, 1946. xiii–xv. を使用。
（2）日本を示唆していると思われる。
（3）収載論文には、カタヤマ・コウシ（Koshi Katayama）という名の執筆者が含まれているが、今のところ詳細は不明。『自由な世界のための作品集』の目次を参照。
（4）戦場での救急車への攻撃が禁止されているのをいいことに弾薬を運んでいたドイツ軍、それを知ってか知らぬか狙い撃ちするイギリス軍。ヘミングウェイはこの事例を持ち出して、両軍ともなりふりかまっていられない戦争の非情さを皮肉っている。
（5）イギリスの軍人。最終階級は空軍元帥。対ドイツ戦において、非戦闘員を含む敵都市の物理的破壊を推奨したことで知られる。この手法はのちの東京大空襲にも影響したと言われている（新井 89）。
（6）通称 S.S. と呼ばれたドイツの政党、国家社会主義ドイツ労働者党（ナチス党）の組織。
（7）ヘミングウェイが邸宅をかまえたハバナ近郊の集落の名前。

『自由な世界のための作品集』の目次

***Treasury for the Free World* (1946)** の vii–xii 頁より作成

Contents

Science

Albert Einstein …… On the Social Obligation of the Scientist
Juan Negrin …… Science and Stetesmanship
Waldemar Kaempffert …… Science and World Unity

Work for a Free World

Mordecai Ezekiel …… A Physical Plan for a World of Plenty
T. Swann Harding …… The Global Farm Problem

Victims of the Dead New Order

Hilda Walter …… Carl von Ossietzky
J. Alvarze Del Vayo …… Julian Zugazagoitia
Klaus Mann …… Stefan Zweig

Group Prejudice Blocks Democracy

Harry W. Flannery …… Anti-Semitism: Face Facts or Face Fascism
Gunnar Myrdal …… The Negro and America's Uneasy Conscience

The Free World Sings

William Rose Benét …… Archipelogo
Witter Bynner …… Peace Peace
Nocturne
The Sleeper
This War
Robert P. Tristram Coffin …… Younger Brothers
Bread and Love
At the Moon's Eclipse
Theodore Dreiser …… What to Do
Horace Gregory …… Voices of Heroes
Archiboald MacLeish …… The Young Dead Soldiers
The Western Sky
Carl Sandburg …… Is There Any Easy Road to Freedom?
Mark Van Dorn …… Myopia
Stanley Young …… The Time Is Now
This History

Index

3. ヘミングウェイ　日本・中国関連年譜（一八九九年～二〇一七年）

Chamberlin, Brewster. *The Hemingway Log: A Chronology of His Life and Time.* UP of Kansas, 2015. を参照

日本・中国との関連事項は太字で協調

西暦	日・中・米・世界情勢	年齢	ヘミングウェイと日本・中国
一八九九年		0歳	七月二一日 アーネスト誕生
一九〇四年	日露戦争勃発	4-5歳	
一九〇五年		5-6歳	**日露戦争の風刺画を収集**
一九一一年	辛亥革命	11-12歳	中国で宣教医をしていた叔父ウィロビーを通じて**中国文化に触れる**
一九一三年	米、「カリフォルニア州外国人土地法」により日系人土地接収	13-14歳	「シカゴ世界博覧会」で、姉妹とともに**和装で日本の婚礼を実演**
一九一四年	第一次世界大戦勃発 日本、日英同盟を理由に連合国側から参戦	14-15歳	
一九一七年		17-18歳	高校卒業後、『カンザスシティ・スター』紙で見習い記者として働く
一九一八年	米、対独宣戦布告で参戦	18-19歳	イタリア軍の救急車ドライバーとして西部戦線へ
一九一九年	終戦	19-20歳	手紙で**訪日願望**を語る
一九二〇年	日本、国際連盟常任理事国入り、念願の一等国へ	20-21歳	手紙で**日本、中国、インドへの渡航計画**を語る

一九二一年	ワシントン会議開催、日英同盟の終了、中国利権は日英の独占から門戸開放へ	21-22歳	ハドリーと結婚し、パリに移住
一九二二年		22-23歳	パウンドのアトリエにて**久米民十郎ら日本人画家と出逢う**
一九二三年	日本、関東大震災	23-24歳	母への手紙で**久米の風景画購入**を報告。パウンドへの手紙で**関東大震災で亡くなった久米の冥福を祈る**。ハドリー出産のためアメリカに一時帰国。『トロント・スター』紙に**記事「日本の地震」を掲載**。『三つの短編と十の詩』刊行。ハドリーとの間に長男ジョン誕生
一九二四年	孫文北上宣言。北京行の途上神戸に立ち寄り「大アジア主義」の講演を行う	24-25歳	『ワレラノ時代ニ』刊行
一九二五年	孫文、北京で死去	25-26歳	『われらの時代に』刊行
一九二六年	国民革命軍総司令蒋介石によって全軍（約一〇万）に動員令、北伐開始	26-27歳	『日はまた昇る』刊行
一九二七年	南京事件、南京砲撃事件	27-28歳	ハドリーと離婚。ポーリーンと再婚。『男だけの世界』刊行
一九二八年	蒋介石の第二次北伐開始、張作霖爆殺事件	28-29歳	ポーリーンとの間に次男パトリック誕生。父クラレンス拳銃自殺
一九二九年	世界恐慌はじまる	29-30歳	『武器よさらば』刊行
一九三一年	満州事変	31-32歳	キーウェストに家を購入。米画家スターターへの手紙で、譲り受けた**国吉康雄の絵画に対する礼を述べる**。ポーリーンとの間に三男グレゴリー誕生
一九三二年	日本、五・一五事件 中国、満州国建国	32-33歳	『午後の死』刊行

西暦	日・中・米・世界情勢	年齢	ヘミングウェイと日本・中国
一九三三年	日本、松岡洋佑が国連脱退表明	33－34歳	『勝者には何もやるな』刊行
一九三五年	日本、国連正式離脱	35－36歳	『アフリカの緑の丘』刊行
一九三六年	日本、二・二六事件	36－37歳	日本滞在中のアーチボルト・マクリーシュから手紙が届く。「キリマンジャロの雪」、『フランシス・マカンバーの短い幸福な生涯』を発表
一九三七年	日中戦争勃発	37－38歳	スペイン内戦取材。**グアラダマ山脈で国際義勇軍のジャック白井と遭遇の可能性** 『スペインの大地』上映。『持つと持たぬと』刊行
一九三九年	ナチス政権下のドイツがポーランドに侵入	39－40歳	キューバのハバナ近郊のフィンカ・ビヒアに移住
一九四〇年		40－41歳	『誰がために鐘は鳴る』刊行。ポーリーンと離婚。マーサと再婚。フィンカ・ビヒア購入
一九四一年	対日「ABCD包囲網」形成。日本、真珠湾を攻撃	41－42歳	妻マーサと訪中し、日中戦争取材。**三か月に及ぶ滞在中、国民党の蒋介石、宋美齢および共産党の周恩来と面会。**六月帰国後『PM』紙に取材内容を連載
一九四二年	日本、ミッドウェー海戦敗北	42－43歳	『戦う男たち』刊行
一九四四年		44－45歳	取材でヨーロッパ戦線へ
一九四五年	米、広島・長崎に原爆投下、終戦 日本、GHQによる占領期開始	45－46歳	キューバに帰国。**中国人コック（ウォン）を雇う。**訪玖中のチャールズ・ラナムと**日本の降伏と原爆について話す。**マーサと正式に離婚
一九四六年	日本、天皇人間宣言、日本国憲法公布	46－47歳	『自由な世界のための作品集』刊行。『エデンの園』草稿に着手。メアリーと再婚

一九四八年		48-49歳	イタリア旅行中に一八歳のアドリアーナと出逢う
一九四九年	中国、毛沢東率いる共産党が中華人民共和国樹立。蒋介石国民党政府は台湾で中華民国維持	49-50歳	
一九五〇年	朝鮮戦争勃発 中国、中ソ友好同盟相互援助条約	50-51歳	『河を渡って木立の中へ』刊行
一九五一年	日本、サンフランシスコ講和条約と日米安全保障条約に調印	51-52歳	母グレース死去
一九五二年	日本、独立回復	52-53歳	『老人と海』刊行
一九五三年		53-54歳	ピューリッツァー賞受賞。アフリカ旅行へ
一九五四年	日本、文部省が国民教育のための映画の選定開始	54-55歳	アフリカで二度の飛行機事故 ノーベル文学賞受賞。**井沢実がキューバのヘミングウェイと面会。ヘミングウェイが釣りを教わったという北崎マヌエルをバタバノに尋ねる**
一九五六年	日ソ国交回復	56-57歳	ホテル・リッツでパリ時代の草稿が入ったトランクが発見される
一九五七年		57-58歳	**董顕光、ワシントンDC滞在中にキューバのヘミングウェイに自著を送る**
一九五八年		58-59歳	ワーナーより映画『老人と海』発表。『移動祝祭日』と『エデンの園』の推敲を交互に行う。**日本、ヘミングウェイの『老人と海』を特選映画にし、教育機関に視聴を促す**
一九五九年	キューバ革命、カストロが新政権樹立	59-60歳	アイダホ州ケチャムに家を購入

西暦	日・中・米・世界情勢	年齢	ヘミングウェイと日本・中国
一九六〇年		60-61歳	神経衰弱により入院
一九六一年		61歳	一月退院。四月二度の自殺未遂 七月二日ケチャムにてショットガンで自死
一九六二年	キューバ危機		
一九六四年	日本、東京オリンピック開催		『移動祝祭日』刊行。**日系キューバ移民肥田野有作がヘミングウェイとの写真をフィンカ・ビヒアに寄贈**
一九六五年	米、北ベトナムへの爆撃開始 日韓国交正常化		
一九六六年	中国、文化大革命開始、以後一九七六年まで		**日本、国定教科書『中学国語三』（大阪書籍）で『老人と海』が採用**
一九七〇年			『海流の中の島々』刊行
一九七二年	日中国交正常化		『ニック・アダムズ物語』刊行
一九七三年	第四次中東戦争勃発 石油危機		
一九七六年			**新潮社が「新潮文庫一〇〇冊」に『老人と海』を採用。以降今日まで継続**
一九八五年			『危険な夏』刊行
一九八六年			『エデンの園』刊行

一九八七年			『ヘミングウェイ全短編――フィンカ・ビヒア版』刊行
一九八九年	冷戦終結		
一九九九年			『夜明けの真実』刊行。日本、「文化庁メディア芸術祭」でアニメ『老人と海』がグランプリを獲得
二〇〇〇年	米、同時多発テロ		
二〇〇五年			『キリマンジャロの麓で』刊行
二〇〇九年			『移動祝祭日――修復版』刊行
二〇一一年	キューバ、フィデル・カストロ、弟ラウールに書記長の座を譲る		
二〇一五年	バラク・オバマとラウール・カストロとの間で米・キューバ首脳会談が五九年ぶりに実現		
二〇一六年	キューバ、フィデル・カストロ死去		
二〇一七年	米、ドナルド・トランプ、大統領就任		

4. ヘミングウェイ　訪中旅程一〇六日間の移動記録（一九四一年一月～五月）

Chamberlin, Brewster. *The Hemingway Log: A Chronology of His Life and Time*. UP of Kansas, 2015. を参照

月日	経由地	出来事
（一九四一年） 一月三一日	サンフランシスコ発	
二月五日	ハワイ、ホノルル着 空路にてミッドウェー、ウェーク島、グァム、マニラ	ハワイ大学の教授たちと会食。自分の学生たちに『武器よさらば』を読ませているという教授のひとりをつかまえて、より道徳的だと『日はまた昇る』の方をすすめる。真珠湾米軍基地視察。数隻もの軍艦が肩を寄せ合って停泊しているようすを見たヘミングウェイは、このときすでに一網打尽の憂き目に会う可能性を危惧していたという
二月二二日	香港着	およそ一か月滞在。妻ゲルホーンは二五日より二七日まで単身飛行視察。中国滞在中の活動拠点。遺作『海流の中の島々』で主人公ハドソンが語る香港体験は、このときの作者自身の実体験に拠るところが大きい。香港島繁華街、中環の香港ホテルに宿泊。その後、英国租借地のリパルス湾のホテルに移る。広東料理、蛇酒、爆竹、猟、ボクシングなどを堪能。とくにハッピー・バリーにある競馬場には足しげく通っている。ハッピー・バリーの中間に位置する湾仔には当時日本領事館や日本人街があった
三月二五日	空路、広東戦線視察に出発。 同日、南雄に着陸後、韶関へ	韶関は広東省北部に位置する都市。当時国民党の第七戦闘地帯司令部が置かれていた。一二日間におよぶ過酷な広東戦線視察の道中、「ようこそ、国際友人のみなさん」という手書きの横断幕に何度も出迎えられる
三月二八日	第七戦闘地帯へ出発	第七戦闘地帯は韶関と広州の中間に位置する日本軍と中国軍との交戦地帯。小さなボートで北江を南下、蒙古馬で山間の隘路を経て到着。膠着状態のため、戦闘のほとんどは味方の中国軍部隊を日本軍部隊に模した模擬戦闘。上級官僚たちが各地で催す優雅なパーティーとは対照的な戦地の兵士や農夫たちの極貧ぶりに、戦時下の独裁体制擁護の立場をとっていたヘミングウェイもさすがに政府上層部相手に苦言を呈したため、案内役が案内の不適切性を指摘され処罰されている

四月四日	桂林着	桂林は当時臨時の飛行場があった都市。広東戦線の視察を終え韶関を発った二人は、空路で重慶へ向かうために桂林に滞在。ゲルホーンはトコジラミの這い回るベッドしかない貧相なホテルに辟易。ヘミングウェイは桂林の山並みが織り成す絶景に感動している
四月六日	空路重慶へ	重慶は第二次世界大戦中の国民党軍の首都。宋家の長男で宋美麗の兄の宋子文の所有するアパートを借り滞在。ゲルホーンは指の股が腐食する病気にかかる。秘密裏に周恩来と面会。おそらく共通の友人であった映画『スペインの大地』の監督ヨリス・イベンスによる仲介があったのかも知れない。当時海軍少尉でのちに『醜いアメリカ人』（一九五八）の著者として知られるレデラーに小説の手ほどきをする
四月一〇日～一三日	成都滞在	成都は四川省の省都。兵学校などの視察を通じ、ソ連が共産党だけでなく国民党にも大規模な軍事支援をしている現状を知り、両輪を操るスターリンの思惑を察知。ほとんど素手で大型飛行場の建設に従事する何千もの中国人に圧倒される。制空権をほぼ日本軍に握られていた当時、ヘミングウェイは記事を通じてアメリカによる飛行機支援を強く訴えているが、成都滞在から数日後、中国支援アメリカ人飛行部隊フライング・タイガースとなる志願兵団ＡＶＧの編成が米大統領により許可されている
四月一四日	重慶へもどる	日ソ中立条約締結当日、蒋介石夫妻と面会。同日出席した送迎パーティーの主催者で国民党財政部長の孔祥熙（宋家長女、宋靄齢の夫）はヘミングウェイの姉マーセリーンとアメリカのオバーリン大学での旧友関係
四月一五日	昆明へ出発	ビルマ・ロード視察、ラシオ、マンダリーを経てラングーンへ。ここよりゲルホーンは単身シンガポールへ
	ビルマ・ロード	雲南省の省都昆明とビルマ（現ミャンマー）のラシオを結ぶ山道。援蒋ルートのひとつで、ビルマ・ルートの一部。昆明を飛び立った二人は空から視察、ラシオに滞在後、陸路をマンダレーへ

月　日	経由地	出　来　事
	ラングーン（現ヤンゴン）	ミャンマー（旧ビルマ）の当時の首都。蒋援ビルマ・ルートの入り口。『ＰＭ』紙掲載記事のうち五つを執筆。ヘミングウェイはこれまでの暴飲がたたり体調を崩す。シンガポール行のチケットが一人分しか取れず、ゲルホーンだけ単身南下。ヘミングウェイは昆明経由で単身香港へ
四月二八日	香港へ。九龍に一週間滞在	九龍は香港特別行政区領内に位置する市街地。『海流の中の島々』でハドソンの回想に描かれる九龍の女性刑務所の塀を横目に楽しんだ野鳩撃ちは、ヘミングウェイの実体験に基づいている。帰国直前の一週間はこの街のペニンスラ・ホテルに滞在。ハドソンが語る三人の中国人娼婦との一夜はこのホテルでの実体験に基づいているという
五月六日	香港発、マニラへ	マニラは一八九八年の米西戦争以降アメリカ領、当時米軍駐屯所があった。復路の五日間滞在。『誰がため』について話しかけてくる人びとに辟易する。五月一一日、フィリピン作家協会主催の晩餐会に出席、そのあまりに寛いだ雰囲気に気分を害し泥酔
	マニラ発、ハワイ経由でサンフランシスコへ	
五月一七日	サンフランシスコ着	

あとがき

本書は私にとってほぼ四半世紀に及ぶヘミングウェイ研究の集大成であるといってよい。しかしながら、「研究人生」でいえば、さしあたり「第一部」に当たるのではないかという気がしている。というのも「第二部」の研究活動は、後述するように、もうはじまっているからである。他の作家も研究の射程に入れてはどうか、といった示唆もこれまで幾度となく受けてきたが、このままいくと最後までヘミングウェイと添い遂げることになりそうだ。自分でも「案外一途だな」などと思う次第である。

このように特定の作家を長きにわたって研究していると、「で、ヘミングウェイの作品はどこがそんなに面白いの?」という質問をしばしば受けることがある。一介の研究者が人生をつぎ込んで取り組んでいる作家なのだから、素人の自分にもわかるくらいにその面白さを伝えてくれるだろう、という期待からくる問いなのだろうが、この対応がなかなかむずかしい。なればと腰を据え、例えば「兵士の故郷」を例に、青年主人公クレブズのやるせない感情を懸命に説明したりするのだが、大抵の場合、途中から相手の表情に「もう結構」のスマイルを認めるにいたり、苦笑いで説明をはぐらかしながら、ヘミングウェイ・ヒーローたちの感情を説明することの愚かさをそのたびに思い知らされたのである。

そこで私は、自分はなぜヘミングウェイが好きなのかをあらためて自問し、その回答を短い言葉で用意することにした。女性の読者や研究者にはあらかじめ謝っておくが、要するに私がヘミングウェイを好きなのは、「ヘミングウェイがあらゆる世代に生きる悩める男たちの代弁者だから」だ。

ニック・アダムズの物語をはじめとしてヘミングウェイ作品には、幼年、少年、青年、夫、父親、老人と、実にさまざまな年代に生きる男性主人公が登場し、それぞれがその年齢なりの悩みを抱えている。例えば、幼年主人公は「人の死」について考えさせられ、両親の確執に心痛めている。また、少年主人公は友人と恋人の狭間で苦悩し、青年主人公は交際相手の妊娠に戸惑っている。夫の主人公は妻とのコミュニケーションが破綻しかけているし、父親の主人公は離婚後の親子関係と仕事とのバランスに苦慮している。これらはすべて今日の日本に生きる男子や男性が抱えている問題と同じではないか。彼らに対する強烈な共感から、私はヘミングウェイの作品を研究するようになったのである（もっとも修士論文を書いていた二〇代のころは、文体論を軸にハードボイルドな文体と読者の感情喚起の仕組みに関心があったのだが）。

このようにしてはじまった私の研究人生だが、今ではもっぱらキューバを中心にフィールドワークをしながら、ヘミングウェイに関する新資料の発掘とその分析を中心に、「研究人生」の「第二部」をはじめている。二〇一三年から国の支援を受けて行ってきた、キューバのヘミングウェイ博物館での「書き込み」資料のデジタル化とデータベースの構築も達成し、目下「書き込み」の分析という、もっともスリリングな研究活動を楽しんでいる。これらも現在段階的に発表しており、いづれ本にまとめるつもりである（この成果の一部を日本と中国に関する資料に限って本書で言及できたのは幸いであった）。

しかしその前に、しっかりと研究人生の「第一部」を振り返っておきたい。

本書は国内外のジャーナルに掲載された既出論文と書き下ろし論文とで構成されている。既出論文は英訳や邦訳を経て大幅な改訂を行っているので、原形を留めていないものも多い。以下は、各章の既出論文の一覧である。

はじめに　書き下ろし

第1章　「ヘミングウェイと近代日本・中国との交差――キューバ蔵書からわかる作家のオリエンタリズム」『名城大学外国語学部紀要』3号（名城大学外国語学部、二〇二〇年）七一～九二頁

第2章　「第一次世界大戦と語り手フレデリックの「学び」――『武器よさらば』に見る同盟・共闘――」『アメリカ研究』第五二号　アメリカ学会（二〇一八年）一七九～一九九頁

第3章　"Harry Morgan's Identity Crisis: Orientalism and Slumming during the Great Depression in Hemingway's *To Have and Have Not*" *The Hemingway Review*. The Hemingway Society. (2014) 47–60.

第4章　"Ernest Hemingway as an "International Friend": Hemingway in the Classified Document of China's Kuomintang" *The Hemingway Review*. The Hemingway Society. (2010) 133–47.

第5章　"Hemingway's Requiem for Battle Fields: "Atomic Jokes" after Hiroshima/Nagasaki in *Across the River and into the Trees*." *The Hemingway Review*. The Hemingway Society. (2017) 18–35.

第6章　書き下ろし

第7章　"Re-emergence of the Encounter with Long-haired Painters: The Hidden Influence of the Japanese Artists in The *Garden of Eden* Manuscripts" *Cultural Hybrids of (Post) Modernism: Japanese and Western Literature, Art and Philosophy*. Ed. Beatriz Penas-Ibanez & Akiko Manabe. Peter Lang, 2017. 177–94.

おわりに　書き下ろし

本書は私にとってはじめての単著である。ここにたどり着くまでに、実に多くの方々のお世話になった。まず、若き中京大学時代にお世話になった足立公也先生と片山厚先生のお二人にはよく飲みに連れて行ってもらい、さまざまな相談にのってもらった。とくに院生時代の指導教授であった片山先生には、本書をもって研究者としての私の成長と感謝とを伝えられたら幸いである。パリ時代ヘミングウェイがジャーナリストから作家への転身を決意したように、院生時代の片山先生との出逢いによって私は研究者としての道を選んだと言っても過言ではなく、この出逢いがなければ、私はとっくに故郷の蕎麦屋を継いでいたであろうから。

本書は名古屋大学に提出した博士論文と重複するところも多い。同大大学院在学中に最先端の文学理論や多角的なテクスト分析など高度な研究手法をご教授下さった指導教授の長畑明利先生、ならびに副査をお引き受けいただいたマーク・ウィークス先生に深く感謝したい。この修業時代には研究者として相当鍛えられた。

二〇代後半から所属させていただいている日本ヘミングウェイ協会には、口頭発表や論文投稿の機会をいただき、長きにわたってお世話になっている。本書掲載の論文の多くがヘミングウェイ協会を通じて多くの会員に揉まれ、磨かれたものであり、それゆえに出版する上での自信となっている。協会にお誘いくださった島村法夫先生をはじめ、今村楯夫先生、フェアバンクス香織先生、松下千雅子先生にはそれぞれの章の基となった論文作成に多大なるご助力を賜った。深く感謝したい。

第4章で扱った国民党文書の電子ファイルを寛大にも譲ってくださった東中野修道先生、そして中国語関連の資料の判読に協力いただいた王暁葵氏、（Luisa）Cheng-Fan Chen 氏、ならびに豊田周子先生、楊佳嘉先生にこの場を借りて心より感謝申しあげる。また、付録として取り入れたヘミングウェイの難解な二つの序文の翻訳には、同僚であるグレゴリー・マイネハン先生のご助言に大いに助けられた。この場で感謝したい。

キューバにおける私の研究活動を支援してくださった、キューバ文化遺産評議会関係者、ならびにヘミングウェイ博物館関係者、はじめての訪玖から博物館とのコンタクトに尽力くださった旅行代理店 Brisa Cubana の瀬戸くみこ氏にも深く感謝したい。彼らの協力によりキューバで得られた資料は、本書の枠組みを示す上でもっとも重要な第1章に欠かせないものとなった。

また、キューバでの出逢いから今日まで有益な情報や資料を提供してくれたレネ・ビジャレアルとラウール・ビジャレアル親子にもこの場を借りて感謝したい。レネは私と知り合ってから数年後に他界されたが、幼少期より長年にわたってヘミングウェイに遣え、生前のヘミングウェイを直接知る貴重な生き証人がまたこの世から失われたことを残念に思う。レネの冥福を心から祈りたい。

なお、本書に収められたキューバ関連の研究成果は、JSPS科研費JP二五五八〇〇六九、JP二六五八〇〇五九、JP一六K一三二〇七の助成金を受けて実現したものである。関係者各位に深く感謝申しあげる。本書の出版にあたっては、名城大学学術研究支援センターの出版助成に依るところが大きい。貴重な機会を頂けたことに心から感謝したい。また、本書の出版助成に必要な書類の手配を迅速かつ快く引き受けてくださった現代図書の野下弘子氏には、さまざまなご無理をお聞き届けいただき、大変お世話になった。深く感謝申し上げる。

最後に、人生を自由に歩ませてくれた父勘五郎と母節子、そして、いつも支えてくれている上に本書の原稿チェックを手伝ってくれた妻史絵、よくできた二人の娘たち柚月と杏月に感謝し、今後も精進したいと思う。

二〇二〇年一一月　自宅で未来少年コナン最終回を見ながら

柳沢秀郎

索　引

・索引本文および註で言及した人名、作品名、歴史的事項等を配列した。

・アーネスト・ヘミングウェイについては、本書全体で扱っているので、索引ではページ数を拾っていないが、ヘミングウェイ作品およびその登場人物については、「ヘミングウェイ、アーネスト」の下位に配列し、ページを拾っている。

▩う

▩え

▩お

▩か

▓き

▓く

■け

■こ

■さ

■し

■す

■せ

■そ

■た

■ち

■つ

■て

■と

■の

■は

■ひ

■ふ

■ほ

や

ゆ

よ

ら

り

る

れ

ろ

わ

参考文献

ヘミングウェイ自著資料

◆文学作品

Across the River and Into the Trees. London: Grafton, 1950.

The Complete Short Stories of Ernest Hemingway: The Finca Vigía Edition. First Scribner trade paperback ed. New York: Scribner's, 2003.

Death in the Afternoon. New York: Touchstone, 1996.

The Dangerous Summer. New York: Scribner's, 1985.

——— Part I. *Life* (September 5, 1960): 77–109.

——— Part II. *Life* (September 12, 1960): 61–82.

——— Part III. *Life* (September 19, 1960): 74–96.

88 Poems. Ed. Nicholas Gerogiannis. New York: Harcourt, 1979.

The Fifth Column and the First Forty-nine Stories. New York: Scribner's, 1938.

A Farewell to Arms. Collier ed. New York: Macmillan, 1986.

For Whom the Bell Tolls. Renewal ed. New York: Scribner's, 1968.

Green Hills of Africa. Renewal ed. New York: Scribner's, 1963.

The Garden of Eden. Scribner Paperback Fiction ed. New York: Simon & Schuster, 1995.

The Garden of Eden manuscript. Hemingway Collection. John F. Kennedy Library, Boston, MA.

Islands in the Stream. New York: Scribner's, 1970.

in our time. Paris: Three Mountains P, 1924.

In Our Time. New York: Scribner's, 1930.

A Moveable Feast. Collier ed. New York: Macmillan, 1987.

A Moveable Feast: The Restored Edition. Ed. Seán Hemingway. New York: Scribner's, 2009.

Men Without Women. New York: Scribner's, 1927.

The Nick Adams Stories. New York: Scribner's, 1972.

The Old Man and the Sea. Renewal ed. New York: Scribner's, 1980.

——— *Life* (Sepember 1, 1952): 35–54.

Complete Poems. Edited with an introduction and notes by Nicholas Gerogiannis. Rev. ed. Lincoln: U of Nebraska P, 1992.

The Sun Also Rises. Scribner Paperback Fiction ed. New York: Simon & Schuster, 1954.
The Short Stories of Ernest Hemingway. New York: Scribner's, 1954.
True at First Light. Ed. Patrick Hemingway. New York: Scribner's, 1999.
To Have and Have Not. First Scribner trade paperback ed. New York: Scribner's, 2003.
The Torrents of Spring. New York: Scribner's, 1926.
Three Stories and Ten Poems. Paris: Contact Editions, 1923.
Under Kilimanjaro. Ed. Robert W Lewis and Robert E. Fleming. Kent, OH: Kent State UP, 2005.
Winner Take Nothing. New York: Scribner's, 1933.

◆手　紙

Ernest Hemingway: Selected Letters 1917-1961. Ed. Carlos Baker. New York: Scribner's, 1981.
The Letters of Ernest Hemingway Vol. 1. 1907-1922. Ed. Sandra Spanier. Cambridge: Cambridge UP, 2011.
The Letters of Ernest Hemingway Vol. 2. 1923-1925. Ed. Sandra Spanier. Cambridge: Cambridge UP, 2013.
The Letters of Ernest Hemingway Vol. 3. 1926-1929. Ed. Sandra Spanier Cambridge: Cambridge UP, 2015.
The Letters of Ernest Hemingway Vol. 4. 1929-1931. Ed. Sandra Spanier Cambridge: Cambridge UP, 2018.
The Letters of Ernest Hemingway Vol. 5. 1932-1934. Ed. Sandra Spanier Cambridge: Cambridge UP, 2020.

◆映　画

A Farewell to Arms. Paramount Pictures, 1932.
The Spanish Earth. Cleveland: Savage, 1938.
For Whom the Bell Tolls. Sam Wood, Paramount Pictures, 1943.
To Have & Have Not. Warner Bros, 1944.
"The Killers." Mark Hellinger, Universal International, 1946.
"The Snows of Kilimanjaro". Anchor Bay Entertainment, 1952.
The Old Man and the Sea. Warner Bros, 1958.
"The Killers". Mark Huffam, 1964.

Islands in the Stream. Paramount Pictures, 1977.
"My Old Man". Jr. Robert Halmi, 1979.
The Old Man and the Sea. Brian Harris and others, 1990.
"Hills like White Elephants". *Women & Men: Stories of Seduction*. Directed by Frederic Raphael and others, 1990.

◆翻　訳

『誰がために鐘は鳴る』大久保康雄 訳，三笠書房，1951 年.
『アフリカの緑の丘』西村孝次 訳,「ヘミングウェイ全集 5」，三笠書房，1966 年.
『老人興海』范思平 訳 香港，中一出版社，1952 年.
『老人と海』福田恆存 訳，チャールズ・E・タトル商会，1953 年.
『老人と海』福田恆存 訳，新潮社，1966 年.
「老人と海」福田恆存 訳,『中学国語三』，大阪書籍，1966 年． 135-156 頁.

◆その他

By-Line: Selected Articles and Dispatches of Four Decades. Ed. William White. New York: Scribner's, 1967.
Dateline, Toronto: The Complete Toronto Star Dispatches, 1920-1924. Ed. William White. New York: Scribner's, 1985.
Introduction. *Men at War: The Best War Stories of All Time*. Ed. Ernest Hemingway. New York: Crown, 1942. xi-xxxi.
Introduction. *Men at War: The Best War Stories of All Time*. Ed. Ernest Hemingway. New York: Crown, 1955. xi-xxvii.
Foreword. *Treasury for the Free World*. Ed. Ben Raeburn. New York: Arco, 1946. xiii-xv.

日本語文献

天野爲之 編『小學修身經　高等科生徒用　巻二』冨山房書店，1893 年.
―――『小學修身經　高等科生徒用　巻四』冨山房書店，1893 年.
荒井信一『空爆の歴史』岩波書店，2008 年.
アルバレス・ロランド／マルタ・グスマン『ゲバラの国の日本人――キューバに生きた、赴いた日本人 100 年史』西崎素子 訳，VIENT，2005 年.
アレア，トマス・グティエレス『苺とチョコレート』DVD シネカノン，1993 年.

飯倉章『日露戦争諷刺画大全　下巻』芙蓉書房出版，2010 年．

井沢実『スペイン語入門』中央公論社，1991 年．

———『ラテン・アメリカの日本人』日本国際問題研究所，1972 年．

石垣綾子『スペインで戦った日本人』朝日新聞社，1989 年．

井上哲次郎『武士道の本質』八光社，1942 年．

今村楯夫「ヘミングウェイと日本を結ぶ画家──久米民十郎を中心に」『アーネスト・ヘミングウェイ──21 世紀から読む作家の地平』日本ヘミングウェイ協会編，臨川書店，2011 年．20–37 頁．

———「インタビュー　私とヘミングウェイ──小川国夫氏に聞く『アーネスト・ヘミングウェイの文学』ミネルヴァ書房，2006 年．242–65 頁．

今村楯夫／島村法夫 監修『ヘミングウェイ大辞典』勉誠出版，2012.

内川芳美 監修『外国新聞に見る日本　第三巻　1903~1905　本編　下』毎日コミュニケーションズ，1992 年．

江藤淳『閉ざされた言語空間──占領軍の検閲と戦後日本』文藝春秋，2009 年．

大森昭生「「戦争作家」の「真実」──出版されなかった第二次世界大戦」『アーネスト・ヘミングウェイ──21 世紀から読む作家の地平』日本ヘミングウェイ協会編，臨川書店，2011 年．250–68 頁．

小笠原亜依「フレンチ・“セザンヌ”・コネクション──ガートルード・スタインとパリのヘミングウェイ」『アーネスト・ヘミングウェイの文学』今村楯夫 編著，ミネルヴァ書房，2006 年．92–108 頁．

カラザース，スーザン・L『良い占領？──第二次大戦後の日独で米兵は何をしたか』小滝陽 訳，人文書院，2019 年．

カルペンティエール，アレホ『春の祭典』柳原孝敦 訳，国書刊行会，2001 年．

川成洋『スペイン戦争──ジャック白井と国際旅団』朝日新聞社，1989 年．

菅野覚明『武士道の逆襲』講談社，2004 年．

倉部きよたか「キューバ移民残照」『熱い国からきたアート（キューバ現代美術展）カタログ』キューバ現代美術展，1998 年．

———『峠の文化史──キューバの日本人』PMC 出版，1989 年．

———「移民名簿 *Cuba*: 新潟」n.d.，1–6 頁．（http://members3.jcom.home.ne.jp/iminshi/meibo/cuba/meibo_cuba.htm）

———「移民名簿 *Cuba*: 福岡」n.d.，1–4 頁．（http://members3.jcom.home.ne.jp/iminshi/meibo/cuba/meibo_cuba.htm）

佐伯彰一『日米関係の中の文学』文藝春秋，1984 年．

繁沢敦子『原爆と検閲――アメリカ人記者たちが見た広島・長崎』公新書，2010 年.
シェイクスピア，ウィリアム 『ヘンリー四世：全二部』松岡和子 訳，筑摩書房，2013 年.
島村法夫「その他の散文」『ヘミングウェイ大辞典』今村楯夫／島村法夫 監修，勉誠出版，2012 年．431–33 頁.
清水晶『戦争と映画』社会思想社，1994 年.
新保博『近代日本経済史』創文社，1995 年.
石和静『風刺漫画に見る日露戦争』彩流社，2010 年.
新潮社「歴代の 100 冊全てに採用された作品」（http://100satsu.com/history/ranking1.html）
『世論調査報告書　第四巻』総理府国立世論調査所編，1992 年.
『戦後日本教育史料集成　第三巻　講和前後の教育政策』三一書房，1983 年.
曾虚白『曾虚白自傳 上集』聯經出版事業公司（台北），1988 年.
園田節子『南北アメリカ華民と近代中国――19 世紀トランスナショナル・マイグレーション』東京大学出版，2009 年.
高野泰志「革命家の祈り――『誰がために鐘は鳴る』の宗教観と政治信条」『アーネスト・ヘミングウェイ――21 世紀から読む作家の地平』日本ヘミングウェイ協会編，臨川書店，2011 年．208–26 頁.
『中央宣傳部國際宣傳處工作概要（二十七年迄三十年四月）』中国国民党党史館蔵（台北）東中野修道 訳.
塚田幸光『クロスメディア・ヘミングウェイ：アメリカ文化の政治学』小鳥遊書房，2020 年.
辻裕美「ヘミングウェイ・テクストにおけるキプリングのインド植民地表象の影響――人種越境性とアイデンティティの流動性」『ヘミングウェイ研究』第 14 号，日本ヘミングウェイ協会，2013 年．53–66 頁.
デスノエス，エドムンド『低開発の記憶』野谷文昭訳，白水社，2011 年.
徳島県立近代美術館編集『薩摩治郎八と巴里の日本人画家たち』共同通信社，1998 年.
戸部良一「華中の日本軍、一九三八～一九四一年――第十一軍の作戦を中心として」『日中戦争の軍事的展開』波多野澄雄・戸部良一 編，慶應義塾大学出版，2006 年．157–88 頁.
トルストイ，レフ．『戦争と平和』全 6 巻 藤沼貴 訳，岩波書店，2006 年.
トリート，ジョン・W『グランド・ゼロを書く――日本文学と原爆――』水島裕雅 他監訳，法政大学出版局，2010 年.

中村紀久二『復刻　国定高等小学読本　解説』大空社, 1991 年.
中村嘉雄「優生学とヘミングウェイ──人種的レトリックの『大衆』戦略」『アメリカン・モダニズムと大衆文学』藤野功一編著, 金星堂, 2019 年. 108-43 頁.
仁木勝治「アーネスト・ヘミングウェイと石原慎太郎」『文化のかけ橋』文化書房博文社, 2004 年. 160-74 頁.
西尾幹二『GHQ 焚書図書開封 3』徳間書店, 2009 年.
───『GHQ 焚書図書開封 5』徳間書店, 2011 年.
新田啓子「日はまた昇るか？──性差混乱と持たぬ者たち──」『ヘミングウェイ研究』第 6 号, 日本ヘミングウェイ協会編, 2005 年. 45-60 頁.
ネルソン, スティーブ『義勇兵』松本正雄 訳, 新日本出版社, 1966 年.
原田直茂『小学国語読本　尋常科第六学年前期用』目黒書店, 1937 年.
東中野修道『南京事件──国民党極秘文書から読み解く』草思社, 2006 年.
フェアバンクス（杉本）香織「海流の中の島々」『ヘミングウェイ大辞典』今村楯夫 / 島村法夫監修, 勉誠出版, 2012 年. 33-36 頁.
───「ヘミングウェイの『デイヴィッド』ジェンクスの『デイヴィッド』─『エデンの園』におけるトム・ジェンクス編纂の問題点」『アメリカ文学研究』第 44 号, 日本アメリカ文学会, 2008 年. 89-103 頁.
船津明生「明治期の武士道についての一考察」『言葉と文化』第 4 巻, 2003 年. 17-32 頁.
『文藝春秋』第 32 号, 文藝春秋, 1954 年.
三橋順子「「女装者」概念の成立」『戦後日本女装・同性愛研究』矢島正見 編著, 中央大学出版部, 2006 年. 224-43 頁.
宮坂広作「戦後日本における社会教育政策の展開」『日本国民の自己形成・戦後日本国民の自己形成』小川利夫 編, 日本図書センター, 2001 年. 339-412 頁.
宮本陽一郎「ヘミングウェイの南西島共和国──文学、革命、観光」『ヘミングウェイの文学』今村楯夫 編著, ミネルヴァ書房, 2006 年. 31-45 頁.
『文部科学省選定教材映画等目録 CD-ROM データベース昭和二九年～平成十三年版』日本視聴覚教材センター, 2004 年.
文部省編『初等科修身　四』日本書籍, 1943 年（復刻版）, ほるぷ出版, 1982 年.
四方田犬彦『日本映画史一〇〇年』集英社, 2000 年.
柳沢秀郎「国・都市：中国・東南アジア」『ヘミングウェイ大辞典』今村楯夫 / 島村法夫 監修, 勉誠出版, 2012 年. 724-26 頁.
リチー, ドナルド『十二人の賓客──日本に何を発見したか』安西徹雄 訳, TBS ブリ

タニカ，1997 年.
渡辺純子「ヘミングウェイ：パリの交遊録抄」『ヘミングウェイが愛した街』中村隆夫 監修，毎日放送，2007 年．20-38 頁.

英語文献

Adams, J. Donald. "Ernest Hemingway's First Novel in Eight Years." (*New York times Book Review*, October 17, 1937, 2). *Ernest Hemingway: The Critical Reception*. Ed. Robert O. Stephens. New York: Burt Franklin, 1977. 173-74.

Álvarez Estévez, Rolando and Marta Guzmán Pascual. *Gebara no Kuni no Nihonjin: Kyuba ni Ikita, Omomuita Nihonjin Hyaku-nen Si [The Japanese in the Guevara's Country: Centennial History of the Japanese moving to Cuba].* Tokyo: VIENT, 2005.

Angoff, Charles. "Ernest Hemingway." (*American Mercury.* 71 November 1950: 619-25). *Ernest Hemingway: The Critical Reception.* Ed. Robert O. Stephens. New York: B. Franklin, 1977. 325-26.

Arenas, Reinaldo. *Before Night Falls.* Trans. Dolores M. Koch. New York: Penguin, 2000.

Aronowitz, Alfred G. and Peter Hamill. *Ernest Hemingway: The Life and Death of a Man.* New York: Lancer Books, 1961.

Axelsson, Arne. *Restrained Response: American Novels of the Cold War Era, 1945-1962.* New York: Greenwood P, 1990.

Bailey, Thomas Andrew. *Theodore Roosevelt and the Japanese-American Crises.* Gloucester: Peter Smith, 1964.

Baker, Carlos. *Ernest Hemingway: A Life Story*. New York: Scribner's, 1969.

———, ed. *Hemingway and His Critics: An International Anthology*. New York: Hill and Wang, 1961.

———. *Hemingway: The Writer as Artist*. Princeton, an NJ: Princeton UP, 1972.

Banta, Melissa and Oscar A. Silverman, eds. *James Joyce's Letters to Sylvia Beach, 1921-1940*. Bloomington: Indiana UP, 1987.

Barnes, Djuna. *New York*. Ed. Alyce Barry. New York: Sun & Moon P, 1989.

Barrows, Harlan Harland, Edith Putnam Parker and Margaret Terrell Parker. *Geography:*

Europe and Asia. New York: Silver, Burdett, 1933.

Beach, Sylvia. *Shakespeare and Company (1959)*. Lincoln: U of Nebraska P, 1991.

Benedict, Ruth. *The Chrysanthemum and the Sword: Patterns of Japanese Culture*. New York: Mariner Books, 1946.

Benhabib, Seyla and Judith Resnik, ed. *Migrations and Mobilities: Citizenship, Borders, and Gender*. New York: New York UP, 2009.

Benson, Jackson J. *Hemingway: The Writer's Art of Self-Defense*. Minnesota: U of Minnesota P, 1969.

Bowie Jr, Thomas G. "The Need for Narrative in Our Time." *War + Ink: New Perspectives on Ernest Hemingway's Early Life and Writings* Ed. Steve Paul, Gail Sinclair, and Steven Trout. Kent: Kent State UP, 2014, 221–41.

Brasch, James D. and Joseph Sigman. *Hemingway's Library: A Composite Record*. New York: Garland, 1981.

Breit, Harvey. "Hemingway's 'Old Man.' " *Ernest Hemingway: The Critical Reception*. Ed. Robert O. Stephens. New York: B Franklin, 1977. 343–44.

Brennen, Carlene Frederica. *Hemingway's Cats*. Sarasota: Pineapple P, 2006.

Brenner, Gerry. *The Old Man and the Sea: Story of a Common Man*. Boston: Twayne, 1991.

Brian, Denis. *Murderers and Other Friendly People: The Public and Private Worlds of Interviewers*. New York: McGraw-Hill, 1972.

———. *The True Gen: An Intimate Portrait of Ernest Hemingway by Those Who Knew Him*. New York: Grove P, 1988.

Brooks, Cleanth. *William Faulkner: The Yoknapatawpha Country*. Yale UP, 1978.

Bruccoli, Matthew J., ed. *Conversations with Ernest Hemingway*. Jackson: UP of Mississippi, 1986.

———, ed. *Ernest Hemingway, Cub Reporter; Kansas City Star Stories*. Pittsburgh: U of Pittsburgh P, 1970.

———. *Ernest Hemingway's Apprenticeship: Oak Park, 1916–1917*. Washington: NCR Microcard Editions, 1971.

———, ed. *Fitzgerald and Hemingway: A Dangerous Friendship*. New York: Carroll and Graf, 1994.

———, ed. *The Only Thing That Counts: The Ernest Hemingway-Maxwell Perkins Correspondence, 1925–1947*. Columbia: U of South Carolina P, 1996.

Bulfinch, Thomas. *Bulfinch's Mythology: The Age of Fable; The Age of Chivalry; Legends of Charlemagne*. New York: Modern Library, n.d.

Burgess, Anthony. *Ernest Hemingway and His World*. New York: Scribner's, 1978.

Burks, Arthur. *Grottos of Chinatown: The Dorus Noel Stories*. Off-Trail Publications, 2009.

Burrill, William. *Hemingway, The Toronto Years*. Doubleday, 1994.

Burwell, Rose Marie. *Hemingway: The Postwar Years and the Posthumous Novels*. Cambridge: Cambridge UP. 1999.

Callaghan, Morley. *That Summer in Paris: Memories of Tangled Friendships with Hemingway, Fitzgerald, and Some Others*. New York: Coward-McCann, 1963.

Canel, Fausto. *Hemingway*. 1962. https://www.youtube.com/watch?v=9YlZoROlsPQ. Accessed August 27, 2015.

Campanella, Richard. "Chinatown New Orleans." *Louisiana Cultural Vistas* (Fall 2007): 50–57.

Carpentier, Alejo. *Haruno Saiten* (*La Consagracion de La Primavera*). Trans. Yanagihara Takaatsu. Tokyo: Kokushokankokai, 2001.

Chamberlin, Brewster. *The Hemingway Log: A Chronology of His Life and Time*. UP of Kansas, 2015.

Chanan, Michael, ed. *Memories of Underdevelopment*. New Brunswick, NJ: Rutgers UP, 1990. 115–75.

Chandler, Raymond. *Selected Letters of Raymond Chandler*. Ed. Frank MacShane. New York: Columbia UP, 1981.

Cho, Jukyu. *Cuba no Nihonjin Gisi* [*The Japanese Engineers in Cuba*]. Tokyo: Asahishuppansha, 1961.

Churchill, Winston S. "Iron Curtain Speech." March 5, 1946. Modern History Sourcebook. http://www.fordham.edu/Halsall/mod/churchill-iron.asp. Accessed Aug. 27, 2015.

Cirino, Mark. "That Supreme Moment of Complete Knowledge: Hemingway's Theory of the Vision of the Dying," *War + Ink: New Perspectives on Ernest Hemingway's Early Life and Writings*. Ed. Steve Paul, Gail Sinclair, and Steven Trout. Kent: Kent State UP, 2014.

Clausewitz, Carl von. *On War*. Ed., trans., Michael Howard and Peter Part. Princeton:

Princeton UP, 1976.

Clifford, Stephen P. *Beyond the Heroic "I": Reading Lawrence, Hemingway, and "Masculinity."* Cranbury, NJ: Bucknell UP, 1999.

Coughlan, Robert. "Top Managers in 'Business Cabine." *Life* (Jan. 19, 1953). 100–12.

Cowley, Malcolm, ed. *Hemingway*. New York: Viking, 1944.

Cummings, E.E. *Selected Letters of E.E. Cummings*. Ed. F.W. Dupee and George Stade. New York: Harcourt, 1969.

Davis, Hassoldt. *Land of the Eye: A Narrative of the Labors, Adventures, Alarums and Excursions of the Denis-Roosevelt Asiatic Expedition to Burma, China, India and the Lost Kingdom of Nepal*. New York: Holt, 1940.

Davis, Robert Gorham. "The Story of a Tragic Fisherman." *Ernest Hemingway: The Critical Reception*. Ed. Robert O. Stephens. New York: B Franklin, 1977. 348–49.

Dean, Loomis and Barna Conrad. *Hemingway's Spain*. San Francisco: Chronicle Books, 1989.

Defazio III, Albert J., ed. *Dear Papa, Dear Hotch: The Correspondence of Ernest Hemingway and A. E. Hotchner*. Columbia: U of Missouri P, 2005.

Dennett, Tyler. *Roosevelt and the Russo-Japanese War*. New York: Doubleday, 1925.

Desnoes, Edmundo. *Inconsolable Memories. Memories of Underdevelopment and Inconsolable Memories*. Direct. Tomas Gutierrez Alea. New Brunswick: Rutgers UP, 1990. 115–75.

Donaldson, Scott. *Archibald MacLeish: An American Life*. New York: Houghton Mifflin,. 1992.

———. *By Force of Will: The Life and Art of Ernest Hemingway*. Universe. Com, Inc, 2001.

Dorsey, John T. "Atomic Bomb Literature in Japan and the West." *Neohelicon* 14.2 (September 1987): 325–34.

Dowling, Robert M. *Slumming in New York: From the Waterfront to Mythic Harlem*. Urbana: U of Illinois P, 2007.

Eby, Carl P. *Hemingway's Fetishism: Psychoanalysis and the Mirror of Manhood*. New York: State U of NY P, 1999.

Elder, Robert K., Aaron Vetch & Mark Cirino. *Hidden Hemingway: Inside the Ernest*

Hemingway Archives of Oak Park. Kent: Kent State UP, 2016.

Empson, William. *Selected Letters of William Empson*. Ed. John Haffenden. Oxford: Oxford UP, 2006.

Endicott, Stephen and Edward Hagerman. *The United States and Biological Warfare: Secrets from the Early Cold War and Korea*. Bloomington: Indiana UP, 1998.

Fante, John. *John Fante: Selected Letters 1932–1981*. Ed. Seamus Cooney. Santa Rosa: Black Sparrow P, 1991.

Fantina, Richard. *Ernest Hemingway: Machismo and Masochism*. New York: Macmillan, 2005.

Farah, Andrew. *Hemingway's Brain*. Columbia: U of South Carolina P, 2017. 26–46.

Faulkner, William. *The Collected Short Stories of William Faulkner Vol. 1: Uncle Willy and Other Stories*. London: Chatto & Windus, 1958.

———. *Essays, Speeches and Public Letters by William Faulkner*. Ed. James B. Meriwether. New York: Random House, 1965.

———. *Selected Letters of William Faulkner*, ed. Joseph Blotner. New York: Random House, 1977.

Fenton, Charles A. *The Apprenticeship of Ernest Hemingway, The Early Years*. Durham, NC: Plantin Paperbacks, 1987.

Ferrero, Gladys Rodriguez. "Hemingway: The Man Who Worked in and Enjoyed Cuba." *Hemingway, Cuba, and the Cuban Works*. Ed. Larry Grimes. Kent: Kent UP, 2014. 1–7.

Florczyk, Steven. *Hemingway, the Red Cross, and the Great War*. Kent: Kent State UP, 2014.

Forster, E.M. *Selected Letters of E.M. Forster 1879–1920*. Ed. Mary Lago and P.N. Furbank. Cambridge: Belknap P, 1983.

Frazer, James. *The Golden Bough: A Study in Magic and Religion.* Oxford: Oxford UP, 2009.

Fredrickson, George M. *Racism: A Short History*. Princeton: Princeton UP, 2002.

Freud, Sigmund. *Jokes and Their Relation to the Unconscious*. Trans. James Strachey. London: Vintage, 2001.

———. "Humour." *The Future of an Illusion Civilisation and Its Discontents and Other Works*. Trans. James Strachey. London: Vintage, 2001. 161–66.

Frevert, Ute. *Men of Honour: A Social and Cultural History of the Duel*. Trans. Anthony Williams. Cambridge: Polity P, 1995.

Fruscione, Joseph. "Knowing and Recombining: Ellison's Ways of Understanding Hemingway." *Hemingway and the Black Renaissance*. Ed. Gary Edward Holcomb and Charles Scruggs. Columbus: Ohio State UP, 2012. 78–119.

Fuentes, Norberto. *Ernest Hemingway: Rediscovered*. New York: Baron's, 2000.

———. *Hemingway in Cuba*. Secaucus, N.J.: Lyle. Stuart, 1984.

Fukuda, Rikutaro. "Nihon ni okeru Heminguuei oyobi Fokunaa Bunken" ["Literature on Hemingway and Faulkner in Japan"]. *Hikaku Bungaku 3* [*Comparative Literature 3*]. (1960): 105–21.

Gellhorn, Martha. *The Face of War*. New York: Atlantic Monthly, 1988.

———. *Selected Letters of Martha Gellhorn*. Ed. Caroline Moorhead. New York: Holt, 2006.

———. *Travels with Myself and Another: A Memoir*. New York: Tarcher, 2001.

———. *The View from the Ground*. New York: Atlantic Monthly, 1988.

Gerstle, Gary. *American Crucible: Race and Nation in the Twentieth Century*. Princeton: Princeton UP, 2002.

Giles, Paul. *Virtual Americas: Transnational Fictions and the Transatlantic Imaginary*. Durham, N.C.: Duke UP, 2002.

Godfrey, Laura Gruber. *Hemingway's Geographies: Intimacy, Materiality, and Memory*. Palgrave Macmillan, 2016.

Goldberg, Vicki. *Margaret Bourke-White: A Biography*. New York: Harper, 1986.

González, Eduardo. *Cuba and the Tempest: Literature & Cinema in Time of Diaspora*. Chapel Hill: U of North Carolina P, 2006.

Griffin, Peter. *Along with Youth: Hemingway, the Early Years*. New York: Oxford UP, 1985.

Grimes, Larry and Bickford Sylvester. *Hemingway, Cuba, and the Cuban Works*. Kent: Kent Sate UP, 2014.

———. *Less Than a Treason: Hemingway in Paris*. New York: Oxford UP, 1990.

Groth, John. *Studio: Asia*. Cleveland: World, 1952.

Gunther, John. *Inside Asia*. New York: Harper, 1939.

Gutiérrez Alea, Tomás. *Memories of Underdevelopment*. ICAIC. 1968. VHS.

———. *Strawberry and Chocolate*. 1994. DVD.

Haley, James L. *Captive Paradise: A History of Hawaii*. New York: Martin's P, 2014.

Hammett, Dashiell. *Selected Letters of Dashiell Hammett 1921–1960*. Ed. Richard Layman with Julie M. Rivett. Washington D.C.: Counter Point, 2001.

Hamilton, Ian. *A Staff Officer's Scrapbook during the Russo-Japanese War*. 2 Vols. London: Edward Arnold, 1905–1907.

Hart, B. H. Liddell. *History of the First World War*. London: Cassell, 1970.

Haugen, Brenda. *Winston Churchill: British Solder, Writer, Statesman*. Compass Point Books, 2006.

Hawley, Sandra. "The Importance of Being Charlie Chan." *America Views China: American Images of China Then and Now*. Ed. Goldstein, Jonathan, Jerry Israel and Hilary Conroy. Bethlehem, PA: Lehigh University Press, 1991. 132–47.

Heap, Chad. *Slumming: Sexual and Racial Encounters in American Nightlife, 1885–1940*. Chicago: U of Chicago P, 2009.

Hemingway, Colette C. *in his time: Ernest Hemingway's Collection of Paintings and the Artists He Knew*. New York: Kilimanjaro, 2009.

Hemingway, Gregory H. *Papa: A Personal Memoir*. Boston: Houghton Mifflin, 1976.

Hemingway, Hilary and Carlene Brennen. *Hemingway in Cuba*. New York: Rugged Land, 2005.

Hemingway, Jack. *Misadventures of a Fly Fisherman: My Life with and without Papa*. Dallas: Taylor P, 1986.

Hemingway, Leicester. *My Brother, Ernest Hemingway: New Ed*. Sarasota: Pineapple P., 1996.

Hemingway, Mary Welsh. *How It Was*. New York: Alfred A. Knopf, 1976.

Hemingway, Seán, ed. *Hemingway on War*. New York: Scribner's, 2003.

——— (ed). Introduction. *Moveable Feast: The Restored Edition*. New York: Scribner's, 2009. 1–13.

Hemingway, Valerie. *Running with Bulls: My Years with the Hemingways*. New York: Ballantine Books, 2005.

Hendin, Josephine G., ed. *A Concise Companion to Postwar American Literature and Culture*. Malden, MA: Blackwell, 2004.

Herring, Scott. *Queering the Underworld: Slumming, Literature, and the Undoing of*

Lesbian and Gay History. Chicago: U of Chicago P, 2007.

High, Peter B. *The Imperial Screen: Japanese Film Culture in the Fifteen years' War, 1931–1945*. U of Wisconsin P, 2003.

Holcomb, Gary Edward and Charles Scruggs. "Hemingway and the Black Renaissance." In *Hemingway and the Black Renaissance*. Ed. Gary Edward Holcomb and Charles Scruggs. Columbus: Ohio State UP, 2012. 1–26.

Hoopes, Roy. *Ralph Ingersoll: A Biography*. New York: Atheneum, 1985.

Hotchner, A. E. *Papa Hemingway*. New York: Da Capo P, 2004.

Huang, Yunte. *Transpacific Displacement: Ethnography, and Intertextual Travel in Twentieth-Century American Literature*. London: U of California P, 2002.

Hunt, Frazier. *The Untold Story of Douglas MacArthur*. New York: Manor, 1977.

Ingersoll, Ralph. *Action on All Fronts*. New York: Harper, 1942.

———. "Hemingway Interviewed by Ralph Ingersoll." *By-Line: Selected Articles and Dispatches of Four Decades*. Ed. William White. New York: Scribner's, 1967. 303–14.

Janeira, Armando Martins. *Japanese and Western Literature: A Comparative Study*. Vermont and Tokyo: Charles E. Tuttle, 1970.

Jaynes, Christen Hemingawy. *Ernest's Way: An International Journey trhough Hemingway's Life*. New York: Pegasus, 2019.

Jelliffe, Robert A, ed. *Faulkner at Nagano*. Tokyo: Kenkyush, 1956.

Jobes, Katharine T, ed. *Twentieth Century Interpretations of* "*The Old Man and the Sea*": *A Collection of Critical Essays*. Englewood Cliffs, N.J.: Prentice-Hall, 1968.

Johnson, Edgar. "Farewell the Separate Peace." *Twentieth Century Interpretations of A Farewell to Arms*. Ed. Jay Gellens. Englewood Cliffs: Prentice, 1970. 112–14.

Joll, James. *The Origins of the First World War*. London: Longman, 1984.

Jones, Diane Brown. *A Reader's Guide to the Short Stories of William Faulkner*. New York: G. K. Hall, 1994.

Josephs, Allen. *For Whom the Bell Tolls: Ernest Hemingway's Undiscovered Country*. New York: Twayne, 1994.

Kahler, Erich. *The Tower and the Abyss: An Inquiry into the Transformation of the*

Individual. George Braziller, Inc., 1957.

Kale, Verna. "Chronology." *Ernest Hemingway in Context*. Ed. Debra A. Moddelmog. Cambridge: Cambridge UP, 2013. 3–11.

Kennedy, J. Gerald. "Hemingway's Gender Trouble." *Hemingway's The Garden of Eden: Twenty Five Years of Criticism*. Kindle version. Ed. Suzanne del Gizzo. Kent: Kent State UP, 2012, 167–84.

Kent, Neil. *Trieste*. London: C. Hurst, 2011.

Kerouac, Jack. *Jack Kerouac Selected Letters 1940–1956*. Ed. Ann Charters. New York: Penguin, 1995.

Kert, Bernice. *The Hemingway Women*. New York: W.W. Norton & Company, 1983.

Kingston, Maxine Hong. *China Men*. New York: Vintage, 1989.

Kinkead, Gwen. *Chinatown: A Portrait of a Closed Society*. New York: Harper Perennial, 1993.

Kitunda, Jeremiah M. " 'Love is a dunghill.... And I'm the Cock That Gets on It to Crow': Hemingway's Farcical Adoration of Africa." *Hemingway and Africa*. Ed. Miriam B. Mandel. Rochester: Camden House, 2011. 122–48.

Kleinman, Craig. "Dirty Tricks and Wordy Jokes: The Politics of Recollection in *A Farewell to Arms*." *The Hemingway Review* 15.1 (Fall 1995): 54–71.

Kodama, Sanehide, ed. *Ezra Pound and Japan: Letters and Essays*. Redding Ridge, CT: Black Swan, 1987.

Kroeber, Alfred Luis. *Anthropology*. New York: Harcourt, Brace and Company,1923.

Kuprin, Alexander. "Captain Ribnikov." *Tellers of Tales: 100 Short Stories from the United States, England, France, Russia and Germany*. Ed. Somerset Maugham. New York: Doubleday, Doran, 1939. 657–84.

Kvam, Wayne E. *Hemingway in Germany: The Fiction, the Legend and the Critics*. Athens: Ohio UP, 1973.

Kwong, Peter. *Chinatown, N.Y.: Labor and Politics, 1930–1950*. New York: The New P, 2001.

———. *The New Chinatown*. New York: Hill and Wang, 1996.

Laguerre, Michel S. *The Global Ethnopolis: Chinatown, Japantown and Manilatown in American Society*. New York: Palgrave Macmillan, 2000.

Lania, Leo. *Hemingway: A Pictorial Biography*. New York: Viking, 1961.

Laurence, Frank M. *Hemingway and the Movies*. Jackson: UP of Mississippi, 1981.

Lee, Robert G. *Orientals: Asian Americans in Popular Culture*. Philadelphia: Temple UP, 1999.

Leed, Eric J. *The Mind of the Traveler: From Gilgamesh to Global Tourism.* New York: Basic, 1991.

Lewis, Robert W. *A Farewell to Arms: The War of the Words*. New York: Twayne, 1992.

Liddell Hart, B. H. *History of the First World War*. Cassell, 1970.

Lippmann, Walter. *The Cold War: A Study in U. S. Foreign Policy*. New York: Harper, 1947.

Londres, Albert. *China en ascuas: El peligro amarillo en marcha*. Barcelona: Mentors, 1927.

Lu, Jun. "Hemingway's Acceptance in China: A Historical Viewpoint." *The Hemingway Review of Japan* 14 (2013): 67–79.

Lynn, Kenneth S. *Hemingway*. New York: Simon & Schuster, 1987.

Machlin, Milt. "Hemingway Talking." *Conversations with Ernest Hemingway*. Ed. Matthew J. Bruccoli. Jackson: UP of Mississippi, 1986, 130–42.

MacLeish, Archibald. *Letters of Archibald MacLeish: 1907–1982*. Ed. R. H. Winnick. Boston: Houghton Mifflin, 1982.

Mailer, Norman. *The Naked and the Death—the Fiftieth Anniversary ed*. New York: Picador, 1998.

Malraux, André. *Man's fate: La condition humaine*. Trans. Haakon M. Chevalier. New York: Vintage, 1990.

Mandel, Miriam Bpm. *Reading Hemingway: The Facts in the Fictions*. Lanham, Maryland, and London: Scarecrow P, 2001.

Manning, Robert. "Hemingway in Cuba." *Conversations with Ernest Hemingway*. Ed. Matthew J. Bruccoli. Jackson: UP of Mississippi, 1986. 172–89.

Maugham, W. Somerset, ed. *Tellers of Tales: 100 Short Stories from the United States, England, France, Russia and Germany*. New York: Doubleday, Doran, 1939.

McHaney, Thomas L., ed. *Faulkner Studies in Japan*. Athens: U of Georgia P, 1985.

Mellow, James R. *Hemingway: A Life without Consequences*. Boston: Houghton Mifflin, 1992.

Méral, Jean. *Paris in American Literature*. Chapel Hill: The U of North Carolina P, 1989.

Meyers, Jeffrey. *Hemingway: A Biography*. New York: Harper and Row, 1985.

Milkman, Paul. *PM: A New Deal in Journalism, 1940–1948*. New Brunswick, NJ: Rutgers UP, 1997.

Miller, Linda Patterson, ed. *Letters from the Lost Generation: Gerald and Sara Murphy and Friends*. New Brunswick, N.J.: Rutgers UP, 1991.

Miller, Madelaine Hemingway. *Ernie: Hemingway's Sister "Sunny" Remembers*. New York: Crown, 1975.

Millett, Allan R. and Peter Maslowski. *For the Common Defense: A Military History of the United States of America*. New York: The Free P, 1994.

Moreira, Peter. *Hemingway on the China Front: His WWII Spy Mission with Martha Gellhorn*. Washington, D.C.: Potomac, 2006.

Moddelmog, Debra A. and Suzanne del Gizzo, ed. *Ernest Hemingway in Context*. Cambridge: Cambridge UP, 2013.

Morrison, Toni. *Playing in the Dark*. Cambridge, MA: Harvard UP, 1992.

Nelson, Gerald B. and Glory Jones. *Hemingway: Life and Works*. New York: Facts On File, 1984.

Nelson, Steve. *The Volunteers*. New York: Masses & Mainstream, 1953.

Noble, Dennis L. *Hemingway's Cuba: Finding the Places and People That Influenced the Writer*. Jefferson: McFarland, 2016.

———. *The U.S. Coast Guard's War on Human Smuggling*. Gainesville: UP of Florida, 2011.

Novikoff-Priboy, A. *Tsushima: Grave of a Floating City*. Trans. Eden and Ceder Paul. London: Reader's Union, 1937.

Oldsey, Bernard. "The Sense of an Ending." *Critical Essays on Ernest Hemingway's A Farewell to Arms*. Ed. George Monteiro. New York: G.K. Hall. 1994. 47–64.

Oliver, Charles M. *Ernest Hemingway A to Z*. New York: Checkmark Books, 1999.

Okumiya, Masatake and Jiro Horikoshi. *Zero: The Inside Story of Japan's Air War in the Pacific*. New York: Ballantine, 1956.

Ono, Kiyoyuki. "Faulkner Studies in Japan: An Overview." *Faulkner Studies in Japan*. Ed. Thomas L. McHaney. Athens: U of Georgia P, 1985, 1–12.

Oppel, Horst. "Hemingway's *Across the River and into the Trees*." *Hemingway and His*

Critics: An International Anthology. Ed. Carlos Baker. New York: Hill and Wang, 1961. 213–26.

Paige, D. D., ed. *The Selected Letters of Ezra Pound 1907–1941*. New York: New Directions, 1971.

Pérez, Fernando. *Hello Hemingway*. 1990. DVD.

Pérez Firmat, Gustavo. *The Cuban Condition: Translation and Identity in Modern Cuban Literature*. Cambridge: Cambridge UP, 1989.

Phelan, James. "Distance, Voice, and Temporal Perspective in Frederic Henry's Narration: Successes, Problems, and Paradox." *New Essays on A Farewell to Arms*. Ed. Scott Donaldson. New York: Cambridge UP, 1990. 53–74.

Phillips, Larry W, ed. *Ernest Hemingway on Writing*. London: Grafton Books, 1986.

Plath, James. *Historic Photos of Ernest Hemingway*. Nashville, TN: Turner, 2009.

——— and Frank Simons. *Remembering Ernest Hemingway*. Florida: Ketch & Yawl P, 1999.

Polo, Marco. *The Travels of Marco Polo, the Venetian*. Revised from Marsden's translation and edited by Manuel Komroff. New York: Boni & Liveright, 1926.

Pound, Ezra and James Laughlin. *Ezra Pound and James Laughlin: Selected Letters*. Ed. David M. Gordon. New York: Norton, 1994.

Pound, Ezra and William Carlos Williams. *Pound and Williams: Selected Letters of Ezra Pound and William Carlos Williams*. Ed. Hugh Witemeyer. New York: New Directions, 1996.

Pratt, Mary Louise. *Imperial Eyes: Travel Writing and Transculturation Second edition*. London: Routledge, 2008.

Raeburn, Ben, ed. *Treasury for the Free World*. Introduction by Ernest Hemingway. New York: Arco, 1946.

Rahv, Philip. "The Social Muse and the Great Kudu." (*Partisan Review* 4 December 1937, 62–64). *Ernest Hemingway: The Critical Reception*. Ed. Robert O. Stephens. New York: Burt Franklin, 1977. 185–86.

Rasmussen, Nicolas. *On Speed: The Many Lives of Amphetamine*. New York UP, 2008.

Remarque, Erich Maria. *All Quiet on the Western Front*. London: G.P. Putman's Sons, 1930.

Repington, Charles à Court. *The First World War, 1914–1918: Personal Experiences of Lieut-Col. C. à Court Repington*. Vol. 1. Boston: Houghton Mifflin, 1920.

Reynolds, Michael S. *Hemingway: The American Homecoming*. Cambridge, MA: Blackwell, 1992.

———. *Hemingway: An Annotated Chronology*. Detroit: Manly/Omnigraphics, 1991.

———. *Hemingway: The Final Years*. New York: Norton, 1999.

———. *Hemingway: The 1930's*. New York: Norton, 1997.

———. *Hemingway: The Paris Years*. Oxford: Basil Blackwell, 1989.

———. *Hemingway's Reading 1910–1940: An Inventory*. Princeton: Princeton UP, 1981.

———. *The Young Hemingway*. Oxford: Basil Blackwell, 1986.

Reynolds, Nicholas. *Writer, Sailor, Soldier, Spy: Ernest Hemingway's Secret Adventures, 1935–1961*. New York: Harper, 2017.

Repington, Charles à Court. *The First World War, 1914–1918: Personal Experiences of Lieut-Col. C. à Court Repington*. Vol. 2, Houghton Mifflin, 1921.

Richie, Donald. *The Honorable Visitors*. New York: ICG Muse, Inc., 2001.

Rohmer, Sax [Arthur Sarsfield Ward]. *The Si-fan Mysteries* [US Title: *The Hand of Fu Manchu*] (1929?)

Rosen, Kenneth, ed. *Hemingway Repossessed*. Westport, CT: Praeger, 1994.

Ross, Lillian. *Portrait of Hemingway*. New York: Random House, 1999.

Rovit, Earl. "Learning to Care." *Twentieth Century Interpretations of A Farewell to Arms*. Ed. Jay Gellens. Englewood Cliffs: Prentice, 1970. 33–40.

Salon des Artistes Japonais and Baron SATUMA: Japanese Artists in Europe before World War II. Ed. The Tokushima Modern Art Museum. Tokyo: Kyodo News, 1998.

Sanderson, Richard K. "Cold War Revisions of Hemingway's Introduction to *Men at War*." *The Hemingway Review* 20.1 (Fall 2000): 49–60.

Sanford, Marcelline Hemingway. *At the Hemingways: A Family Portrait*. Boston: Little, Brown, 1962.

Schaub, Thomas Hill. *American Fiction in the Cold War*. Madison: U of Wisconsin P, 1991.

Schorer, Mark. "With Grace under Pressure." *Ernest Hemingway: The Critical Reception*. Ed. Robert O. Stephens. New York: B Franklin, 1977. 358–60.

Seigel, Jerrold. *Bohemian Paris: Culture, Politics, and the Boundaries of Bourgeois Life, 1830–1930*. New York: Johns Hopkins UP, 1999.

Sitwell, Osbert. *Escape with Me!* London: Pan Book, 1948.

Sklar, Morty. *Nuke-Rebuke: Writers and Artists against Nuclear Energy and Weapons*. Spirit That Moves Us P, 1984.

Smedley, Agnes. *Battle Hymn of China*. New York: Alfred A. Knopf, 1943.

Smith, Robert Aura. *Our Future in Asia*. New York: Viking, 1940.

Smorkaloff, Pamela Maria. *Readers and Writers in Cuba: A Social History of Print Culture, 1830s–1900s*. New York and London: Garland Publishing, 1997.

Snow, Edgar. *Red Star over China*. New York: Grove Press, 1968.

Sonoda, Setsuko. *Nanboku America Kajin to Kindai Chugoku: 19-Seiki Transnational Migration* [*Chinese of North and South America and Contemporary China: Transnational Migration in 19th Century*]. Tokyo: U of Tokyo P, 2009.

Stephens, Robert O., ed. *Ernest Hemingway: The Critical Reception*. New York: B Franklin, 1977.

Sterne, Laurence. *The Life and Opinions of Tristram Shandy, Gentleman*. Oxford: Oxford UP, 2009.

Stevenson, David. *1914–1918: The History of the First World War*. London: Penguin, 2012.

Strong, Amy L. *Race and Identity in Hemingway's Fiction*. New York: Palgrave Macmillan, 2008.

Sindelar, Nancy W. *Influencing Hemingway: People and Places That Shaped His Life and Work*. Lanham: Rowman &Littlefield, 2014.

Spilka, Mark. *Hemingway's Quarrel with Androgyny*. Lincoln: U of Nebraska P, 1990. Print. Sweeney, Michael S. *Secrets of Victory: The Office of Censorship and the American Press and Radio in World War II*. Chapel Hill: U of North Carolina P, 2001.

Strong, Amy L. *Race and Identity in Hemingway's Fiction*. New York: Palgrave Macmillan, 2008. Print.

Takaki, Ronald. *Strangers from a Different Shore*. New York: Penguin, 1989.

Temman, Michel. *Le Japon d'André Malraux*. Mas de Vert: Éditions Philippe Picquier, 1997.

Thiess, Frank. *The Voyage of Forgotten Men (Tsushima)*. Trans. Fritz Sallagar, Indianapolis: Bobbs-Merrill, 1937.

Thomas, Hugh. *The Spanish Civil War*. New York: Harper & Row, 1963.

Tong, Hollington K. *Chiang Kai-shek*. Taipei: China Publising Company, 1953.

———. *Chiang Kai-shek's Teacher and Ambassador: An Inside View of the Republic of China from 1911–1958; General Stillwell and American Policy Change towards Free China*. Ed. Walter C. Mih. Bloomington: Author House, 2005.

———. *China and the World Press*. N.p., 1948?

———. *Dateline: China: The Beginning of China's Press Relations with the World*. New York: Rockport, 1950.

———. *What Is Ahead for China? A Collection of Speeches, June, 1956-February, 1957*. Washington: Chinese Embassy, 1957.

Treat, John Whittier. *Writing Ground Zero: Japanese Literature and the Atomic Bomb*. Chicago: U of Chicago P, 1995.

Tsui, Bonnie. *American Chinatown: A People's History of Five Neighborhoods*. New York: Free P, 2009.

Tsuruta, Kinya. "The Twilight Years, East and West: Hemingway's *The Old Man and the Sea* and Kawabata's *The Sound of the Mountain*." *Explorations: Essays in Comparative Literature*. Ed. Makoto Ueda. Lanham: UP of America, 1986. 87–99.

Tuchman, Barbara W. *The Zimmermann Telegram*. New York: Ballantine Book, 1985.

Trogdon, Robert W., ed. *Ernest Hemingway: A Literary Reference*. New York: Carroll & Graf, 1999.

Urry, John. *Mobilities*. Cambridge: Polity P, 2007.

———. *The Tourist Gaze: Leisure and Travel in Contemporary Societies*. London: Sage P, 1990.

Vernon, Alex. "War: World War I." *Ernest Hemingway in Context*. Ed. Debra A. Moddelmog and Suzanne del Gizzo. Cambridge: Cambridge UP, 2013. 388–94.

Villarreal, René and Raúl Villarreal. *Hemingway's Cuban Son: Reflections on the Writer by His Longtime Majordomo*. Kent: Kent State UP, 2009.

Volpe, Edmond L. *A Reader's Guide to William Faulkner: The Short Stories*. New York: Syracuse UP, 2004.

Walker, J. Samuel. "Historiographical Essay: Recent Literature on Truman's Atomic Bomb Decision: A Search for Middle Ground." *Diplomatic History* 29. 2 (April 2005): 311-34.

Washburn, Beatrice. "Hemingway's Art Collides with Time." (*Miami Herald* 10 Sept. 1950). *Ernest Hemingway: The Critical Reception*. Ed. Robert O Stephens. New York: B. Franklin, 1977. 303-04.

Warren, Robert Penn. "Ernest Hemingway," *Modern Critical Views: Ernest Hemingway.* Ed. Harold Bloom. New York: Chelsea, 1985. 35-62.

Whiting, Charles. *Papa Goes to War: Ernest Hemingway in Europe, 1944-45*. Crowood P, 1990.

Wong, Victor. "Childhood II." In *Ting: The Cauldron: Chinese Art and Identity in San Francisco*. Ed. Nick Harvey. San Francisco: Glide Urban Center, 1970. 71-74.

Wylie, Philip. *Opus 21: Descriptive Music for the Lower Kinsey Epoch of the Atomic Age, a Concerto for a One-man Band, Six Arias for Soap Operas, Fugues, Anthems & Barrelhouse*. New York: Rinehart, 1949.

Yang, Renjing. *Ernest Hemingway in China*. Xiamen UP, 1990/2006.

Young, Philip. *Ernest Hemingway: A Reconsideration*. Pennsylvania: Pennsylvania State UP, 1952.

Zeng Xubai. *Zeng Xubai zizhuan* [*An Autobiography of Zeng Xubai Vol. 1*]. Taibei: Lianjing chuban shiye gongsi, 1988.

Zhou, Min. *Chinatown: The Socioeconomic Potential of an Urban Enclave*. Philadelphia: Temple UP, 1992.

その他

Prieto, Miryorly Garcia. *El Mito Hemingway en el Audiovisual Cubano*. Habana: ICAIC, 2011.

図版出典一覧

図 0-1　2013 年に筆者撮影。

図 1-1　Elder, Robert K, Aaron Vetch & Mark Cirino. *Hidden Hemingway: Inside the Ernest Hemingway Archives of Oak Park.* Kent: Kent State UP, 2016, 29.

図 1-2　柳沢秀郎「ヘミングウェイと近代日本・中国との交差――キューバ蔵書からわかる作家のオリエンタリズム」『名城大学外国語学部紀要』第 3 号，名城大学外国語学部，2020 年．72 頁．

図 1-3　Hemingway Foundation 所蔵　アイテム EHPH-SB4-068b-069。

図 1-4　図 1-1 に同じ（Elder 77）。

図 1-5　（https://ja.wikipedia.org/wiki/ 国吉康雄）より作成。

図 1-6　川成洋『スペイン戦争――ジャック白井と国際旅団』朝日新聞社，1989 年．153 頁．

図 1-7　2006 年に筆者撮影。

図 1-8　図 1-2 に同じ（柳沢 76 頁）。

図 1-9　Moreira, Peter. *Hemingway on the China Front: His WWII Spy Mission with Martha Gellhorn.* Washington, D.C.: Potomac, 2006.

図 1-10　図 1-2 に同じ（柳沢 77 頁）。

図 1-11　井沢実『スペイン語入門』（中央公論社，1991 年）のカバーより作成。

図 1-12　図 1-2 に同じ（柳沢 81 頁）。

図 1-13　図 1-2 に同じ（柳沢 81 頁）。

図 1-14　図 1-2 に同じ（柳沢 81 頁）。

図 1-15　図 1-2 に同じ（柳沢 82 頁）。

図 1-16　図 1-2 に同じ（柳沢 82 頁）。

図 1-17　図 1-2 に同じ（柳沢 82 頁）。

図 1-18　（左）2007 年に筆者撮影。（右）Fuentes, Norberto. *Ernest Hemingway: Rediscovered.* New York: Baron's, 2000. 131.

図 1-19　図 1-2 に同じ（柳沢 83 頁）。

図 1-20　図 1-2 に同じ（柳沢 83 頁）。

図 1-21　レネ・ビジャレアル提供の写真より作成。

図 1-22　（http://fanblogs.jp/vivacuba/file/Fidel-Castro-Palabra-0-thumbnail2.jpg）より作成。

図 2-1　左から（http://search.proquest.com/docview/99933325?accountid=28011）、http://search.proquest.com/docview/98102117?accountid=28011）、（http://search.proquest.com/docview/100049140?accountid=28011）よりそれぞれ作成。
図 2-2　Tuchman, Barbara W. *The Zimmermann Telegram*. New York: Ballantine Book, 1985. 148–49.

図 3-1　Campanella, Richard. "Chinatown New Orleans." Louisiana Cultural Vistas (Fall 2007): 50–57.
図 3-2　Zhou, Min. *Chinatown: The Socioeconomic Potential of an Urban Enclave.* Philadelphia: Temple UP, 1992. 31–32.
図 3-3　（https://en.wikipedia.org/wiki/Charlie_Chan#/media/File:Dangerous_Money_(1946)_-_Sidney_Toler_1.jpg）より作成。
図 3-4　Burks, Arthur. *Grottos of Chinatown: The Dorus Noel Stories.* Off-Trail Publications, 2009.

図 4-1　Moreira, Peter. *Hemingway on the China Front: His WWII Spy Mission with Martha Gellhorn*. Washington, D.C.: Potomac, 2006.
図 4-2　東中野修道氏より提供された資料より作成。
図 4-3　Tong, Hollington K. *Chiang Kai-shek's Teacher and Ambassador: An Inside View of the Republic of China from 1911–1958; General Stillwell and American Policy Change towards Free China*. Ed. Walter C. Mih. Bloomington: Author House, 2005. のカバーより作成。
図 4-4　東中野修道氏より提供された資料より作成。

図 5-1　2006 年に筆者撮影。
図 5-2　Sklar, Morty. *Nuke-Rebuke: Writers and Artists against Nuclear Energy and Weapons*. Spirit That Moves Us P, 1984. 111.
図 5-3　図 5-2 に同じ（Sklar 166）。

図 6-1　『中学国語三』，大阪書籍，1966 年．137 頁．
図 6-2　（https://www.britishempire.co.uk/images4/centralamericamap.jpg）より作成。
図 6-3　（https://ja.wikipedia.org/wiki/ 東郷平八郎）より作成。
図 6-4　石和静『風刺漫画に見る日露戦争』彩流社，2010 年．113 頁．

図 6-5　飯倉章『日露戦争諷刺画大全　下巻』芙蓉書房出版, 2010 年．237 頁.
図 6-6　*Life* (Sepember 1, 1952): 49.

図 7-1　Plath, James. *Historic Photos of Ernest Hemingway*. Nashville, TN: Turner, 2009. 40.
図 7-2　Kodama, Sanehide, ed. *Ezra Pound and Japan: Letters and Essays*. Redding Ridge, CT: Black Swan, 1987.
図 7-3　徳島県立近代美術館編集『薩摩治郎八と巴里の日本人画家たち』共同通信社, 1998 年．48 頁.
図 7-4　図 7-3 に同じ。
図 7-5　（https://artsandculture.google.com/asset/a-condottiere/qAHNgLmBODRegg）および（https://commons.wikimedia.org/wiki/File:Antonello_da_Messina_-_Portrait_of_a_Man_(Il_Condottiere)_-_WGA0745.jpg）より作成。

図 8-1　2013 年に筆者撮影。

■著者略歴

柳沢　秀郎（やなぎさわ　ひでお）

名城大学外国語学部准教授。
1971 年長野県生まれ。
名古屋大学大学院国際言語文化研究科博士後期課程満期退学。
博士（文学：名古屋大学）。

専門はアメリカ文学、とくにヘミングウェイのアジア表象を中心に研究。現在はキューバのヘミングウェイ博物館と共同で行ったペーパーマテリアルの書き込みの判読と分析を中心に研究している。

著書に *Cultural Hybrids of (Post) Modernism: Japanese and Western Literature, Art and Philosophy*.（共著、Peter Lang、2017 年）、『アーネスト・ヘミングウェイ――21 世紀から読む作家の地平』（共著、臨川書店、2011 年）、『英米文学・英米文化論試論：太平洋横断アメリカン・スタディーズの視座から』（共著、晃学出版、2007 年）、その他 *The Hemingway Review*（USA）など海外ジャーナルへの掲載論文多数。

アーネスト・ヘミングウェイ　日本との出逢い、中国への接近

2020 年 12 月 1 日　第 1 刷発行

著　者　柳沢　秀郎　©Hideo Yanagisawa, 2020
発行者　池上　淳
発行所　株式会社　**現代図書**
〒 252-0333　神奈川県相模原市南区東大沼 2-21-4
TEL　042-765-6462　FAX　042-701-8612
振替口座　00200-4-5262　ISBN 978-4-434-28182-2
URL　https://www.gendaitosho.co.jp
E-mail　contactus_email@gendaitosho.co.jp
発売元　株式会社　**星雲社**（共同出版社・流通責任出版社）
〒 112-0005　東京都文京区水道 1-3-30
TEL　03-3868-3275　FAX　03-3868-6588

印刷・製本　モリモト印刷株式会社　Printed in Japan